DuMont's Kriminal-Bibliothek

Phoebe Atwood Taylor wurde 1909 in Boston geboren und lebte, abgesehen von ihrem Studium in New York, in Massachusetts, wo sie 1976 starb. Zwischen 1931 und 1951 entstanden über 20 Romane um den »Kabeljau-Sherlock« Asey Mayo. Er löst seine Fälle auf dem mit kauzigen Neuengländern bevölkerten Cape Cod mit ebensoviel bissigem Scharfsinn wie Phantasie und Humor.

Von Phoebe Atwood Taylor ist in dieser Reihe bereits erschienen: »Kraft seines Wortes« (Band 1003).

Herausgegeben von Volker Neuhaus

Phoebe Atwood Taylor

Ein Jegliches hat seine Zeit

DuMont Buchverlag Köln

Für William T. Brewster

Alle in diesem Buch beschriebenen Personen sind frei erfunden;
das gilt auch für die Stadt Weesit, obwohl sie den Namen einer
tatsächlich existierenden Landenge auf Cape Cod trägt.

CIP-Titelaufnahme der Deutschen Bibliothek

Taylor, Phoebe Atwood:

Ein Jegliches hat seine Zeit / Phoebe Atwood Taylor.
[Aus d. Amerikan. von Manfred Allié].
– Köln: DuMont, 1988
    (DuMont's Kriminal-Bibliothek; 1010)
    Einheitssacht.: The mystery of the Cape Cod Tavern ‹dt.›
    ISBN 3-7701-2071-X

NE: GT

Umschlagmotiv von Pellegrino Ritter
Aus dem Amerikanischen von Manfred Allié

© 1934, 1961 by Phoebe Atwood Taylor
© 1988 der deutschsprachigen Ausgabe by DuMont Buchverlag, Köln
Alle deutschsprachigen Rechte vorbehalten
Die Originalausgabe erschien 1985 unter dem Titel »The Mystery of the
Cape Cod Tavern« bei Foul Play Press Books, a Division of the Coun-
tryman Press, Woodstock, Vermont
Satz: Froitzheim Satzbetriebe, Bonn
Druck: Rasch, Bramsche
Buchbinderische Verarbeitung: Bramscher Buchbinder Betriebe

Printed in Germany   ISBN 3-7701-2071-X

Kapitel 1

Eigentlich wollte ich nach Capri, und dann bin ich in Weesit gelandet.

Um zwei Uhr machte ich mich auf zum Commonwealth Pier; um vier hatte ich es mir in meiner Lieblingskabine an Bord der ›Merantic‹ gemütlich gemacht und freute mich auf einen angenehmen Winter in Capri; und um fünf war ich der einzige Fahrgast in einem mit rotem Plüsch gepolsterten Eisenbahnabteil und ließ mich gemächlich zum Cape Cod schaukeln, nach Weesit zur Prence's Tavern.

Wie so oft, wenn plötzlich ein Plan umgeworfen wird, war ein Telegramm schuld daran – eine kurze, schlichte Nachricht von meinem Neffen Mark, die man, wenn Sie mich fragen, getrost an die Seite von Sätzen wie »Feuern Sie, wenn Sie soweit sind, Gridley« oder »England erwartet, daß jeder Mann seine Pflicht tut« stellen könnte.

Sie lautete: »Brauche Dich sofort Prence's Tavern Weesit. Zug geht Südbahnhof 4 Uhr 30.«

Auf den ersten Blick war nichts Besonderes an dieser Nachricht. Aber bisher hatte es geheißen, Mark habe sich am neunzehnten September nach Brasilien eingeschifft, und das war vor einer Woche. Ich hatte ihm sogar zehn neue Detektivgeschichten und fünf Pfund Himbeertörtchen aufs Schiff bringen lassen.

Was zum Teufel trieb der Junge in Weesit, und wozu brauchte er so dringend seine betagte Tante?

Für die betagte Tante gab es wohl nur eine einzige Möglichkeit, das herauszufinden, also hielt ich mich daran. Vierzehn Minuten brauchte ich, um meine Reisekoffer und Hutschachteln zusammenzusuchen und meine Abfahrt auf die nächste Woche umzubuchen; nach vierzehn weiteren Minuten saß ich im Zug in Richtung Cape, der polternd den Südbahnhof verließ. Ich habe sehr viel übrig für Mark Adams III, auch wenn man meinen könnte, nur ein Schnellboot könne so heißen.

Nicht daß ich herablassend sein wollte, aber schon der Name Weesit schien nichts Besonderes zu versprechen. Ich bin ganz schön rumgekommen in meinen fünfzig Jahren, aber Cape Cod hatte ich nie besucht, wahrscheinlich, weil es so nahe bei Boston liegt. Natürlich hatte ich von der Prence's Tavern gehört, auch wenn sie damals bei weitem nicht so bekannt war wie schon kurz darauf.

Schon vor zweihundert Jahren hatte das Haus als Gasthaus der Familie Prence Berühmtheit erlangt; vor vier Jahren hatte die heutige Besitzerin Eve Prence, frisch aus Paris zurückgekehrt, das Haus neu eröffnet, allerdings nicht so sehr als Gasthaus im eigentlichen Sinne, sondern eher als zwanglosen Treffpunkt für Schriftsteller. Eve Prence war selbst als Autorin bekannt, aber als Folge kursierender Gerüchte wurde sie mehr und mehr in die Kategorie von Klatschschriftstellern wie Rosa Lewis oder Mr. Fothergill gedrängt. – Ich sage mit Absicht ›Gerüchte‹, denn es schien einen unerschöpflichen Quell publikumsträchtiger Geschichten zu geben, die Eve Prence alle paar Wochen mit der Pünktlichkeit einer Uhr an die Öffentlichkeit brachte – über das Gasthaus, über die illustren Gäste und über sich selbst.

Auf Anhieb fielen mir falsche Feueralarme, angebliche Überfälle, Schatzsuchen und der Bericht über Transatlantikflieger ein, die auf dem Flug nach Le Bourget zwischengelandet waren, um Eves berühmten Kaffee zu trinken. Und es gab Geschichten, die Mark beschrieben hatte als »reiner Boccaccio, aus Tausendundeiner Nacht, vom Autor der Gesta Romanorum.«

Ich wußte, daß Mark Eve Prence kannte, aber ich hatte keine Ahnung, daß er jemals in ihrem Gasthaus abgestiegen war – oder jemals die Absicht hatte. Der Gedanke durchzuckte mich, Mark könne mit Eve in irgendeine kompromittierende Situation gekommen sein, doch ich verwarf ihn auf der Stelle. Mark hatte in seinem ersten Jahr in Cambridge bei einer Blondine, einer Vorgängerin von Jean Harlow, gelernt, was Diskretion war und was es kosten konnte, der Sohn eines reichen Mannes zu sein. Ich hatte damals mit meinen eigenen Händen jene Intrige abgewürgt, bevor irgend etwas davon die Ohren Marcus Adams II erreichte. (In unserer Familie lassen wir die ›Juniors‹ und ›Seniors‹ weg und numerieren einfach die lebenden Marcusse durch.) Jedenfalls hat Marcus, wie sich das für einen echten Bostoner gehört, eine ausgesprochene Abneigung gegen Schlagzeilen.

Im einsamen, wenn auch ein wenig muffigen Glanz des roten Plüschabteils hing ich meinen Gedanken über Marks SOS nach, bis sich kurz vor Brockton ein pausbäckiger Schaffner gemächlich näherte und meine Fahrkarte sehen wollte.

»Ich war zu spät dran, konnte keine mehr kaufen«, erklärte ich ihm, »da muß ich bei Ihnen zahlen. Nach Weesit.«

»Weesit?« Sein rosiges Gesicht wurde noch rosiger, und er musterte mich und meine sieben Lederkoffer. »Sagen Sie, ich wette, Sie sind noch so 'n Schriftsteller, der zum Gasthaus fährt.«

Irgendwie ärgerte mich diese Unterstellung. »Sehe *ich*«, fragte ich, »vielleicht wie ein Schriftsteller aus? Von den Leuten kriege ich immer nur zu hören, daß ich wie ihre Tante aus Posemuckel aussehe.«

»Aber Sie ham doch 'ne Schreibmaschine dabei.« Für ihn war die Sache damit erledigt.

»Nur«, sagte ich säuerlich, »weil es außer mir keinen auf der Welt gibt, der meine Handschrift lesen kann. Ich fahre zur Prence's Tavern, aber ich bin keine Schriftstellerin.«

»Verstehe.« Er klang enttäuscht. »Tja, das Gasthaus is' 'ne tolle Sache. Ich bin mein ganzes Leben in Weesit gewesen, un' mit diesen Schriftstellern ham wir 'ne Menge Spaß, das muß ich sa'n. Die sin' lustiger als wie die Künstler unten in Provincetown. Suchen immer 's Lokalkolorit, wie sie das nenn'. Jetz' gerade is' da 'n ganz schön berühmter Haufen zusammen, aber längst nich' so viele wie vor 'n paar Wochen da waren. Meisten davon sin' wirklich anständig, einzige Ausnahme is' dieses Kind von der Lila Talcott, das is' die Frau, die Kindergedichte schreibt. Meiner Frau sag' ich immer, für an're Kinder kann sie Gedichte schrei'm, aber mit ihrem eigenen Balg wird sie nich' fertig. Benimmt sich, als ob er aus 'ner neumodischen Schule kommt. Anthony Dean is' auch da.«

»Tony Dean, der Stückeschreiber?«

»Genau. Rote Haare, und 'n richtiger Riese is' er. Hat *auch* sein' Sohn dabei, aber der is' schon erwachsen. Un' blind. Schreibt Gedichte. Hab' vergessen, wie er heißt.«

»Norris, glaube ich. Ich habe ein paar von seinen Gedichten gelesen.«

»Ich auch«, gestand der Schaffner, »hab' aber nix damit anfangen könn'. Ziemlicher Blödsinn, glaub' ich. Nix reimt sich. Und«, dabei setzte er sich auf die Lehne des Sitzes gegenüber, »Alex

7

Stout is' da, der Knabe, den sie immer in Boston verbieten. Un'
Mark Adams is' auch gerade wieder zurückgekomm' –«

»Mark – zurückgekommen?«

»Genau.« Dem Schaffner schien nicht aufzufallen, wie ausgesprochen überrascht ich war. »Einer von den Kaffee-Adams' aus
Boston. Seit letztem Winter geht er da ein un' aus. Von seiner
Tante Elspeth Adams ham Sie doch schon gehört, oder? War
früher 'ne große Golfspielerin, jetz' treibt sie sich in der Welt
rum, bei den Aufständischen in Indien un' bei den Hitlerleuten in
Deutschland. Die Frau is' in Ordnung!«

»Freut mich«, sagte ich ein wenig unsicher zu ihm, »daß Sie das
sagen. Aber was ist mit diesem Adams-Jungen? Ist er – ähm –
auch Schriftsteller?«

»Das *sagt* er!« Der Schaffner zwinkerte ausgiebig. »Aber wenn
Sie mich fra'n, der is' hinter Eves Schwester her, der Anne
Bradford. Sie –«

»Er ist hinter ihr her – wie alt ist sie?« fragte ich. »Eve ist doch
gut und gern dreiundvierzig, und Mark ist erst fünfundzwanzig!«

»Is' nur die Stiefschwester«, beruhigte er mich, »dreiundzwan-
zig vielleicht. Nettes Mädchen. Wir ham sie gern in der Stadt.
Bringt immer alles wieder in Ordnung, wenn Eve mal übermütig
wird un' uns auf die Nerven geht. Asey Mayo, der hat im
Gasthaus gearbeitet, der sagt –«

»Wer ist doch gleich Asey Mayo?« unterbrach ich. »Der Name
kommt mir bekannt vor.«

»Bekannt?« Der Schaffner warf mir einen Blick voller Verach-
tung zu. »Das kann ma' wohl sa'n! Hören Sie, wenn Sie nich'
wissen, wer das is', dann ham Sie's auch nich' verdient. Zieht
jeden Schreiberling un' jeden Adams aus 'm Hut und kann sich
nich' erinnern, wer Asey Mayo is'. Mann! Holt Sie eigentlich
einer in Yarmouth ab, oder nehm' Sie 'n Bus?«

»Bus? Geht denn dieser ehrwürdige Zug nicht bis hinauf nach
Weesit?«

»Morgenzug schon, aber wir nich'.«

»Tja«, kommentierte ich schicksalsergeben, »wenn mich keiner
abholt, werde ich wohl den Bus nehmen. Wie kommen Sie denn
nach Hause?«

»Gar nich', heut' abend«, nahm er mir alle Hoffnung auf eine
Mitfahrgelegenheit, »un' mor'n auch nich'. Irgendso'n Vizepräsi-
dent oder so was kommt mor'n, un' wir fahren ihn im Sonderzug

8

nach Provincetown un' zurück. Geht durch Weesit, um zwölf un'
um drei ungefähr. Da könn' Sie uns hören.«

»Hören?«

»Sicher. Meine Frau is' näm'ich gelähmt. Vor vier Jahren von
'nem Auto angefahren wor'n, un' hat immer Angst um mich. Un'
da ziehen Pete und die Jungs die Dampfpfeife einmal extra, wenn
wir durch die Stadt komm', un' dann weiß sie, mir geht's gut. Sin'
Sie das erste Mal auf'm Cape? Das is' schade. Hätten mal das
Cape sehen sollen, wie's früher war.«

So kam es, daß ich mir, amüsiert und schweigend, einen Mono-
log über Cape Cod in der guten alten Zeit anhörte, der nur von
Zeit zu Zeit unterbrochen wurde, wenn der Schaffner aussteigen
und Signallaternen schwenken mußte. Ich glaube, selbst wenn ich
den Strom von Anekdoten mit Fragen über Mark und seine Anne
Bradford hätte unterbrechen wollen, wäre ich nicht weit gekommen. Als der Zug in den Bahnhof von Yarmouth keuchte, hatte
ich das Gefühl, ich hätte beinah mein ganzes Leben im Städtchen
Weesit verbracht.

»Ich bin«, verkündete der Schaffner, als er mich und mein
Gepäck auf dem Bahnsteig absetzte, »Bill Harding, un' wenn ich
irgendwas für Sie tun kann, wenn Sie in Weesit sin', Miss – Mrs. –
Miss Ähm. Bus scheint noch nich' da zu sein, aber der kommt
schon. Wir fahren weiter nach Hyannis.«

Er setzte beherzt den Fuß auf die unterste Stufe des Wagens,
und der Zug rumpelte in die Dunkelheit.

Mir schauderte, als der kalte Ostwind mir durch den Mantel
wehte, und mißmutig schaute ich mich auf dem spärlich erleuch-
teten Bahnhof um. Vom Bus war nichts zu sehen, und außer mir
schien es niemanden zu kümmern, ob er kam oder nicht. Keine
Spur von Mark, der seine ältliche Verwandte ja wenigstens hätte
abholen können, wo er sie schon so überstürzt hatte anreisen
lassen – auch wenn er noch so verliebt war.

Mehrere Leute spazierten vorbei, beäugten mich neugierig,
stiegen dann in Autos und fuhren rasch davon, als wäre mein
Anblick mehr, als sie ertragen konnten. Am anderen Ende des
Bahnsteigs luden zwei Männer Postsäcke in eine Limousine. Ich
beschloß, den Bahnsteig entlangzuschlendern und sie nach dem
Bus zu fragen, aber als ich fast bei ihnen angekommen war,
hüpfte jeder von ihnen in seinen Wagen und gab Gas. Allmählich
konnte ich mir vorstellen, wie einem Aussätzigen zumute ist.

9

Der Bahnhofsvorsteher pfiff ein Liedchen in melancholischem Moll, als er in seinen Lastwagen kletterte.

»Bus kommt schon irgendwann, Lady«, sprach er mit trauriger und müder Stimme. »Kommt eigentlich immer. Hat wahrscheinlich 'nen Platten.«

Das war nett gemeint, aber es machte mir nicht gerade Mut. Ich setzte mich auf den größten meiner Koffer und zog mir den Pelzkragen über die Ohren. Sanft, aber nicht ohne Nachdruck, verfluchte ich den verkommenen Bahnsteig, den beißenden Wind, die Möwe, die irgendwo über mir kreischte, Cape Cod und die Cape Codder, sogar Mark, der mich in dieses wahrscheinlich völlig überflüssige Abenteuer gehetzt hatte. Ich hatte erwartet, aus dem Zug zu steigen und Tantchen-bringt-alles-in-Ordnung zu spielen. Daß man meine Ankunft in keiner Weise zur Kenntnis nahm, war ein ziemlicher Schlag für mich. Schließlich fühlt man sich nirgends so im Stich gelassen wie auf einem Bahnhof, an dem einen keiner abholt. Und, kam es mir in den Sinn, Mark hätte mir sagen können, daß ich mir ein Geflügelsandwich mitnehmen solle.

»Oder wenigstens«, murmelte ich nach zwanzig eisigen Minuten hungrig vor mich hin, »ein Schinkenbrot aus dem Bahnhofsbuffet. Ehrlich gesagt, würde ich auch einen trockenen Cracker nicht verschmähen–«

Zwei Scheinwerfer tauchten auf, plötzliche Leuchtfeuer der Hoffnung, und ich sprang hoch. Aber schon ein halber Blick sagte mir, daß das nicht der langerwartete Bus war. Es war ein langgestreckter funkelnder Roadster, der Zwillingsbruder desjenigen, den Marcus II mir im August zu kaufen verboten hatte. Seiner Meinung nach war der Wagen abscheulich extravagant und für mich ohnehin ganz und gar nicht das richtige; zu seinem augenblicklichen Fahrer, einem verwegenen, großgewachsenen Mann in Cordhosen und karierter Jacke, der gerade, den breitkrempigen Hut in der Hand schwenkend, auf mich zugeschlendert kam, schien er hingegen ausgezeichnet zu passen.

»Miss Adams?« fragte er gutgelaunt. »Tut mir leid, daß ich Sie hab' warten lassen. Oder sin' Sie gar nich' Miss Adams? Dann tut's mir nur einfach so leid.«

Schalkhafte Augen und ein langes schmales Gesicht, das war mein erster flüchtiger Eindruck.

»Ich bin schon Miss Adams, aber–«

»Schön. Wenn die Taschen hier alle zu Ihn' gehören, dann pack' ich die ma' auf'n Rücksitz.«

»Die gehören mir«, antwortete ich, ein wenig konsterniert von seiner kurz angebundenen Art, »aber ich fürchte, irgend jemandem ist da ein Fehler unterlaufen. Ich –«

»Hat denn Mark nich' –«

»Oh, dann hat Mark Sie also geschickt? Wo ist er? Warum kommt er mich nicht selbst abholen? Was ist los?«

»Das is'«, grinste er, »'ne lange Geschichte. Ich denk' mir, wir sollten erst ma' losfahren. Ich wette, Ihn' knurrt der Magen, wo Sie doch mit'm guten alten Acht-Vierziger von Boston bis hierher gezuckelt sin'. Wie hat er Ihn' denn gefallen, der olle Acht-Vierziger?«

»Wenn Sie den Zug meinen«, antwortete ich, »das war in der Tat eine Erfahrung ganz neuer Art. Der Schaffner eingeschlossen.«

Er kicherte. »Bill Hardin', was? Tja, mehr über Weesit, als wie Sie jetz' wissen, wer'n Sie nie erfahren. Jawoll, der alte Acht-Vierziger is' so was wie der Fels von Plymouth, genauso zuverlässig un' ungefähr genauso schnell. Mensch, das hab' ich doch glatt vergessen. Ich heiße Mayo, Miss Adams. Asey Mayo.«

»Sehr freundlich von Ihnen, daß Sie mich abholen, Mr. Mayo«, antwortete ich.

Seine langgezogene Art zu sprechen hatte mich schon für ihn eingenommen. Wer immer oder was immer Asey Mayo war – woran ich mich gerade nicht erinnern konnte –, er war auf alle Fälle ein echter Mann vom Cape Cod – und einer, der zupacken konnte. Er verstaute meine Koffer mit jener umsichtigen Bedächtigkeit, die so oft ein Zeichen absoluter Kompetenz ist. Und er hörte sich genauso an, wie man das von einem Mann vom Cape Cod erwartete – wie er die Vokale dehnte, die Endungen verschluckte und die Wörter zusammenzog, hätte jeden anderen Neuengländer erbleichen lassen. Aus »Acht-Vierzig« wurde »Achvirsich.«

»Sehr freundlich«, wiederholte ich. »Und wieso ist Mark nicht längst unterwegs nach Rio? Was hat er in Weesit zu suchen?«

Lächelnd hob er den letzten Koffer auf den Klappsitz. »Hat sich's anders überlegt, Miss Adams. Passiert auch Männern manchma', nich' nur den Damen. So, das wär's. Macht's Ihnen was aus, wenn wir das Verdeck untenlassen?«

»Im Gegenteil.« Ich bestieg den Roadster und ließ mich in die üppigen Polster fallen. »Was für ein wunderbarer Wagen. Gehört der Ihnen, Mr. Mayo?«

»Hm-hm«, antwortete er lässig, als ob es für jeden Cape Codder selbstverständlich wäre, mit einem sechzehnzylindrigen spezialangefertigten Monstrum umherzufahren. »Ich hab' gern große Wa'n. Diesen hier hat mir Bill Porter letzten Monat aus seiner Fabrik rübergeschickt. Ich hab' früher mal für die Porters gearbeitet. So, jetz'–«

»Die Porters!« rief ich dazwischen. »Jetzt hab' ich's! *Jetzt* weiß ich wieder, wer Sie sind. Mein Gedächtnis kommt schwer in Gang, aber wenn es erst einmal funktioniert –. Ich sehe die Schlagzeilen vor mir. ›Asey Mayo, Porters Privatdetektiv, klärt Sanborn-Mord auf.‹ ›Ehemaliger Seemann, Asey Mayo aus Wellfleet, löst das Geheimnis des Toten von Gilpin.‹ Und da war noch mehr. Kein Wunder, daß der Schaffner empört war, als ich nicht wußte, wer der berühmte Asey Mayo ist! Ich bedaure zutiefst–«

»Hm-hm.« Sein Tonfall hatte etwas Amüsiertes. »Bin ich ja froh, daß Ihn' das auch so ging. Ich konnt' mich näm'ich auch nich' mehr erinnern, wer die berühmte Elspeth Adams war, bis ich dann Anne Bradford ausgefragt hab'. Und dann hab' ich selbst ma' 'n bißchen nach Schlagzeilen gefischt. ›Elspeth (Kay) Adams gewinnt Golfspiel gegen den Prince of Wales; nur eine Frage des Schlägers, sagte der Prinz.‹ ›Elspeth (Kay) Adams in der Sahara verschollen.‹ ›Elspeth (Kay) Adams durchschwimmt den Hellespont‹ – ham Sie das wirklich ma' gemacht?«

»Das ist fünfundzwanzig Jahre her«, sagte ich entschuldigend, »aber es hat nie zu irgend etwas geführt. Mr. Mayo, wir sind quitt. Sie vergessen meine Schlagzeilen, und ich vergesse Ihre. Jetzt aber zurück zu Mark. Erzählen Sie mir alles, Mr. Mayo.«

»Für Sie Asey. Wo wir doch beide in'n Schlagzeilen waren. Un' ich mag keine Stelzen. Also kurz, die Sache is' so, Mark wollte nich' nach Rio gehen, ohne daß er Anne vorher besucht hatte, also is' er hergekomm'.«

»Noch hört sich das alles romantisch an«, kommentierte ich, »aber warten Sie erst mal, bis Bruder Marcus erfährt, daß sein Sprößling in Weesit auf Freiersfüßen wandelt, statt sich in Brasilien um seine Karriere als Kaffeehändler zu kümmern! Mark wird das zu spüren bekommen, was die Astrologen einen ungünstigen Einfluß nennen.«

»Würd' er sicher, aber er hat sich ausgerechnet, daß er mit'm Dampfer sechs Wochen brauch', un' mit'm Flugzeug schafft er's in einer. Da kann er fünf Wochen sein' Spaß ham. Un' trotzdem am selben Tag da sein, wo der Dampfer ankomm' soll.«

»Gut. Damit wäre also geklärt, warum er hier ist und wie er dem Schicksal in Form seines Vaters entgehen wird. Aber was ist denn nun eigentlich los, wieso braucht er mich, wieso hat er Sie hierher geschickt – und was ist das für ein Mädchen?«

»Mich hat er geschickt, um die Wogen zu glätten. Dachte sich, Sie sin' vielleicht ärgerlich, wo Sie doch seinetwegen Ihre Pläne ändern mußten. Das is' – naja, 's is' 'ne komische Geschichte. Aber bevor ich Ihn' das erkläre, erzähl' ich Ihn' was über Anne, damit Sie beruhigt sin'. Sie ist das beste, was ma' sich wünschen kann, Miss Adams. Gute Familie, sieht gut aus, versteht Spaß – aber kein Geld.« Er schaute mich unter seinen buschigen Augenbrauen an.

»Mich können Sie damit nicht aufregen«, sagte ich, »allerdings wird Bruder Marcus im Dreieck springen. Da brauche ich nicht einmal zu fragen, ob er etwas von ihr weiß. Wenn er etwas gehört hätte, hätte ich das Durcheinander und Gebrüll sicher mitbekommen.«

Asey nickte. »Der weiß noch nix. Mark hatte Angst, sein Vater würd' ihn nich' herkomm' lassen, wenn er ihn drum bittet. Also hat er nich' drum gebeten. Wenn ich's richtig verstehe, hat der Vater da immer 's letzte Wort.«

»Allerdings. Manchmal wundere ich mich, daß aus Mark ein ordentlicher Junge geworden ist, so wie sein Vater ihn auf Schritt und Tritt überwachen läßt. Aber jetzt weiß ich, worum es geht, Asey. Mark will, daß ich das Mädchen kennenlerne und dann bei seinem Vater ein Wort für ihn einlege. Stimmt's?«

»Tja« – wir überholten zwei Lastwagen, als ob sie ein einzelner herumstehender Karren wären – »ja un' nein. Genau gesagt, 's gibt da mittlerweile ziem'ichen Widerstand von Eve Prence.«

»Von Eve Prence?« So unwahrscheinlich das klingt, ich war nie auf die Idee gekommen, daß irgend jemand jemals einen vernünftigen Grund dagegen finden könnte, bei den Kaffee-Adams' einzuheiraten. Meist war eher das Gegenteil der Fall.

»Doch, doch. Anfangs schien Eve nichts dage'n zu ham, aber dann hat sie sich's anders überlegt.«

»Aber was soll sie denn gegen Mark haben?«

13

»Gegen Mark hat sie nix.«

»Na hören Sie«, sprach ich, »wenn sie nichts gegen Mark hat, dann muß sie ja etwas gegen ihre Stiefschwester haben, und das ist doch absurd! *Was* stimmt denn hier nicht?«

»Das wird gar nich' so leicht zu erklären sein. Aber ir'ndwie hat Eve wohl was gegen Anne. Is' mir alles völlig schleierhaft. Scheint, daß Eve am Sonntagabend Mark beiseitegenomm' un' ihm erzählt hat, jemand wollt' sie umbringen –«

»Was!«

»Jawoll. Ir'nd jemand hat auf sie geschossen, sagt sie, am Samstag. Mark hat's nich' ernstgenomm', dachte, 's käme 'ne neue Reklamegeschichte fürs Gasthaus, aber Eve war so wütend, daß sie aufsprang un' sagte, Anne würd' dahinterstecken.«

»So etwas Lächerliches habe ich ja mein Leben noch nicht – und was hat Mark dann gemacht?«

»Hochgegang' wie 'ne Rakete. Un' dann hat Eve ihn mit in'n Wald genomm' un' hat ihm 's Einschußloch gezeigt, innem Baum. Mitten innem Wäldchen, wo sie immer gerne gesessen hat. Sagt, jemand hätt' auf sie geschossen un' nich' getroffen, hat nochma' angedeutet, 's wär' Anne gewesen. Mark hat's immer noch nich' geglaubt, aber er kam dann un' hat's mir erzählt. Eve war sich ihrer Sache so sicher, da dacht' er, wir müßten da was tun. Ich hab' Eve gefragt, wann das denn passiert is', un' hab' ihr dann erklärt, daß Anne zu der Zeit auf der Post war, fünfzehn Leute könn' das beschwören, aber sie wollte nix hören.«

»Aber aus welchem Grund – warum hat – Asey, ich verstehe das nicht!«

»Ich auch nich'. Un' sonst auch keiner. Eve hat mir gesagt, Anne weiß, daß sie 's Prence-Vermögen bekommt, wenn sie stirbt, un' sie glaubt, Anne is' hinter dem Geld her, damit sie Mark heiraten kann. Das is' ihre Geschichte, un' dabei bleibt sie, un' wenn die ganze Welt sich auf'n Kopf stellt. Heute morgen waren Mark un' Eve sich schon wieder in'n Haaren, un' Mark wollte schon abreisen. Aber Anne sollte nich' allein dablei'm. Sie hat kein Geld un' weiß nich', wo sie hin soll, selbst wenn Mark 's ihr bezahlen könnt', un' wie's scheint, hat ihm sein Vater für solche Fälle auch nix mitgege'm. Anne müßt' im Gasthaus blei'm, oder sie muß mit Mark mitkomm'. Un' das is' schwierig, wo Mark doch inkog. hier is'. Will sie gern heiraten, aber fürchtet sich vorm Zorn vom alten Adams. Un' so weiter un' so weiter. Heute nachmittag brüllte Mark dann, er würd' Ihnen 'n Telegramm aufs Schiff schicken, Sie wären der einzige Mensch, den er kennt, der 'ne Sache wirklich in Ordnung bringen könnt'. Un' dann hat er kalte Füße bekomm', sagt, Sie wären vielleich' wütend, weil Sie Ihre Pläne umwerfen mußten un' weil Sie ihn jetz' hier finden, un' wegen Anne, wo er Ihn' doch noch nix von ihr erzählt hat, un' so weiter un' so weiter. Also«, kicherte er, »hat er mich so lange gepiesackt, bis ich hergekomm' bin un' Ihn' alles erklärt hab'.«

»Ich verstehe«, antwortete ich. »Das ist ja allerhand von ihm. Nur weil ich ihn einmal aus den Klauen einer Ballettratte befreit habe, denkt er, ich bin Habakuk. Ich bin ja nun auch nicht *capable de tout*. Und wieso ist Mark nicht mitgekommen?«

»Naja«, sagte Asey langgezogen, »es is' ja nich' vollkommen ausgeschlossen, daß *tatsächlich* jemand versucht, Eve umzubring'. Sie müssen näm'ich wissen, wie Mark mir von dem Schuß erzählt hat, hab' ich mich im Wald ma' nach der Kugel umgesehen; dachte mir, vielleich' findet ma' was raus. Aber die Kugel war weg. Jemand war vor mir dagewesen un' hatte sie rausgeholt. Und 's war wirklich eine dagewesen. Mark hat sie gesehen.«

»Das ist ja . . . Und wer war's?«

Asey zuckte mit den Schultern. »Weiß der Himmel. Je'nfalls schien's ir'ndwie angebracht, 'n Auge auf Eve zu halten, nur für'n Fall, daß der, der die Kugel rausgeholt hat, 's wirklich ernst meint. Deshalb paßt Mark auf sie auf. Wir ham zu zweit aufgepaßt. Ich war grade dabei un' hab' 'n paar alte Möbel für sie aufgearbeitet, also laß' ich mir jetz' Zeit mit'm Nacharbeiten vom Aufarbeiten. Hab' ihr grade heute erzählt, manchma' denk' ich, ich werd' nie fertig. Ich hab' ihr erzählt, ich arbeite gern nachts, also bin ich die letzten paar Tage dageblie'm. Das is' die Geschichte.«

»Was kann ich denn dabei tun?« fragte ich.

»Naja, Sie könnten Anne mitnehm', aber das würde uns natürlich nich' bei Eve un' dieser Pistolenschußgeschichte helfen, wenn ma' mal davon ausgeht – «

»Davon ausgeht, daß der Pistolenschuß echt ist und nicht nur ein neuer Prence-Publicitytrick, Asey. Schließlich hat sie schon so verrückte Geschichten geliefert, daß ein fingierter Mordversuch nicht allzu – na, sagen wir, nicht allzu außergewöhnlich wäre.«

Asey stimmte zu. »Aber trotzdem, ma' kann nie wissen. Ich hatte gehofft, daß Sie 'n Weilchen hierblei'm un' 'n paar raffi-

15

nierte Fragen stellen würden. Bei Eve die Daumenschraube ansetzen un' rausfinden, was sie vorhat un' ob die Geschichte falsch is' oder nich', warum sie so mißtrauisch ge'nüber Anne is' un' ob sie's wirklich is' oder vielleich' nur bösartig. Die beiden jungen Leute ham die Nase voll, un' mir gefällt die Sache selber ganz un' gar nich'.«

Wir bogen von der Hauptstraße ab und folgten einem schmalen asphaltierten Weg, der sich wie eine Schlange durch ein dichtes Gebüsch aus Krüppelkiefern wand, dann kam ein Zufahrtsweg aus Muschelschalen, die unter den Rädern knirschten. Plötzlich ragte ein riesiges Haus im Kolonialstil vor uns auf, alle Fenster erleuchtet.

»Wenn ma' nich' selber schreibt, muß ma' wenigstens Schlagzeilen gemacht ham, sons' kommt ma' hier nich' rein. Ihre Schlagzeilen müssen sie wohl munter gemacht ham – schauen Sie sich nur die Festbeleuchtung an!«

Er parkte den Wagen vor der geschwungenen Eingangstür und half mir beim Aussteigen. Ich versuchte, den schweren eisernen Klopfer an der Tür zu heben, aber er ließ sich nicht bewegen.

Asey betrachtete ihn genauer und lachte.

»Das«, sagte er, »dürfte der kleine Eric Talcott mit sei'm Flüssigkleber gewesen sein. Hat Bill Hardin' Ihn' von dem Teufelsbraten erzählt?«

Er drückte die Tür auf, und wir betraten eine große getäfelte Eingangshalle. Für einen Augenblick musterten wir das Bild, das sich uns bot, dann schnappte ich nach Luft.

Am Fuß der steilen Treppe war ein halbes Dutzend Leute versammelt. Aber sie beachteten uns gar nicht. Sie hatten nicht einmal bemerkt, daß wir hereingekommen waren.

Ihre Blicke waren auf eine leblose Gestalt in einer Jerseyhose und einem orangefarbenen Pullover geheftet. Es war eine Frau – und ich hatte genug Zeitungsbilder von Eve Prence gesehen, um auf Anhieb zu erkennen, daß sie es war, die zusammengesunken am Fuß der großen Treppe lag.

Kapitel 2

Mir stockte noch der Atem, als Asey schon an mir vorbeistürmte und neben der Gestalt niederkniete. Dann erhob er sich und wandte sich an das brünette Mädchen, das am Geländer stand.

»Whisky un' Salmiakgeist, Anne, mach schnell, un' ruf Dr. Cummings an. Is' nur bewußtlos.«

Ein allgemeiner Seufzer der Erleichterung erinnerte an eine Dampfsirene.

»Was is' passiert, Mr. Dean?« fragte Asey.

»Ich – wir – keiner hier weiß das eigentlich.« Trotz seiner einsachtzig sah Tony Dean verängstigt wie ein kleines Kind aus. »Es ist einfach passiert. Gerade eben. Sie muß auf der Treppe gestolpert sein. Wir waren im blauen Salon«, ruckartig wies er mit dem Kopf auf das Wohnzimmer zur Rechten. »Wir – wir haben eine Art Rumpeln gehört und dann den Aufschlag, gleich nachdem wir Ihr Auto auf dem Muschelweg kommen hörten. Hat sie – wirklich nichts abbekommen?«

»Hat sich vielleich' was gebrochen«, Asey beugte sich gerade wieder zu ihr hinunter, als Anne Bradford zurückkam, »aber am Leben is' sie.«

Ich starrte die hohe steile Treppe hinauf, und es lief mir kalt den Rücken hinunter. Vor Jahren hatte ich in London gesehen, wie Billy Kent-Brown auf einer solchen Treppe in den Tod gestürzt war. Ich konnte mir nicht vorstellen, daß Eve Prence tatsächlich die ganze Treppe hinuntergestürzt sein sollte oder auch nur einen Teil davon, ohne sich den Hals zu brechen. Vielleicht war sie gar nicht heruntergefallen, sondern erst am Fußende zusammengebrochen.

Es dauerte mehr als fünf Minuten, bis Eve Prence die Augen aufschlug, und bis Asey und Tony Dean sie in den blauen Salon getragen hatten, war auch der Doktor angekommen.

17

Ich wußte, daß für mich nichts zu tun war – Leute, die bei Unfällen hilfsbereit im Wege stehen, sind mir schon immer ein Greuel gewesen –, also ging ich zu einer Fensterbank neben der Haustüre und ließ mich ein wenig abseits nieder.

Anne und Asey waren beim Doktor geblieben. Anne hatte ich schon in den wenigen Augenblicken, die ich sie gesehen hatte, ins Herz geschlossen; sie machte einen vernünftigen und verständigen Eindruck, und das war mehr, als man von allen früheren Freundinnen Marks hätte sagen können. Der kurze Blick, den sie mir zugeworfen hatte, war keine oberflächliche Begrüßung; es schien mir eher, als habe sie die zukünftige Verwandte kritisch gemustert, und ich hoffte, daß ich den Test bestanden hatte.

Die anderen Anwesenden liefen nervös hin und her, die Treppe hinauf und wieder herunter. Keiner beachtete mich – ich glaube, sie bemerkten mich gar nicht. Ich erkannte Alex Stout, der noch dünner war, als er in den Zeitungskarikaturen wirkte. Ich hatte oft von menschlichen Zahnstochern gehört, aber Alex Stout war der erste, den ich wirklich zu Gesicht bekam, abgesehen vielleicht von einem indischen Fakir in Peschawar. Er umschwebte besorgt ein zierliches blondes Mädchen – Lila Talcott, beschloß ich –, das dieses Umschwebtwerden zu genießen schien. Beide waren nicht ganz so ruhig wie zwei mexikanische Springbohnen. Tony Dean schoß hin und her mit Tüchern und Kompressen und Schalen mit heißem Wasser, das kreuz und quer über den Fußboden schwappte, und der Knabe Eric folgte ihm wie ein schwirrender Moskito. Von Mark war überhaupt nichts zu sehen, was mir ebenso rätselhaft wie besorgniserregend vorkam.

Die Diagnose des Doktors, als er endlich mit Anne und Asey wieder zum Vorschein kam, war erfreulich kurz.

»Sie hat sich den linken Daumen verstaucht«, verkündete er, »und das ist schon alles. Daß sie sich nicht sämtliche Knochen gebrochen hat, ist mir ein Rätsel. Sie sagt, sie sei von ganz oben gefallen. Das sprichwörtliche Glück der Prences. Sorgen Sie dafür, daß sie noch ein oder zwei Tage Ruhe hat – ist natürlich ein wenig fertig mit den Nerven. Asey, Sie, ich und Mr. Dean tragen sie wohl besser nach oben.«

Während die Spannung sich in einem großen Durcheinander löste, wurde ich plötzlich von Eric entdeckt. Mittlerweile war ich dankbar, überhaupt von jemandem bemerkt zu werden, und wenn es ein Zehnjähriger war.

»Sie hatte ich ganz vergessen«, sagte er, »und ich wette, Sie sind halbverhungert. Anne hatte schon alles für Sie in der Küche zurechtgemacht. Kommen Sie mit, ich zeig's Ihnen.«

Ich folgte ihm durch ein in Grün gehaltenes Wohnzimmer auf der linken Seite der Halle in ein riesiges Eßzimmer. Dahinter lag eine ebenso riesige altmodische Küche. Aseys Erzählungen und Eves Treppensturz hatten mich meinen Hunger vergessen lassen, aber als ich den verlockenden Essensduft aus der Küche spürte, gab es kein Halten mehr.

»Da auf dem Tisch steht Ihr Tablett«, sagte Eric. »Es ist alles da außer den Brötchen, die Anne im Ofen hatte. Sie wollte Ihnen Rührei machen. Mögen Sie das? Oder soll ich die Eier für Sie kochen? Ich koche«, sagte er stolz, »ganz ausgezeichnete Eier.«

»Dann hätte ich sie gerne gekocht.« So wie ich mich über den Obstsalat hermachte, hätte ich sie wahrscheinlich auch roh genommen. »Woher weißt du denn über alles so gut Bescheid?«

»Selbst probiert«, antwortete er unbekümmert. »Ich hätte gern die Kirsche von Ihrem Obstsalat gehabt, aber ich hab's mir verkniffen. Hart oder weich?« Er stellte eine überdimensionale Eieruhr auf.

»Fünf Minuten, und die Kirsche kannst du ruhig haben –«

»*Mögen* Sie etwa keine Kirschen?« fragte er mit dem typischen Mißtrauen eines Kindes, dem etwas Begehrenswertes angeboten wird.

»Doch«, antwortete ich, »aber du magst sie offenbar noch lieber.«

»Danke. Die Intelligentsia« – er deutete mit einer großen Handbewegung die Gesamtheit der Gäste des Hauses an – »ist ziemlich knickerig mit ihren Kirschen.«

Ich lächelte. Nach dieser Bemerkung, so schien es mir, wußte ich, wie ich Eric einzuschätzen hatte. Er war nur eins von den vielen Wunderkindern, denen man zuviel Selbstverwirklichung zugestanden und zuwenig den Hintern versohlt hatte.

»Weißt du, wo Mark Adams steckt?« fragte ich.

Bevor er antworten konnte, stürmte Anne in die Küche, gefolgt von Asey und Mark, der mich, ohne Rücksicht auf meinen Obstsalat, umarmte, bis mir die Luft ausging.

»Oh, Miss Adams«, rief Anne, »wir wußten nicht, wo Sie geblieben waren – und was für eine schreckliche Begrüßung – ich *hoffe* nur, Eric hat Sie nicht –«

»Er war höchst zuvorkommend«, versicherte ich. »Mark, laß los! Deine alte Tante ist kein Tanzbär, und sie ist sehr, sehr müde! Eric war eine große Hilfe. Und wie geht es Miss Prence?«

»Anne«, sagte Eric, »wenn du mich gerade rausschicken wolltest, das läßt du lieber! Miss Adams hat sich ausgesprochen liebenswürdig und freundlich benommen, und –«

»Hopp, hopp, junger Mann.« Asey packte ihn ohne große Umstände an Hemdkragen und Hosenboden. »Wo soll ich 'n denn abladen, Anne?«

»Steck ihn in den blauen Salon, und sag Tony, er soll ein Auge auf ihn haben.«

Asey marschierte mit seinem zappelnden Bündel ab, und Anne machte sich daran, Kaffee zu kochen.

»Er ist zwar völlig verzogen«, sagte sie, »aber eigentlich ist Eric ganz in Ordnung. Hat Asey Ihnen erzählt, was los ist?«

»Genau«, sagte Mark und setzte sich auf das Brett, das über das steinerne Spülbecken gelegt war, »hat Asey dir die Sache erklärt? Und es ist großartig von dir, daß du gekommen bist, Kay! Einfach großartig!«

»Es wird dir nicht unbekannt sein«, entgegnete ich in – wie ich hoffte – angebracht emotionslosem Ton, »daß du achtzig Meilen unter dem Meer um Hilfe rufen könntest und ich mich auf der Stelle in den Taucheranzug und dann ins Wasser stürzen würde. Asey hat mir die Lage erklärt, Mark, aber es war nicht einfach, ihm zu folgen. Ich sehe nur, daß alles Gute, das er mir über Anne erzählt hat, offenbar stimmt.«

»Kay, du Engel!«

Die beiden umarmten mich, bis ich um Gnade flehte.

»Aber«, fuhr Mark fort, »wir verstehen ja genausowenig, was los ist, Kay. Eve hat einfach diese – diese verrückte Idee, daß jemand sie umbringen will. Und sie macht Andeutungen, Anne habe –«

Er brach ab, als Asey zurückkam. »Ich hab' Erics Mutter nach o'm geschickt, soll auf Eve aufpassen«, verkündete er, »un' Eve wünscht Miss Adams zu sehen, sobald sie verköstigt is'. Mark, wo hast du dich denn die ganze Zeit rumgetrie'm?«

»Oben bei Norris Dean, hab' mit ihm Radio gehört. Du mußt nämlich wissen«, erklärte mir Mark freundlicherweise, »Eve hatte so viele Beschwerden von Schriftstellergästen, die den Lärm nicht aushalten konnten, daß sie den ganzen ersten Stock hat schalliso-

20

lieren lassen. Seltsames Gefühl. Norrs Radio lief auf voller Laut-
stärke, und ihr habt wahrscheinlich überhaupt nichts davon
gehört. Aber ich hab' auch auf Eve aufgepaßt, Asey. Sie wollte in
ihrem Zimmer arbeiten, bis du mit Kay ankommst.«

»Schon gut. Betsey is' im Kino?«

»Zweite Abendvorstellung«, antwortete Mark. »Kay, du wirst
von Betsey begeistert sein. Sie schmeißt den Laden hier. Und
Kay, wir sind auf dich angewiesen, daß du diese faule Geschichte
in Ordnung bringst. Du und Asey. Paß auf – du sorgst dafür, daß
Eve dich ins Vertrauen zieht, du pflichtest einfach allem bei, was
sie dir sagt – und dann merkst du, ob es ein Schwindel ist oder
nicht. Du mußt herausfinden, was gespielt wird.«

»Ständiges Beipflichten«, sprach ich und setzte meine leere
Kaffeetasse ab, »ist wohl kaum der Weg zum Herzen einer Frau,
aber ich werde sehen, was ich tun kann. Und was ich tun kann,
das tue ich.«

Ich folgte Asey in die Eingangshalle, die steile Treppe hinauf,
einen Korridor nach links. Asey klopfte, und Lila Talcott ließ uns
hinein.

»Danke, Lila.« Eve Prences Stimme hatte tatsächlich jenen
wunderbaren Ton eines Cellos, von dem die Legende erzählte.
»Du brauchst nicht länger hierzubleiben. Miss Adams, aus vieler-
lei Gründen ist es mir eine Freude, daß Sie zu uns herauskommen
konnten. Aber für die meisten Leute ist dieses Haus ein Irrenhaus, und ich könnte mir vorstellen, daß Sie selbst zu dieser
Meinung neigen werden, nach allem, was Sie gerade gesehen
haben.«

»Das will ich nicht sagen. Ich glaube, Sie haben großes Glück
gehabt.«

Als ich ihr die Hand schüttelte, bemerkte ich, wie bleich sie
unter der Sonnenbräune war. Die Beschreibung, die Mark vor
langer Zeit von ihr gegeben hatte, »verdammt gutaussehend«,
war deutlich untertrieben. Sie war sieben Jahre jünger als ich,
aber in ihrer Gegenwart fühlte ich mich wie eine zittrige Greisin.
In ihrem prächtigen, mit emporfliegenden Drachen bestickten
chinesischen Hausanzug war sie das Ebenbild jener ätherischen
Frauen, die man in den Modezeitschriften sieht. Mein Körperbau
hingegen neigt zu dem, was man »gedrungen« nennt.

»Großes Glück«, wiederholte ich. »Als ich mit Asey die Eingangshalle betrat, dachte ich, Sie wären tot.«

21

Sie lachte kurz auf und drückte ihre Zigarette im Aschenbecher aus. »Als ich Irrenhaus sagte, da – da meinte ich auch Irrenhaus. Also, Asey, glaubst du mir jetzt?«

»Glau'm? Was meinst du damit?«

»Ich meine«, sagte sie mit Nachdruck, »daß ich es nur meinem Glück zu verdanken habe – und jemandes anderen Pech –, daß ich nicht – tot bin. Ach, starr mich nicht so an! Starr mich nicht so an, als hätte ich den Verstand verloren! Asey Mayo, du hast doch das Seil gesehen, über das ich gestolpert bin! Das weißt du doch genau!«

»Seil?« Ich merkte, wie ich große Augen machte. »Wollen Sie damit sagen, es war kein –«

»Ich will damit sagen – ich bin zwar gestolpert, aber es war kein Unfall.« Sie setzte, so kam es mir vor, ihre Worte mit der Kunstfertigkeit einer Schauspielerin. »Es war ein Seil gespannt – quer über den Treppenabsatz – eine Handbreit über dem Boden. Ich habe es gesehen. Ich wollte noch anhalten. Aber ich war zu schnell. Ich hatte das Auto kommen hören – mein Fenster stand offen. Ich wollte unten sein, um Sie zu begrüßen.« Sie hielt inne. »Tja, das war ich dann ja auch.«

»Eve«, fragte Asey, »warum hast du denn das alles nich' erzählt, wie du wieder zu dir kams'?«

Sie warf ihm einen verächtlichen Blick zu. »Und du hättest mich ausgelacht und für verrückt erklärt – die Schockeinwirkung! Wenn ich nicht meine Skierfahrung gehabt und gewußt hätte, wie man fallen muß! Wenn ich nicht gewußt hätte, daß man sich locker lassen muß, wenn man sich nicht mehr halten kann! Asey, du hast das Seil gesehen! Das weißt du doch genau!«

»Aber das stimmt nich', Eve«, sagte Asey sanft, »ich hab' gar nix gesehen.«

»Ich habe Angst!« Ihre Stimme drückte solches Entsetzen aus, daß ich zusammenzuckte. »Ich bin völlig ratlos, Asey! Jeder hier im Haus ist mein Freund – Anne – was soll ich nur machen?«

»Sicher, daß da 'n Seil war?«

Eve hielt eine Antwort nicht für angebracht.

»Na gut«, sagte Asey. »Zuerst würd' ich auf Eric tippen. Ich geh' ihn ma' ho –«

»Eric macht so etwas nicht!« sagte Eve ärgerlich. »Er treibt seinen Schabernack, weil er weiß, daß Lila alles durchgehen läßt und die Leute sie deshalb für blöd halten. Aber er würde sich nie etwas so Teuflisches ausdenken. Versteht ihr denn nicht – jetzt, wo das Seil weg ist – wenn ich dabei umgekommen wäre – hätte niemals jemand Verdacht geschöpft!«

Ich bemerkte, daß ich die Lehnen meines Sessels umklammert hielt, als ob ich ihn am Weglaufen hindern müßte. Ich reagiere immer stark auf Stimmen, aber weder auf der Bühne noch außerhalb hatte ich je eine Stimme gehört, die mich so beeindruckte wie die von Eve Prence. Tief, voller Vibrato – man muß sie gehört haben, um sich einen Begriff von ihrer Wirkung machen zu können.

Asey hatte sich nicht abhalten lassen, Eric zu holen; als sie kamen, ließ sich der Knabe ohne Umschweife auf dem Bett nieder.

»Tut mir furchtbar leid, Eve«, sagte er ernsthaft. »Schmerzt der Daumen stark? Letztes Jahr in Palma habe ich mir den Knöchel verrenkt und gebrüllt wie am Spieß. Ich lief hinter einer Straßenbahn her, um einen Brief einzuwerfen.«

Ich mußte lächeln, als ich an die Briefkästen an den Straßenbahnen auf Mallorca dachte.

»Hör mal, Tom Sawyer«, sagte Asey, »stimmt das ei'ntlich, was du so erzähls'?«

Eric dachte nach. »Ich sage immer die Wahrheit«, gestand er ein wenig melancholisch, »außer bei Lila. Sie malt sich so gerne aus, ich hätte eine – begnadete Phantasie.«

»Hast du heut abend 'n Seil über die Treppe gespannt, daß Eve runterfallen sollte?« fragte Asey mit strenger Stimme.

»Nein«, kam die Antwort prompt. »Überhaupt bin ich seit Mittag das erste Mal wieder hier oben. Meine Hände hab' ich in der Küche gewaschen. Das heißt, Betsey hat sie mir gewaschen. Aber an die Sache mit dem Seil habe ich noch nie gedacht – in Lilas New Yorker Apartment gibt es ein hübsches Treppchen –« Seine Augen leuchteten.

»Hast du denn 'n Stück Seil?«

»Nur an meiner Angelrute in der Scheune.«

Eine Generaluntersuchung seiner vollgestopften Taschen förderte kein belastendes Material zutage; im Gegenteil brachte mich das Gewirr von Krimskrams, in dem sich auch zwei bewußtlose Regenwürmer, Erdnußschalen und mehrere kleine Krabben befanden, zu der Überzeugung, daß Eric ein ganz normaler Junge war, auch wenn er nicht wie einer redete.

»Wann has' du deine 22er zuletzt benutzt?« fragte Asey.

»Die haben sie mir vorige Woche abgenommen. Und nur wegen 'nem alten Huhn. Es hätte ohnehin nicht mehr lange zu leben gehabt. Ich denke«, gab Eric eine Kostprobe seiner gottbegnadeten Phantasie, »es hatte Epilepsie. Es brach ständig zusammen.«

»Na gut.« Asey grinste. »Bis' wohl doch kein so rauher Bursche, wie ich immer dacht'. Würdest du wohl so nett sein, du Musterknabe, un' kei'm Menschen was von dieser Seilgeschichte erzählen?«

»Warum?«

»Weil«, sagte Asey feierlich, auch wenn seine Augenwinkel dabei zuckten, »ich dich darum bitte. Großer Gefallen.«

»Abgemacht«, sagte Eric und ließ sich vom Bett gleiten, »ich erzähle nichts. Ich würde schon gerne, aber ich werde es nicht tun. Ich gehe zu Norr und höre bei ihm Radio.«

»Mach Norr nicht mit Geschichten über meinen Sturz verrückt, hörst du?« warf Eve besorgt ein. »Sag am besten gar nichts davon!«

Eric schüttelte den Kopf und ging.

»Norr«, erklärte Eve, »ist Norris Dean, Tonys Sohn. Blind, müssen Sie wissen. Und – vor zwei Wochen hat er sich den Knöchel gebrochen. Trägt noch den Gips. Der arme Junge hätte sich zu Tode gelangweilt ohne sein Radio, eins von diesen großen Geräten, mit denen man die europäischen Sender empfangen kann. Nun, Asey, was machen wir jetzt – irgend etwas müssen wir doch machen!«

»Da hab' ich Unrecht gehab' mit unserem Nesthäkchen«, gab er zu. »Hab' ihn wohl immer zur falschen Zeit zu Gesicht bekomm'. Hm. Ich wünscht', du hättest uns gleich von dem Seil erzählt. Hätten wir dann sozusa'n aus'm Stand aufklären könn'. Tja, das beste, was mir jetz' einfällt, is', daß wir alle zusammentrommeln, rausfin', wo sie nach'm Abendessen gewesen sin', einen nach'm anderen überprüfen, bis zu dem Au'nblick, wo sie unser Auto gehört ham oder dein' Sturz. Dann könn' wir sie nach un' nach abhaken. Ich –«

»Du willst«, fragte Eve ungläubig, »meinen Gästen ein – entwürdigendes Kreuzverhör zumuten? Das ist undenkbar!«

Ich biß mir auf die Lippen. Wenn ich bedachte, was sie früheren Gästen in Form von Klatschgeschichten zugemutet hatte, kam mir ihre augenblickliche Besorgnis übertrieben vor. Mir schien Aseys Vorschlag logisch und vernünftig.

»Tja«, sagte Asey und betrachtete Eve nachdenklich, »dann schlag' ich vor, du deckst deine Karten auf, Eve, un' sagst uns, wen du verdächtigst. Ich sorge dafür, daß er – oder sie – die Stadt innerhalb einer Stunde verläßt.«

»Alle diese Menschen«, sagte Eve würdevoll, »sind – sind meine Freunde. Ich kenne sie seit Jahren. Und Anne – sie – Asey, ich könnte doch niemanden anschuldigen.«

»Eve, du has' schon lange angedeutet, Anne wollt' dich umbring'. Glaubst du, sie hat das Seil, das da gewesen sein soll, gespannt?«

»Es war dort.«

»Gut. Es war dort. Aber blei'm wir bei der Sache. Verdächtigst du Anne?«

»Du kannst doch nicht von mir erwarten, daß ich – daß ich Anne beschuldige«, schnappte Eve zurück. »Nicht hier, und nicht jetzt! Wo Miss Adams dabeisitzt! Ich habe ja schließlich auch kein – kein Recht, ihre Meinung zu beeinflussen. Das ist mein letztes Wort!«

»Na gut«, sagte Asey. »Du bis' hier der Boss. Aber wenn du nieman' anschuldigen willst un' nich' willst, daß ich rausfin', wo genau jeder war, zwischen A'mdessen un' dei'm Sturz, damit wir sehen, wer sich hochgeschlichen un' das Seil gespannt hat, dann weiß ich wirklich nich', was ich machen soll. Ich glaube, du hast dir das nich' richtig überlegt.«

»Aber wenn ich – egal, was ich mache – denk doch – Asey, denk doch nur an die Wirkung in der Öffentlichkeit!«

Das Wort ›Öffentlichkeit‹ traf den falschen Ton. Bis dahin war es Eve gelungen, mein volles Mitleid zu erregen. Doch nun verschwand die Sympathie, die sie mit ihrer wohlgesetzten Rede und ihrer schönen Stimme bei mir erweckt hatte, mit einem Schlag. Rasch überdachte ich die Angelegenheit noch einmal.

Seit Wochen hatten die Zeitungen keine neue Prence-Geschichte gebracht. Es wurde Zeit dafür.

Die Sommersaison ging gerade zu Ende. Wenn Berichte über einen Mordversuch an Eve Prence an die Zeitungen kamen, waren ihr die Schlagzeilen sicher. Ganz offensichtlich erwartete sie entweder von mir oder von Asey den Einwand, daß man keine Rücksicht auf Diskretion nehmen dürfe, wenn ihr Leben in

Gefahr sei, und daß eine Befragung oder eine Anschuldigung das einzig angebrachte Mittel seien. Damit würde die Geschichte verbreitet, es gäbe Schlagzeilen, und die Prence's Tavern hätte auch außerhalb der Saison ein volles Haus.

Und zwei weitere Punkte kamen hinzu.

Ich stand ohnehin auf Annes Seite, aber es wurde mir klar, daß Eves Zögern, sie anzuschuldigen, darauf angelegt war, mich gegen sie einzunehmen. Wenn man die Schuld eines Menschen nur andeutet, wird man weit eher Glauben finden als mit einer eindeutigen Anschuldigung.

Und zweifellos würde die Tatsache, daß Mark und ich zu den Pensionsgästen gehörten, den Zeitungsgeschichten erst die rechte Brisanz geben. Bei aller Abneigung, die Bruder Marcus gegen die Presse empfand, waren die Kaffee-Adams' doch wohlbekannt in der Öffentlichkeit.

Ich war mir meiner Sache sicher. Die ganze Geschichte war ein Trick. Schließlich war es mein erster Gedanke beim Blick auf die Treppe gewesen, daß sie nach einem solchen Sturz wohl kaum noch lebendig genug hätte sein können, um uns davon zu erzählen. Nun wurde ich durch ihr Zögern, die naheliegenden Maßnahmen zu ergreifen, in dieser Vermutung bestätigt.

»Tja«, sagte Asey, »wahrscheinlich könnt' ich noch 'ne Weile hierblei'm un' die Augen offenhalten, aber –«

»Oh ja, Asey, bitte, könntest du das tun? Bitte! Ich – ich habe solche Angst! Und mit dir würde ich mich – sicher fühlen!«

Jetzt überzog sie ihre Rolle arg. Aber ich ließ mich nicht mehr länger hinters Licht führen und Asey wohl auch nicht.

»Aber Sie müssen erschöpft sein, Miss Adams«, fuhr sie fort. »Ich werde nach Anne läuten, damit sie Ihnen Ihr Zimmer zeigt – ich habe jetzt alle in diesem Stockwerk untergebracht. Asey, du bist auserkoren, mit der Patientin Schach zu spielen, bis die kleinen weißen Pülverchen des Doktors ihre Wirkung tun.«

Eine Stunde später hatte ich den hartnäckigen Ruß des Acht-Vierzigers größtenteils abgeschrubbt, saß in meinem mit Schnitzwerk verzierten Ahornbett und versuchte, in einem der Bücher Eves zu lesen, das ich in meinem Zimmer vorgefunden hatte. Aber meine Gedanken wanderten immer wieder zu Eves Sturz, zu Mark und Anne und der ganzen komplizierten Geschichte.

Nun kam es mir wieder so vor, als hätte ich Eve womöglich bitter unrecht getan. Vielleicht sagte sie ja *tatsächlich* die Wahrheit, auch wenn ich mir nicht vorstellen konnte, daß an ihren Verdächtigungen Annes etwas Wahres war. Ich hatte meinen Vorurteilen über Eve zu schnell nachgegeben und war einer Reihe übereilter Schlußfolgerungen und Spekulationen aufgesessen. Niemand außer Eve hatte das Seil gesehen, aber, so fiel mir plötzlich ein, wenn es wirklich da war, mußte es mit irgend etwas befestigt gewesen sein – Klammern oder Reißzwecken vielleicht. Ich beschloß, der Sache nachzugehen.

Ich warf mir einen Morgenmantel über und begab mich auf den Flur, wo ich Asey am Kopf der Treppe knieend vorfand. Er schaute zu mir herauf und grinste.

»Keine Löcher. Kann auch nich' Erics Kleber gewesen sein, der Lack is' in Ordnung. Wenn 'n Seil hier war, dann war's festgebunden.«

»Asey«, fragte ich, »was halten Sie von der Sache?«

»Keine Ahnung, Miss Adams. Wie der olle Ran-an-die-Buletten-Carver letzte Woche übern Goldstandard gesagt hat – ma' kann sich 'n Kopf drüber zerbrechen un' sich 'n Mund fusselig reden, aber 's kommt doch nix dabei raus. Die Kugel könnte 'n Unfall gewesen sein, un' dies hier Einbildung, aber ich bin mir da nich' mehr so sicher. Sie hätte nich' so dick aufgetra'n, wenn nich' wirklich was dran wär'.«

»Ich an ihrer Stelle«, sagte ich mit Nachdruck, »hätte das Kreuzverhör zugelassen, meine Anschuldigung gemacht und dafür gesorgt, daß die betreffende Person von hier verschwindet. Wenn Sie mich fragen, das ist ein Reklamegag. Sie will, daß wir ein großes Theater veranstalten, damit es glaubwürdig aussieht. Ich gehe jetzt schlafen.«

Asey lächelte. »Tja-a«, zog er das Wort in die Länge, »ich wünschte, ich wär' mir da auch so sicher. Ich werd' noch 'ne Weile hier sitzen un' drüber nachdenken. Denken Sie an das Kind, das ›Wer hat Angst vorm bösen Wolf‹ ruft, Miss Adams. Wir wür'n ziem'ich dumme Gesichter machen, wenn's am Ende wirklich 'nen Wolf gibt.«

Ich winkte geringschätzig ab. »Ach was, Wolf. Sie will, daß wir aus einer Mücke einen Elefanten machen. Aber auch wenn sie noch so einen langen Rüssel hat, ich lasse mich nicht hereinlegen. Hören Sie auf meinen Rat, und gehen Sie schlafen.«

Am Donnerstagmorgen wachte ich erst spät auf; der vorige Tag war doch anstrengender gewesen, als ich gedacht hatte. Nach

27

einem frühen Mittagessen bat Asey Mark, für ihn zu seinem Haus in Wellfleet zu fahren.

»Ich brauch' was zum Anziehen«, erklärte er, »un' möchte nich' gerne von hier weg.«

»Dummes Zeug«, sagte ich, »ihr zwei fahrt, und ich halte die Stellung. Die ganze Geschichte ist doch ohnehin Unsinn. Sie sind die ganze Nacht aufgewesen, Asey – fahren Sie jetzt mit Mark. Wenn Sie schon nicht schlafen wollen, dann schnappen Sie wenigstens etwas frische Luft!«

Mark stimmte mir zu, aber Asey schüttelte den Kopf.

»Das stimmt schon, aber stellt euch ma' vor –«

»Schluß mit der Vorstellung!« unterbrach ich. »Schließlich wird Ihre Anwesenheit hier auch niemanden, der es wirklich auf Eve abgesehen hat, aufhalten können. Ich persönlich halte das allerdings für ausgeschlossen. Aber trotzdem werde ich auf meinem Posten sein.«

Asey zögerte. »Tja«, sagte er, »ich sollt' mich mit mei'm Cousin Syl Mayo treffen, un' ich müßt' zur Bank. Ich – naja, ich werd' fahren, aber ich hab' kein gutes Gefühl dabei. Eve schläft o'm in ihrem Zimmer, aber behalten Sie sie aus der Ferne im Auge, Miss Adams. Ich verlaß' mich auf Sie.«

Ich begab mich in den grünen Salon und nahm mir einen jener Bestseller-Romane vor, von denen man sich immer versichert, man werde sie lesen, sobald man die Zeit dazu fände. Aber gegen halb drei hatte ich soviel ›Bewußtseinsstrom‹ aufgenommen, wie ich verkraften konnte. Ich ging durch die Eingangshalle zum blauen Salon, wo ich einen Brief schreiben wollte. Aber Tony Dean saß am Schreibtisch. Mit seiner Brille, die er hoch auf die Stirn geschoben hatte, sah er wie ein Flieger aus.

»Kommen Sie herein«, sagte er. »Ich arbeite nicht. Habe es versucht, aber dann bin ich lieber spazierengegangen. Bin gerade erst zurückgekommen. Norris fragt schon den ganzen Tag, ob Sie nicht einmal hochkommen und ihn besuchen wollen. Läßt sich das machen?«

»Aber sicher«, sagte ich. »Ich habe seine Gedichte gelesen.«

»Gut. Ich laufe eben nach oben und schaue, ob er in geselliger Stimmung ist. Muß mir auch neue Schuhe anziehen. Diese hier triefen, ich war unten an der Bucht.«

Er schüttelte den Kopf, als er zurückkam. »Norr schläft gerade«, sagte er, »und ich wollte ihn nicht wecken. Der arme

Junge, es scheint, er hat immer mehr Pech als andere. Seine Mutter ist bei seiner Geburt gestorben, müssen Sie wissen, und vor zehn Jahren hat er sein Augenlicht verloren, er war damals vierzehn. Vorletzte Woche ist er ins Kellerloch gefallen und hat sich den Knöchel gebrochen. Um drei kommt seine Lieblingssendung im Radio, ein deutscher Sender«, sagte er mit einem Blick auf die Armbanduhr, »noch zehn Minuten. Vielleicht wacht er auf, wenn die Uhr schlägt. Ich habe es einfach nicht über mich gebracht, ihn zu wecken.«

»Ich kann ihn ja später besuchen«, sagte ich. »Was sind das für Papiere, die Sie hier liegen haben? Ein neues Stück?«

Er nickte. »Es ist fürchterlich«, sagte er. »Warten Sie – Sie würden es sich nicht anhören wollen, oder? Ich habe es den anderen hier schon so oft vorgelesen, daß sie in Panik ausbrechen, wenn sie es nur sehen. Ich sitze im zweiten Akt fest.«

Ich setzte mich in den einladendsten der chintzbezogenen Lehnstühle. Kaum je zuvor war ein bedeutender Dramatiker in mein Leben getreten, und mit Sicherheit nie zuvor hatte mich einer gebeten, ihm zur Begutachtung seiner Bemühungen mein Ohr zu leihen.

»Fangen Sie an«, sagte ich. »Es ist mir eine Ehre.«

»Wahrscheinlich werden Sie sich zu Tode langweilen. Ich fange mit dem ersten Akt an. An manchen Stellen ist er noch etwas unpräzise.«

Er las eine gute halbe Stunde – ich fand, er las ausgezeichnet, doch er entschuldigte sich, als er fertig war.

»Norr liest viel besser als ich«, sagte er, als er aufstand und die Tür öffnete, »er hat ein Exemplar in Blindenschrift – benutzt auch eine Braille-Schreibmaschine. Wir wollen sehen, ob er aufgewacht ist. Vielleicht kann er den verdammten zweiten Akt –«

Er hielt inne, als man ein dumpfes Scheppern hörte.

»Das ist Norrs Kuhglocke. Hört sich so seltsam an, weil die Tür geschlossen ist. Was Sie jetzt hören, kommt durchs Fenster. Er ruft nach mir. Wollen Sie mitkommen?«

Er raffte sein Manuskript zusammen, stürzte aus dem Zimmer und die fatale Treppe hinauf, immer zwei Stufen auf einmal. Ich folgte ihm in gemächlicherem Tempo in das linke vordere Zimmer. Tony Dean stand mittendrin; sein Gesicht, so schien es, war bleich unter der Sonnenbräune. Ich selbst spürte, wie ich weiß wurde, als ich den Blick durchs Zimmer streifen ließ.

Norris Dean saß in einem Ohrensessel neben dem Radio, vielleicht zehn Fuß links von Tony. Er hatte eine Violine im Schoß, und sein verletztes Bein ruhte, grotesk in seinem Gipsverband, auf einem Schemel.

Rechts vom Kamin sah man Eve Prence, Kopf und Oberkörper über ein Tischchen gesunken. Halb ruhte ihr zusammengekrümmter Körper noch auf dem Sessel.

An ihrer linken Schulter war ein großer roter Fleck.

Diesmal wußte ich, daß kein Zweifel mehr möglich war.

Eve Prence war tot. Sie war erstochen worden. Asey hatte recht gehabt und ich unrecht. Eve hatte zu Recht vor dem bösen Wolf gewarnt. Und weil ich ihr nicht geglaubt hatte, war alles, was ich nun sah, meine Schuld.

Kapitel 3

»Vater!« Norris' Stimme klang nervös und angespannt.
»Vater, bist du das? Irgend etwas stimmt hier nicht – wo
ist Eve? Sie kam her, um Musik zu hören – bist du das, Vater? Wo
ist Eve geblieben?«

Tony Dean warf mir einen gequälten Blick zu.

»Ich bin's, Junge. Einen Augenblick – einen Augenblick
Geduld noch.«

»Holen Sie Asey«, sagte ich mit einer Stimme, deren Ruhe
mich selbst erstaunte. »Rufen Sie ihn an – tun Sie etwas!«

»Aber –« wies Tony auf Norris, »ich kann ihn doch nicht allein
hier lassen – und Sie auch nicht –«

Ich erinnerte mich an die Glocke, die der Junge hatte. »Läuten
Sie damit«, ordnete ich an. »Na los, läuten Sie! Ich glaube, es
kommt gerade ein Auto die Auffahrt entlang. Vielleicht sind das
Asey und Mark.«

Tony nahm die Glocke vom Tisch neben Norris' Stuhl und
schwang sie mit Macht.

Ich glaube, die Szene, die ich in jener schrecklichen scheppern-
den Minute vor Augen hatte, werde ich nie vergessen. Auf der
einen Seite des Kamins saß hilflos, mit verwirrtem und gequältem
Gesicht, der blinde Junge; auf der anderen Seite lag Eve Prence
zusammengekauert über dem Tischchen. Am offenen Fenster
stand Tony Dean, dessen Muskeln unter den aufgerollten Ärmeln
seines blauen Hemdes spielten, während er die Glocke schwang.

Ich merkte, wie ich unwillkürlich die verschiedensten Details
im Zimmer wahrzunehmen begann; da war die altmodische Bil-
dertapete, die zwei Männer in Kniebundhosen und federge-
schmückten Hüten zeigte, wie sie an einem Wasserfall vorbei zu
einer Burg unterwegs waren; ein Chippendale-Tisch im chinesischen Stil; eine alte Uhr auf dem Sims des hohen Kamins, deren
Pendel in Form eines Segelschiffs unbeirrt über die gemalten

31

Wellen schaukelte; ein Paar altertümlicher Pistolen an der Vertäfelung über dem Kamin; ein Lichtstrahl, der durch die rosafarbenen Damastvorhänge drang und ein Stückchen von Eve Prences kurzem schwarzem Haar beleuchtete.

Dann stürzte Mark ins Zimmer; abrupt blieb er stehen, von dem Anblick entsetzt.

Dann kam Asey. Seine wachen blauen Augen wurden hart beim Blick auf das Bild, das sich ihm bot, und er biß sich auf die Unterlippe, bis sie weiß wurde. Ich wandte mich ab. Kein Wort der Anklage kam über seine Lippen, aber ich wußte nur zu gut, daß er sich selbst die Schuld gab – und mir. Schließlich hatte er nicht wegfahren wollen, und ich hatte ihn überredet – und ich hatte ihm versprochen, ich würde auf Eve aufpassen! Asey durchschritt das Zimmer, beugte sich für einen Augenblick über die leblose Gestalt, dann erhob er sich und schüttelte den Kopf.

»Vater!« sagte Norris. »Vater! Was ist denn? Was ist los? Wer ist hier? Und Eve – wo ist Eve?«

Tony Dean warf mir einen flehenden Blick zu, aber auch ich konnte mich nicht dazu bringen, es dem Jungen zu sagen. Asey holte tief Luft und übernahm das Kommando.

»Norris«, sagte er, »wir wer'n dich jetz' ma' rüber in das Zimmer deines Vaters bring'–«

»Asey, sind Sie das? Was ist denn bloß los? Warum soll ich in ein anderes Zimmer? Ich *weiß*, daß irgend etwas nicht in Ordnung ist! Ich spüre es schon seit Minuten – Asey, sagen Sie's mir!«

»Ich trage ihn«, sagte Tony ruhig, »das mache ich immer – Mark, faßt du bitte mit an? Asey, können Sie den Gips halten? Mein Junge, wir tragen dich jetzt in mein Zimmer. Ich möchte, daß du – daß du diesen Raum verläßt und daß du keine Fragen stellst, nur für ein paar Minuten. Miss Adams, würden Sie die Verbindungstür öffnen und die Bettdecke zurückschlagen?«

Mechanisch, wie von einem Uhrwerk angetrieben, wandte ich mich nach rechts, quer durchs Zimmer. Ich hatte schon die Hand nach der Klinke ausgestreckt, da öffnete sich die Tür.

Es war Anne Bradford. Ihr Gesicht war totenbleich, nur zwei rote Flecken leuchteten auf den Wangen.

Aber nicht weil sie so blaß war oder so außer Atem, zuckte ich zusammen. In der linken Hand hielt sie ein altes zweischneidiges Tranchiermesser. Die Klinge war makellos sauber – doch die Wassertropfen glitzerten noch daran.

Ich schaute sie und das Messer verständnislos an. Dann fiel mir plötzlich auf, daß im Badezimmer auf der anderen Seite ein Wasserhahn lief.

»Anne!« Ich war so entsetzt, daß ich nur halb von Sinnen ihren Namen wiederholen konnte. »Anne! Anne!«

Asey machte große Augen, und Tony stand mit offenem Mund da. Mark war starr vor Schreck. Offenbar hatten sie denselben Schluß gezogen wie ich – daß Anne eben die Schneide des Messers abgewaschen hatte.

»Wenn ihr bei'n«, sagte Asey, »ma' eben beiseite tretet – danke. Ruhig jetzt –«

Sie schritten an mir vorbei und legten Norris aufs Bett. Anne schaute ins andere Zimmer, und dann blickte sie mich an. Es war ein Blick voller Entsetzen.

»Eve«, sagte sie stockend. »Eve –?«

»Vater«, schrie Norris hysterisch, »ich kann das nicht länger aushalten! Du mußt mir sagen, was los ist. Ist irgend etwas mit Eve! Ist sie verletzt? Um drei, als die Musik begann, ging es ihr gut. Ist sie – ist sie tot?«

Keiner sagte etwas.

»Oh, es ist wahr, es ist wahr! Anne – und du bist hier! Du hast es also – tatsächlich getan! Eve war gestern abend hier und hat mir erzählt, daß du sie umbringen wolltest – mit einem Seil. Und vorher schon – die Pistole! Jetzt hast du's – jetzt hast du's also geschafft! Sie rechnete damit, erschossen oder erstochen zu werden – und so muß es dann gewesen sein – erstochen! Erstochen vor meinen – vor meinen Augen!« Er lachte schrill auf. »Vor meinen Augen – die nichts sehen – erstochen –«

»Hör auf, Norris!« Tonys Stimme war stahlhart. »Hör auf! Für Hysterie gibt es keine Entschuldigung, auch nicht bei dir!«

Der Junge vergrub sein Gesicht in den Händen und schluchzte bitterlich; ich glaube, Mark hätte ihn geschlagen, wenn er auch nur ein weiteres Wort gesagt hätte.

Tony wandte sich an Asey. »Soll ich Dr. Cummings anrufen – wen soll ich – was soll ich machen?«

»Richtig. Is' diesen Monat Gerichtsarzt, solange wie Hulburt krank is'. Soll im Polizeirevier anrufen, daß sie gleich mitkomm'. Un' nu'«, wandte er sich an Anne, die das gräßliche Messer noch immer in der Hand hielt, »nu' –«

»Asey, sie ist doch nicht wirklich erstochen worden?«

Er nickte.

»Oh!« Sie stieß einen kleinen Schrei aus, und das Messer fiel scheppernd zu Boden. Ohne Zögern hob Asey es auf und legte es auf eine Kommode.

»Anne, du has' das gerade im Badezimmer abgewaschen, stimmt's?«

Der Wasserhahn lief noch, und der Abfluß gurgelte.

»Ja. Ja, das habe ich.«

Mark wollte etwas sagen, aber Asey gab ihm zu verstehen, er solle still sein.

»Dann erzähl uns doch ma', warum. Un' wo du gerade warst. Un' was du hier machst.«

»Eve sagte mir, Norr hätte gerne ein Huhn morgen zum Mittagessen«, sagte Anne mit dünner Stimme. »Lem Dyer hat eins geschlachtet, und ich habe es ausgenommen, drüben beim Hühnerstall. Lem hatte keine Zeit dazu. Er wollte Muscheln suchen, und die Flut kam herein. Unten war mir, als hätte ich Norrs Glocke gehört. Ich wußte, daß Eve schlief, und ich dachte, Tony sei spazieren, also kam ich her, um zu sehen, was Norr wollte. Die Katzen waren in der Nähe, und ich mußte eine Stelle finden, wo ich das Huhn sicher abstellen konnte – du weißt doch, daß Snooks und die Kätzchen an alles rangehen. Dann hörte ich wieder die Glocke. Ich – tja, ich habe das Huhn unter einen Eimer gesteckt und bin hochgelaufen. Ich – ich hatte das Messer noch in der Hand. Es war blutig, und da – ich war über die Hintertreppe gekommen, am Balkon –, da habe ich drüben ange-halten und es abgewaschen. Die Glocke«, sie feuchtete ihre Lippen an, »wurde immer lauter. Ich hatte Angst. Ich – ich weiß nicht, warum ich angehalten und die Klinge abgewaschen habe. Aber ich hab's getan. Ist Eve wirklich – wurde sie –«

»Allerdings. Anne, du lügs' doch nich'?«

»Ehrenwort, Asey!«

»Du und Ehre!« brüllte Norris. »Du lügst! Du bist hierher gekommen und hast Eve mit deinem Messer erstochen. Dann bist du es abspülen gegangen. Ich weiß genau, du hast sie ermordet! Sie hat mir erzählt, daß du hinter ihrem Geld her bist. Sie sagte, du wüßtest, daß das Haus und das Prence-Vermögen dir gehören, wenn sie erst einmal tot ist! Du –«

Mark hätte sich beinahe auf ihn gestürzt, bevor Asey ihn zu fassen bekam.

»Bleib, wo du bist, Mark, un' bleib ruhig. Halt dich da raus! Un' von dir hab' ich auch genug, Norris!« Aseys Stimme hätte auf jedes Achterdeck gepaßt. »Ham Sie 'n Doc erreicht, Tony?«

»Er wollte gerade zu einem Krankenbesuch aufbrechen, aber seine Frau hat ihn noch erwischt. Er wird gleich hier sein, und er ruft die Polizei an. Asey, müssen wir – können Sie das nicht übernehmen? Sind Sie nicht Polizist oder so etwas?«

»Ich bin überhaupt nix mehr. Das hier«, schüttelte er den Kopf, während er sich auf eine Seekiste am Fußende des Bettes setzte, »das wird auch kein – Anne, wann hat'n Lem Dyer das verdammte Huhn geschlachtet?«

»Genau weiß ich das nicht. Gegen halb drei oder Viertel vor drei, glaube ich. Er hat mir durch die Küchentür Bescheid gesagt, und dann ist er Muscheln suchen gegangen.«

»Wo is' Betsey?«

»Sie ist seit halb zwei unterwegs. Muß hinten im Garten sein, jätet Unkraut und erntet Tomaten zum Einlegen.«

»Gütiger Gott. Miss Adams, wo war'n Sie un' Tony?«

»Zusammen im blauen Salon. Wir waren dort von zehn vor drei bis zu dem Augenblick, als wir hierherkamen.«

»Anne«, sagte Asey, »gab's denn nieman', der dich gesehen hat, zwischen der Zeit, wo Lem weg war, un' der Zeit, wie du die Treppe raufgekomm' bist?«

Anne schüttelte den Kopf. »Nicht, daß ich wüßte. Eric habe ich seit dem Mittagessen nicht mehr gesehen. Lila und Alex sind irgendwohin spazierengegangen, zu den Teichen, glaube ich. Aber warum ist das so wichtig?«

»'s is' wichtig«, sagte Asey, »weil hier bis jetz' noch kein an'res Messer zu sehen is' –«

»Oh – oh, dann glaubst du also – natürlich, das mußt du ja! Du glaubst, ich habe Eve erstochen und bin dann hierhergekommen, um das Messer abzuspülen – aber das ist entsetzlich! Ich hab's nicht getan, Asey! Ich war's nicht, das schwöre ich!«

Ich hatte keinen Grund, ihr zu glauben, und doch tat ich es. Manchmal weiß man einfach, wann jemand die Wahrheit sagt.

Asey nahm das Messer und ging in das vordere Zimmer.

»Ich denk', ich glaub' dir«, sagte er, als er zurückkam. »Aber 's wird nich' leicht wer'n, Anne. Ich weiß nich', was die Burschen vom Revier dazu sagen wer'n.«

»Du meinst – dieser ekelhafte Quigley?«

35

»Allerdings. Die großen Reformen«, wandte er sich erläuternd an mich, »ham hier oben nich' viel verändert. Der Staatsanwalt un' der Sheriff un' der ganze Haufen sin' alles eh'mal'ge Schwarzbrenner, manche davon gar nich' so eh'malig. Ham sich in die Politik reingemogelt, bis sie jedem 'n Hals zuschnüren konnten. Wenn nur Parker noch hier wär' – aber der hat sich zur Ruhe gesetz' un' is' an die Westküste gegang'. Sie wollen den ganzen Verein hochnehm', aber bis jetz' ham sie's noch nich' fertigbekomm'. Anne, dieses Messer sieht verdammt so aus wie das Messer, mit dem 's gemacht worden is'!«

»Aber Norris war dort drin!« sagte Anne. »Er kann bezeugen –«

Asey hob die Augenbrauen. »Jawoll. Genau. Hm-hm. Er war drin. Norris, würd'st du uns erzählen, was genau passiert is'?«

»Anne«, sagte Norris wütend, »Anne hat sie ermordet! Sie –«

»Was du ges – gehört hast, Junge«, unterbrach Asey ihn. »Was passiert is'. Nich', was du denks'. Halt 'n Mund, Mark!«

»Heute morgen«, sagte Norris düster, »hat Vater mich auf den hinteren Balkon getragen, und ich bin bis nach dem Mittagessen dort geblieben. Die Sonne schien furchtbar heiß, und ich wurde schläfrig. Ich bin eingeschlafen. Ich erwachte, als die Uhr drei schlug, und schaltete das Radio ein. Es stand auf dem Tisch in Reichweite. Vater hatte es, bevor er ging, für eine deutsche Musiksendung eingestellt, die ich gerne höre. Eine Viertelstunde Anton Braun – aber das sagt Ihnen nichts! Jedenfalls hört Eve auch immer zu, wenn sie in der Nähe ist. Sie hörte, wie ich es einschaltete, und kam während der Ansage hinein.«

»Wo war sie vorher?«

»In ihrem Zimmer.« Norris wies mit dem Kopf auf den angrenzenden Raum. »Die Türen zwischen dem Zimmer hier und ihrem Zimmer und meinem standen offen. Sie sagte, sie würde mit zuhören, und wie heiß es sei, und ihr Daumen täte ihr weh. Dann begann die Musik. Als sie zu Ende war, schaltete ich das Radio aus und spielte einen der Sätze auf meiner Violine nach. Ich spiele nach Gehör.«

»Wie lang hast du gespielt?«

»Wie lange? Woher soll ich das wissen? Danach –«

»Warte. Ham Sie un' Tony die Musik gehört?« wandte Asey sich an mich.

»Ich nicht«, sagte ich. »Ich war viel zu beschäftigt, Tony zuzuhören, der sein Stück vorlas, unten im blauen Salon.«

»Ich fürchte, ich habe die Tür geschlossen«, sagte Tony und blickte verlegen. »Die Leute hier haben das Stück schon so oft gehört, da hätte ich mich geschämt, wenn jemand entdeckt hätte, daß ich es nun auch Miss Adams vorlas. Ich habe sie erst wieder geöffnet, kurz bevor Norrs Glocke zu hören war.«

»Ob wohl die Flurtür hier o'm zu war?«

»Ja«, sagte Tony. »Ich war gegen halb drei oben und habe sie dabei selbst geschlossen. Alle Türen zum Korridor waren geschlossen.«

»Hm. Dann hätt' wohl sowieso keiner die Musik gehört«, sagte Asey.

»Aber wieso war die Kuhglocke zu hören«, fragte Norris, »und nicht die Musik?«

»Weil der blaue Salon auf der an'ren Seite vom Haus liegt, un' die Tür war ja zu, bis kurz bevor du geläutet has'. Aber dein Fenster nach vorn war offen, un' die Haustür auch. Der Hühnerhof liegt auf dieser Seite, aber ich würd' sa'n, 'ne Kuhglocke wird wohl eher zu hören sein wie 'ne Geige oder ir'nd'ne Radiosendung. Also, du has' Geige gespielt, Norris, un' was dann?«

»Ich hielt inne und fragte Eve etwas. Ich hatte einige Takte vergessen, und ihr Gedächtnis für Musik ist außerordentlich. Sie antwortete nicht. Manchmal ist sie völlig in Gedanken vertieft, also wartete ich. Ich machte mir keine Gedanken. Dann fühlte ich mich allmählich seltsam. Es war totenstill – und so – leer. Die Stille breitete sich aus. Ich begann mich zu fürchten und läutete. Ich benutze die Glocke, seit ich mich nicht bewegen kann und nicht an den Klingelknopf komme.«

»Wissen Sie, wie spät 's war, wie Sie hier hochkam', Tony?« fragte Asey.

»Muß gegen fünf vor halb vier gewesen sein. Ich hatte Miss Adams meinen ersten Akt vorgelesen, und der dauert ziemlich genau eine halbe Stunde. Wir haben um zehn vor drei angefangen.«

»Ich glaube, das stimmt«, sagte ich, »ich habe auf die Uhr geschaut, als ich hereinkam, aber ich habe mir die Zeit nicht gemerkt.«

Eine Hupe war draußen zu hören, und Tony ging, um den Doktor heraufzuführen. Asey berührte mich am Arm.

»Sie un' Tony un' Mark un' Anne gehen schon ma' runter«, sagte er. »Ich komm' später nach. Der Doc bleibt dann hier.«

»Aber Norris«, setzte Tony an.

»Der Doc kümmert sich um ihn.«

Unten im blauen Salon warf Tony sich auf ein Sofa und rieb sich den Hinterkopf, bis die Haare seines roten Schopfes zu Berge standen.

»Da dachte ich immer«, sagte er dumpf, »ich wüßte alles über die Emotionen. Was ich an Gefühlen nicht selbst kannte, ließ ich meine Gestalten erleben. Aber nun – mein Gott! Eve ermordet! Norris – beschuldigt Anne! Und all das geschieht in nächster Nähe eines Jungen, der nichts hört, weil das Radio spielt, und der ohnehin nichts sehen kann. Anne, oh Anne, ich glaube dir! Aber warum mußtest du das verteufelte Messer mit hinaufnehmen?«

Ich war ganz seiner Meinung.

»Aber das spielt keine Rolle«, sagte Mark überzeugt. »Jeder wird einsehen, daß sie nichts damit zu tun hatte. Es –«

»Und ob das eine Rolle spielen wird«, sagte Anne leise.

»Das wird es nicht! Ich –«

»Bitte nicht«, sagte ich erschöpft. »Ich habe nur den einen Gedanken im Kopf, daß all das geschehen ist, weil ich nicht aufgepaßt habe, so wie Asey es von mir erwartete! Meine Nachlässigkeit ist an allem schuld, an dieser ganzen entsetzlichen Sache!«

»Das stimmt nicht«, sagte Mark mit Nachdruck. »Es wäre so oder so geschehen, ganz gleich, was du getan hättest.«

»Mag sein. Aber es gab keinen Grund –«

»Miss Adams«, sagte Anne. »Es ist nicht Ihre Schuld. Auch nicht die Aseys. Keiner von Ihnen beiden sollte sich Vorwürfe machen – wir sollten, denke ich, statt dessen lieber herausfinden, wer es getan hat.«

Ihre Hand war völlig ruhig, als sie sich eine Zigarette anzündete. Sie schien ihre Fassung schneller wiedergefunden zu haben als alle anderen. Ich wußte, daß ihr die Sache nicht weniger naheging als uns allen, aber sie hatte die Lage vernünftig erfaßt. Die Zukunft war wichtiger als die Vergangenheit.

»Wir sollten«, meldete sich Tony zu Wort, »zunächst einmal auf dich aufpassen! Denn ich nehme an, Mark, daß man Anne tatsächlich für schuldig halten wird. Asey war auch dieser Meinung.«

»Es sieht verdammt schlecht aus.« Anne produzierte eine große Rauchwolke. »Wenn du dir vornehmen würdest, eine Kette von

Indizienbeweisen gegen jemanden zu schreiben, Tony, könntest du die Sache nicht besser machen. Ich erbe Eves Vermögen – da haben wir das Motiv. Sie wird erstochen, ich bin am Tatort mit einem Messer in der Hand, das ich gerade abgespült habe. Und Eve hatte Norr erzählt, ich wolle sie umbringen. Ähnliche Andeutungen hat sie auch gegenüber Mark und Asey und Miss Adams gemacht. Aber Norr hat sie damit etwas in den Kopf gesetzt. Und wenn er einmal von irgend etwas überzeugt ist –«

»Er ist so sehr überzeugt«, unterbrach Tony grimmig, »daß er nichts anderes mehr zur Kenntnis nimmt. Er ist ein solcher – Hitzkopf! Er sagt, was er denkt. Es würde überhaupt nichts nutzen, wenn man ihn bäte, für sich zu behalten, was Eve ihm gesagt hat. Dann würde er erst recht davon sprechen. Und er hatte Eve gern – sehr, sehr gern. Aber vielleicht beruhigt er sich, wenn die Polizei kommt.«

Doch daran glaubte keiner von uns.

»Ich verstehe nicht«, sagte ich, »daß er nichts gehört hat, selbst wenn das Radio an war oder er Geige spielte. Ich dachte immer, Blinde hätten ein besonders gutes Gehör.«

»Das hat Norr sehr wohl«, sagte Tony, »aber wenn er Musik hört, dann hört er nichts anderes. Dasselbe gilt, wenn er spielt. Konzentration ist für ihn – nun, Asey?«

»Der Doc sagt, sie war auf der Stelle tot.« Asey setzte sich und holte eine gräßliche Maiskolbenpfeife hervor. »Stich zwischen die fünfte un' sechste Rippe. Zweischneidige Klinge. Breite wahrscheinlich sie'm achtel Zoll.«

»Asey«, sagte Anne, »das Messer, das ich hatte, war –«

»Genau. Zweischneidig, sie'm achtel Zoll. Nur – der Doe sagt, deins is' zu dick. Später kann er mehr sa'n. Un' Norris hat 'm Dokter schon alles erzählt, was Eve ihm gesagt hat. Der Junge is' reif für 'ne Zwangsjacke. Der Doc hat ihm 'n Beruhigungsmittel gege'm, Tony.«

»Asey«, sagte ich, der Verzweiflung nahe, »was sollen wir denn nun tun, mit all dem – und mit Anne? Es war anständig von Ihnen, mir keine Vorwürfe zu machen, aber nun muß ich –«

»Miss Adams, darüber re'n wir jetz' nich'. Wahrscheinlich hätt's immer 'ne halbe Sekunde gegeben, in der jemand nich' aufgepaßt hätt', und dann hätte der Kerl, der 's jetz' getan hat, zuschla'n könn'. So wie's aussieht, würd' ich sa'n, ich hätt' womöglich weniger ausrichten könn' als wie Sie. Aber – dafür ham wir jetz' keine Zeit. Wir müssen rausfind', wer's getan hat. Un' noch eins kann ich hier sa'n. Ich weiß –«

»Du weißt, daß die Polizisten Anne verhaften werden«, unterbrach Mark ihn verbittert. »Nun, das werde ich nicht zulassen. Wir werden einen Anwalt besorgen, und wir –«

»Moment, Mark. Die Jungs ham von'n Zeitungen in letzter Zeit für 'ne Menge Sachen ganz schön Feuer untern Hintern bekomm'. Kneipen, Spielhöllen, Entführungen – 'n Haufen Sachen, wo sie sich nich' viel mit abgege'm ham, un' zwar, denken sich die Leute, weil sie da selbs' mit drinhäng'. Deshalb wer'n sie sich auf diese Geschichte stürzen un' schnell jeman' verhaften. Das müssen die. 'n dann gibt's Lob für die 'fizienz, wo sie doch ihre Pflicht fürs Gemeinwohl von Massachusetts tun, un' die Ehre der Nation, un' wenn sie dann richtig schön gelobt wer'n , dann vergessen die Steuerzahler, wie sie sich vorher aufgeregt ham. Un' mit dem Messer wer'n sie sich dich schnappen, Anne, da gibt's kein' Zweifel.«

»Hört mal«, sagte Tony. »Warum sollen wir denen die Wahrheit erzählen? Ich schreibe Rollen für alle – und Miss Adams und ich geben Anne ein Alibi –«

»Hab' ich auch schon dran gedacht. Aber kann ma' 'ne Fünf-Mann-Amateurtruppe, mit Norris dabei, in zehn Minuten anlern'? So daß Sie 'n Kreuzverhör durchhalten?«

»Da haben Sie recht«, sagte Tony, »dabei würden sie uns alle schnappen.«

»Das ist nicht gesagt«, warf Mark ein. »Wenn das wirklich eine solche Gaunerbande ist, sehe ich nicht ein, daß wir die Wahrheit sagen müssen.«

»Richtig. Aber du vergißt Norris. Dem stopft keiner 'n Mund. Un' eine Lüge würd' zur nächsten führen, das gäb' 'n furchtbares Durcheinander. Immer so, wenn ma' lügt. Macht alles nur noch viel schlimmer.«

»Ich dulde nicht, daß Anne ihren Kopf hinhalten soll«, brüllte Mark. »Wenn sie verhaftet wird – wenn wir zulassen, daß man sie verhaftet, dann ist sie für den Rest ihres Lebens als Mörderin gebrandmarkt! Das werde ich –«

Anne setzte sich auf die Lehne seines Sessels.

»Hör mal, Mark. Es gibt absolut nichts, was wir tun können. Wenn ich irgendein anderes Messer benutzt hätte, wäre es vielleicht gegangen. Aber ich kenne diese Leute besser als du. Asey hat recht. Es wird nicht leicht für mich sein, aber wenn sie mich erst einmal verhaftet haben, kannst du mit Kay und Asey versuchen, mich wieder herauszubekommen. Und ich weiß, daß ihr das schaffen werdet. Mach dir keine Gedanken wegen der Schlagzeilen –, wahrscheinlich wird über euch viel mehr geschrieben werden als über mich. Ihr liefert das beste Material, ich falle da gar nicht ins Gewicht. Und –«

»Aber sie können dich nicht verhaften ohne Verhandlung und Beweise und – Anne, das kannst du doch nicht machen! Und Vater – meine Güte, wenn Vater das –«

Für einen Augenblick schmiegte Anne ihre Wange an die seine.

»Ich weiß. Aber – so liegen die Dinge nun einmal. Und Asey wird alles in Ordnung bringen. Widerstand ist zwecklos, Mark. Aber du und Asey und Kay, ihr könnt dafür sorgen, daß wir uns bald nicht mehr zu wehren brauchen.«

Eine Sirene kündigte die Ankunft der Herren von der Distriktspolizei an.

»Also los«, sagte Asey. »Mark, bleib ruhig. Un' vor dir zieh' ich meinen Hut, Anne. Ich hol' dich da wieder raus, un' wenn's das letzte is', was ich in mei'm Leben tue.«

Recht und Ordnung traten ein – eine Gesellschaft, mit der man, wie Tony verächtlich flüsterte, ohne große Mühe zwei Gangsterfilme hätte besetzen können. Mich erinnerte der ganze Auftritt an die alte Stummfilmzeit. Alles schien so unwirklich.

Als ich die Stiernacken, die Säufernasen und vorstehenden Kinnpartien betrachtete, verstand ich eher, was Asey vorhin hatte andeuten wollen.

Der unangenehmste unter ihnen, die Melone noch auf dem runden Schädel, verlangte in einem Atemzug den Arzt und die Leiche zu sehen.

»Gern, Mr. Quigley«, sagte Asey höflich, »hier entlang bitte.«

»Mayo, hm? Der alte Spürhun'. Na, Freund, dich wer'n wer wohl nich' brauchen. Der Parker vielleich', aber wir nich'.«

Sein tiefes Lachen hallte noch nach, während die Gesellschaft bereits die Treppe hinaufstürmte.

Nach einer halben Stunde kamen sie alle wieder heruntergepoltert, mit einem selbstgefälligen Grinsen, das von Ohr zu Ohr reichte. Quigley trat vor.

»Welche von euch is' Anne Bradford?«

Anne drückte ihre Zigarette aus und trat vor ihn.

»Du bis' das also, Schwester. Wir machen 'n kleinen Ausflug ins Kittchen. Ich geb' dir fünf Minuten, um deinen Kram zu packen.«

Kapitel 4

Es war wohl die überhebliche und knappe Art, in der dieser Befehl gegeben wurde, die mir zuerst im gesamten Ausmaß vor Augen führte, was hier Ungeheuerliches geschehen war, und ein Licht darauf warf, was uns noch bevorstand. Quigley hatte sich genau so verhalten, wie wir es uns vorgestellt hatten, aber keiner von uns, nicht einmal Asey, hatte sich die Härte ausgemalt, mit der er vorgehen würde.

»Wollen Sie«, säuselte Asey, »denn nich' wen'stens 'n paar Fra'n stellen, Mr. Quigley?«

Quigley lachte schallend. »Fragen? Du wärst vielleich' auf so was angewiesen, Sherlock, aber ich nich'.«

»Aber trotzdem«, beharrte Asey, »mein' Sie nich' v'lleich', Sie wür'n womöglich am Ende 'n ganz klein wenig zuviel einfach für selbs'verständlich halten?«

Noch nie hatte ich ihn so sehr wie einen waschechten Cape Codder reden hören. Auch Quigley fiel es auf, und er schüttelte sich vor Lachen.

»V'lleich'«, äffte er Asey nach, »v'lleich' isses so. V'lleich' auch nich'. Dann frag' ich mal was, Sherlock, aber 's wird dir nix nützen.«

Aseys Augen funkelten. »Dann ma' los«, sagte er und setzte sich, »dann ma' los.«

Ich fragte mich, was er wohl damit bezweckte, Quigley so anzustacheln, aber als er mir einen flüchtigen Blick zuwarf und dann auf die Uhr schaute, verstand ich. Er wollte Zeit schinden. Ich hatte keine Ahnung, wozu.

»Na gut. Miss Bradford, Sie sin' pleite, un' das Prence-Geld fällt an Sie, wenn Ihre Schwester tot is', stimmt's?«

»Ja, Mr. Quigley.«

»Ham letzten Winter Ihre Arbeit verloren, mußten dann hierherkomm' un' ham sich von Ihrer Stiefschwester aushalten lassen, stimmt's? Und dazu wollen Sie noch 'nen reichen Mann heiraten.«

»Ja, Mr. Quigley.«

»Sie waren oben mit'm Messer, wie die Leiche gefunden wurde, stimmt's?«

»Ja, Mr. Quigley.«

»'n zweischneidiges Messer. Un' Sie hatten gerade Blut von dem Messer abgewaschen, stimmt's?«

»Ja, Mr. Quigley.«

»Der blinde Junge oben sagt, Eve Prence wär' sicher gewesen, daß Sie sie umbringen wollten, wegen 'm Geld.«

Auf Marks Stirn traten die Adern hervor. Nie hatte er, kam es mir in diesem unpassenden Augenblick in den Sinn, dem Porträt seines Großvaters ähnlicher gesehen, das Sargent gemalt hatte – sein wirres blondes Haar, seine flammenden grauen Augen, das klassische Adams-Kinn so weit vorgereckt, wie man es nur vorrecken konnte.

»Nun«, brüllte Quigley, »hat er recht?«

»Wenn Norris Ihnen das berichtet hat, dann hat er wohl die Wahrheit gesagt, Mr. Quigley. Es ist möglich, daß Eve ihm so etwas erzählt hat. Ich weiß es nicht.«

»Aber Sie könn' nich' beweisen, daß es 'ne Lüge war, oder?«

»Ich kann nicht beweisen, daß sie das nicht gesagt hat, Mr. Quigley.«

Er strahlte. »Da – das kann se nich'. Tjaa. Da staunst du, Sherlock. Verdachtsmomente, Drohungen, Motiv, Waffe, alles vorhan'. Kein Mensch da außer'm blinden Jungen mit'm kaputten Knöchel, un' der zählt nich'. Sie gibt alles zu.«

»Aber«, sagte Asey ruhig, »den Mord an Eve, den hat sie nich' gestanden.«

»Braucht sie nich'. Kein an'res Messer in der Nähe. Ich weiß genug.«

»Was sagt 'n der Doc – war das 's Messer, mit dem sie erstochen worden is'?«

»Er sagt, er is' sich nich' sicher, aber da gibt's gar kein' Zweifel.«

»'s wohnen noch an're Leute hier«, hob Asey an, doch Quigley unterbrach ihn.

»Mag ja sein, aber die waren nich' da, oder? Der blinde Junge sagt, sein Vater un' ir'nd'ne Frau waren hier unten, un' alle anderen waren nich' im Haus. Wenn sie nich' da waren, könn' sie nix damit zu tun ham. Fünf Minuten, Schwester, um deinen Kram zu packen. Un' keine Mätzchen. Mike, geh ma' mit rauf, un' paß auf. He Sie«, fuhr er mich an, als ich vortrat, »wer sagt, daß Sie gehen könn'?«

»Ich bin Miss Elspeth Adams aus Boston«, sagte ich im besten Bostoner Tonfall, »und ich gedenke Miss Bradford nach oben zu begleiten.«

»Ich hab' Ihn' nich' erlaubt –«

»Ihre Erlaubnis, guter Mann«, sagte ich eisig, »ist nicht im geringsten erforderlich.«

Er trat, wie ich an dieser Stelle nicht ohne Stolz vermerke, sogar beiseite, um mich passieren zu lassen.

Noch bevor die fünf Minuten, die er uns gewährt hatte, um waren, waren wir wieder zur Stelle. Anne war blaß, doch sie hielt sich fabelhaft. Ich schmeichle mir oft, daß ich selbst ein gewisses Maß an Haltung besitze, aber diesem Mädchen verlieh ich in Gedanken die Tapferkeitsmedaille. Wenn man sie sah, hätte man denken können, sie sei auf dem Weg zu einem Kaffeeklatsch.

Als wir unten angekommen waren, trat ein kleiner Mann mit Walroßschnurrbart hervor und nahm Annes Tasche. Er trug einen schmucken blauen Anzug, und er schien ziemlich außer Atem zu sein.

»Syl Mayo«, flüsterte Mark mir ins Ohr. »Aseys Cousin.«

»Gut«, sagte der schmächtige Mann sachlich, »wir sind soweit, Anne.«

»He«, fragte Quigley, »was wollen Sie 'n hier, un' was denken Sie, wo Sie hingehen?«

»Ich begleite Anne. Als vorsorglicher Rechtsbeistand.«

»Hören Sie, Sie –«

»Mr. Mayo ist mein Anwalt.« Anne zuckte mit keiner Wimper. »Ist das nicht in Ordnung? Der steht mir doch zu, oder?«

Quigley schluckte heftig, doch Syl begleitete Anne hinaus zu einem der Polizeiwagen und nahm neben ihr Platz. Nun verstand ich, warum Asey Zeit geschunden hatte. Syl Mayo würde Anne einen gewissen Schutz vor Quigley und seinen stiernackigen Freunden bieten, und Asey würde über alles, was vorging, auf dem laufenden bleiben.

»Echt Mayo, hm?« Quigley warf Asey einen verächtlichen Blick zu.

»Alles sauber«, versicherte ihm Asey freundlich. »Syl hat nich' viel Praxis als Anwalt, aber er is' zugelassen seit 1899. Hat er gut brauchen könn' als Grundstücksmakler.«

»Du hältst dich wohl für'n besonders Schlauen, hm? Naja«, fuhr Quigley hämisch fort, »so oder so, der große Asey Mayo war nich' gewitzt genug, 'n Mord an Eve Prence zu verhindern, oder? Geh du ma' lieber Muscheln sammeln, Bruder. Krabben statt Krimis, un' fang Hummer, keine Mörder. Muscheln un' Hummer, da bis' du helle genug für.«

Er bestieg seinen Wagen. »Ich hab' zwei Männer oben beim Doc gelassen, und einer bleibt hier draußen un' behält euch im Auge. Keiner verläßt die Stadt, bis ich es sage, keiner, der hier im Gasthaus wohnt. Das gilt auch für dich, Sherlock.«

Die drei Wagen rasten davon.

Aseys Mund zeigte noch immer das freundliche Lächeln, aber in seinen Augen brannten eisige Flammen.

»*Den* Hummer«, murmelte er, »würd' ich mit Vergnügen fang'. So. Jetz' geht's los.«

»Wird aber auch Zeit!« explodierte Mark endlich. »Es war wahnsinnig von uns, sie gehen zu lassen. Ich hätte einfach sagen sollen, ich sei's gewesen –«

»Woraufhin sie dich nur einfach zusätzlich mitgenommen hätten«, kommentierte ich. »Ich weiß, wie dir zumute ist, Mark, aber keine ritterliche Geste, nicht von dir und nicht von irgend jemand anderem, hätte den geringsten Eindruck auf einen solchen Haufen Warzenschweine gemacht. Quigley hatte es auf Anne abgesehen, und er hat sie bekommen.«

»Aber sie – sie war so unterwürfig!« sagte Mark und schluckte.

»Dann überleg dir ma', was ohne ›Ja-Mr.-Quigley‹-hinten un' ›Ja-Mr.-Quigley‹-vorne passiert wär'«, warf Asey grimmig ein. Stell's dir nur ma' vor. Wenn Quigley sie erst ma' auf'm Kieker gehabt hätt', hätt' sie nix zu lachen gehabt, hinterher im Revier. Die ham doch vor nix haltgemacht, wo sie noch mitten im Schlamassel steckten, un' jetz', wo sie wieder draußen sin', machen sie's erst recht nich'. Quigley hatte sich doch alles längst zurechtgelegt, ausgebacken, braun un' knusprig, mit Schokoladenüberzug. Er wollte sich Anne schnappen, un' 's is' verdammt gut, daß sie ohne Scherereien mitgegangen is'.«

»Wenn die dem Mädchen etwas antun, wenn sie den dritten Grad anwenden –«

»Könn' sie jetz' nich'. Un' außerdem gibt's da auf'm Revier nich' nur Gauner, Gott sei Dank. Da gibt's 'ne Menge anständige kleine Leute, die kenn' mich un' Syl. Die ham für Quigley nix übrig. Das weiß der auch, aber er kann sie nich' rausschmeißen. Wenn Anne erst ma' da ankommt, dann isses schon in Ordnung. Un' Syl paßt auf, daß sie heil hinkommt. Hat seine Anweisungen. Ich hab' ihn angerufen, wie der Doc da war. Syl issen alter Bernhardiner, auch wenn ma' ihn selber in'n kleines Fäßchen stecken könnt'.«

»Aber Asey«, sagte Mark, »die ganze Geschichte ist so entsetzlich! Wenn Anne wirklich angeklagt wird, bekommen wir sie nicht ohne Prozeß, mit allem Drum und Dran, aus dieser verdammten Sache raus. Es sei denn, wir finden heraus, wer Eve umgebracht hat, und so wie die Dinge aussehen, werden wir vielleicht nie –«

»Vielleich', aber wir müssen's trotzdem machen«, unterbrach ihn Asey. »Schlicht un' einfach *müssen* wir das, da gibt's nix drumrumzure'n. Aber bevor's richtig losgeht, schleichen wir uns ma' in die gute Stube un' machen die Tür zu. Wer weiß, was für große Ohren Quigleys Wachhund hat.«

Wir folgten ihm in den blauen Salon.

»Ich verstehe überhaupt nichts mehr«, sagte Mark. »Wo sind denn alle *gewesen*, als es passierte? Und wo zum Teufel sind sie *jetzt*? Lila und Alex und Betsey und Eric – wo sind die denn alle geblieben?«

»Nich' da«, sagte Asey mit einer lässigen Handbewegung. »In Luft aufgelöst, wie 'n Zylinder beim Zaubertrick. Anne sagt, Lila un' Alex sin' spazierengegang'. Muß wohl 'n Marathon sein. Betsey gräbt 'n Garten um. Meine Güte, in der Zeit müßte sie 'n ganzen Acker gesät un' wieder geerntet ham! Un' Eric – tja, unser Huck Finn is' hier oder auch da. Vielleich' wieder per Anhalter unterwegs.«

»Ich wüßte ja gerne«, sagte ich, »wer denn nun gestern abend *versucht* hat, Eve umzubringen. Wer hat das Seil über die Treppe gespannt? Wie hat er das gemacht? Wer hat es wieder weggenommen? Und wann?«

»Überlegen Sie sich 'ne leichtere Frage, Kay«, sagte Tony Dean, stand auf und stapfte durchs Zimmer. »Übrigens, ich kann Sie nicht mehr Miss Adams nennen. Man sagt nicht »Miss« zu jemandem, mit dem man so etwas durchgemacht hat. Na egal,

47

gestern abend hätte man über die Sache mit dem Seil vielleicht noch etwas herausfinden können, aber heute – nach all dem – unmöglich! Es sind ja alle wie aufgescheuchte Hühner durcheinandergelaufen. Und ehrlich gesagt, wenn *ich* nach dem Abendessen auf der Treppe gewesen wäre, würde ich's in tausend Jahren nicht zugeben.«

»Gut«, sagte ich, »wie steht es denn dann mit der Kugel?«

Asey zuckte die Schultern. »Kugel 's nich' mehr da, un' das Seil auch nich'. Hat's vielleich' beide nie gege'm, selbst jetz' wär' das ja noch möglich. Un' wenn doch, vielleich' war'n sie ja gar nich' beide vom selben Kerl, oder?«

»Nicht derselbe? Warum das?«

»Tjaa, wenn ich jeman' erschießen wollte, dann würd' ich schießen. Da würd' ich keine Fallstricke un' keine Dolche nehm'. Ich würd' mich sozusa'n an eine Methode halten. Könnt' doch sein, daß jemand die zwei ersten Male ausgenütz' hat–«

Die Tür flog auf, und eine der dicksten Frauen, die ich jemals gesehen habe, kam wie eine Kanonenkugel – ich meine das wörtlich – ins Zimmer geschossen. Ich wußte, das es Betsey Dyer war, die Köchin, auch wenn ich sie bisher noch nicht zu Gesicht bekommen hatte.

»Asey Mayo«, befahl sie, »du fängs' nochma' von vorne an, ganz am Anfang, un' erzählst mir alles ganz genau. Was is' hier passiert? Is' Eve wirklich tot? Sonntag nacht hab' ich von Särgen un' von weißen Pferden geträumt, un' ich hab' ihr gesagt, das is' n' sicheres Anzeichen für'n Tod, aber sie wollt's nich' – aber was is' denn nu' ei'ntlich passiert?«

»Brauchst mich nur zu Wort komm' lassen«, sagte Asey, »dann erzähl' ich's dir.« Er gab ein kurzes Resümee der Vorfälle. »Also«, schloß er, »wo warst du denn die ganze Zeit?«

»Wo ich war? Sag ma', ham etwa diese – diese Whiskyschmuggler Anne mitgenomm'–«

»Hm-hm. Keine Aufregung, Betsey. Wir wissen, was für'n Schock das für dich war, un' uns geht's genauso, aber jetz' müssen wir erst ma' 'n paar Sachen rausfin'.«

»Schock? Das mit Eve, das war schon 'n Schock, aber Anne, die tut mir noch mehr leid«, sagte Betsey aufrichtig. »Ich hab' zwanzig Jahre lang immer ma' wieder für Eve gearbeitet un' für ihre Familie. Eve war schon in Or'nung. Hatte auch ihre guten Seiten, so wie jeder, un' is' das nich' schrecklich, wo sie doch nu'

ma' ster'm mußte, daß sie nich' – naja – or'ntlich ster'm konnt'.
Aber Anne – meine Anne!« seufzte sie. »Wo ich war? Im Garten
hinterm Haus. Bin um halb zwei ungefähr rausgegang'. Ich bin
die einzige, die sich um den Garten kümmert, dabei isses ei'ntlich
Lems Sache. Ich brauch' Tomaten für'n neues Soßenrezept, hab'
ich aus dem *Globe*. Is' von derselben Frau, von der das für die
Pflaumenmarmelade is', die so gut war, un' – naja, wie ich die
Tomaten hatte, hab' ich mir gesagt, Betsey, sag' ich, so viele
Tomaten kannst du in hunnert Jahren nich' einkochen. Also hab'
ich 'n Korb voll genomm' un' bin rüber zu Sadie Hardin' mar-
schiert – die arme kranke Frau is' ganz allein, wo ihr Mann doch
immer mi'm alten Ach-Virsicher un'erwegs is'. 'n dann hab' ich
bei Elmer Snow reingeschaut, der hat mir 'n paar Falläpfel
gege'm, un' dann bin ich noch bei –« sie ratterte eine lange Reihe
von Namen herunter, »un' dann bin ich nach Haus gekomm'.«
    »Wie bist du –«
    »Ich bin hochgegang', weil ich Eve fragen wollt', wann sie essen
will – war alles fertig, bevor ich los bin, un' – wenn der Doktor
nich' dazwischengegangen wär', ich weiß nich', was ich dann mit
den Kerlen da o'm gemacht hätt'! So miese Vögel hab' ich ja mein
Lebtag noch nich' gesehen!«
    Sie schien nicht im geringsten außer Atem zu sein, obwohl sie,
soweit ich sehen konnte, nicht eine einzige Pause in ihrer Erzählung gemacht hatte. Dabei war das, wie ich noch Gelegenheit zu
erfahren hatte, nur eine kleine Probe gewesen – Betsey konnte
noch ganz anders loslegen, und sie tat es auch durchaus.
    »Has' du Eric gesehen oder Alex Stout oder Mrs. Talcott?«
fragte Asey.
    »Eric war da un' hat mir 'ne Weile Tomatenpflücken geholfen,
dann is' er wieder verschwun'. Hatte 'n Schnitt an der Hand, war
verbunden. Drei rohe Zwiebeln hat er gegessen, bevor ich ihn –«
    »Schnitt an der Hand?« Tony stieß einen Pfiff aus. »Hat er
gesagt, wie er dazu gekommen ist?«
    »Mensch, das hab' ich gar nich' gemerkt!« Betsey saß kerzenge-
rade. »Toll, Mr. Dean! Tja, Eve is' ja erstochen wor'n. Er hat
gesagt, er hätt' sich 'ne Angelrute geschnitten un' wär mit'm
Messer abgerutscht. Aber ich kann mir nich' vorstelln – der Eric
hat bestimmt die Wahrheit gesagt. Der lügt nie jemanden an, nur
seine Mutter. Selbst schuld, daß er das macht. Tag für Tag sag' ich
ihr, ma' muß Kinder erziehen, aber sie versucht's nich' ma'. Alex

un' Lila«, tat Betsey die beiden mit einem Schnaufen ab, »*gesagt* ham sie, sie wollten rüber zu'n Teichen spazieren. Kamma natürlich nich' wissen. Ham sie womöglich tatsächlich gemacht. Ach ja, un' den hab' ich ganz vergessen, Asey.«

»Wen?« Asey schien sich von Betseys Gedankensprüngen nicht im geringsten verwirren zu lassen.

»Na, der Mann, den ich getroffen hab'. Gleich wo ich vom Garten weg bin. Vom Kirchturm hat's halb drei geschlagen, höchstens fünf Minuten später. Der kam von dem alten Weg hochgeschossen wie 'n Karnickel. War nich' ma' 'n Feriengast, das sah ma', hatte 'n Filzhut auf, un' Bügelfalten. Keine Kappe oder 'ne Schiffermütze. Sagte, er nähm' 'ne Abkürzung, un' ich sag', Sie nehm' 'ne Abkürzung übern Privatgrun'stück, un' in'n Sumpf, un' hab' ihm 'n Weg in die Stadt gezeig'. Sagt, er hätt' kein Benzin mehr.«

»Da wer'n wir ma' nachsehen«, sagte Asey. »Würdest du 'n wiedererkennen?«

»Aber ganz sicher. Er hatte kleine runde Schweinsaugen un' 'n Leberfleck am Hals, wie der Jüngste von Georgie L., un' er hatte 'ne Narbe auf der Backe.«

Das gefiel mir gar nicht. Eine Narbe bringt immer einen etwas sinistren Ton hinein. Zumal man dabei an Messerstecherei denkt.

»Hm. Tja – aha.«

Ein Wagen fuhr vor, und Asey erhob sich.

»Ambulanz«, sagte er kurz und ging nach oben. Kurze Zeit später erschien er wieder mit dem Doktor, dessen Gesicht einen kräftigen Rotton angenommen hatte.

»Diese«, brachte er mit Mühe hervor, »diese Gestalten! Diesen . . . sollte man in den * * * – Ich weiß nicht, wie ich mich ausdrücken soll. Mir fehlen die Worte. Ich bin sprachlos. Norris geht's gut, Dean«, beantwortete er Tonys fragenden Blick. »Ich habe ihm ein Beruhigungsmittel gegeben, auch wenn er sich noch so zur Wehr gesetzt hat. Aber diese Männer!«

»Wir können's uns vorstellen«, sagte Asey mitfühlend.

»Einer von beiden, mit dem schönen Namen Justus, soll hierbleiben. Justus ist das kleinere Übel, aber wenn Sie mich fragen, was das Land braucht, ist eine anständige Beulenpest, die uns von solchen Gestalten befreit!«

Wir konnten das Lachen nicht mehr länger unterdrücken – unser erstes Lachen, so schien es, seit Jahren.

»Ich weiß, was ich sage«, fuhr der Doktor fort, »ich meine es vollkommen ernst. Ich habe viel über aggressive Schwachsinnige gehört, sie untersucht, Vorträge darüber gehalten, sogar welche behandelt. Aber wie ich entsetzt feststellen mußte, waren meine Kenntnisse solcher Phänomene nichts als Schulwissen. So, jetzt geht's mir etwas besser. Ich bin übrigens so gut wie sicher, daß Sie richtig geraten hatten, Asey. Das alte Tranchiermesser kann nicht das Messer sein, mit dem Eve umgebracht wurde.«

»Warum nicht?« platzten wir allesamt heraus.

»Nun, die Klinge, mit der Eve ermordet wurde, war sieben achtel Zoll breit, und genauso breit war, unglücklicherweise, Annes Messer. Aber ihres ist bei weitem zu dick.«

»Warum haben Sie das nicht Quigley gesagt?« fragte ich. »Damit wäre Anne doch aus dem Schneider gewesen, oder?«

»Ich habe es Quigley gesagt. Ich sagte, die Wunde stamme von einem Messer, das demjenigen Annes ähnlich sehe, ich sei mir aber keineswegs sicher, daß es sich bei ihrem um die Tatwaffe handle.«

»Warum hat er – was hat er geantwortet?«

»Er sagte, das seien Kleinigkeiten oder irgend etwas in dieser Art. Sagte, es *müsse* einfach die Tatwaffe sein. Zu dem Zeitpunkt hätte Annes Werkzeug ein Fleischermesser oder eine germanische Streitaxt sein können, das hätte Quigleys Meinung auch nicht geändert. Norris hatte ja seine Geschichte schon erzählt. Ich machte Quigley darauf aufmerksam, daß Eve unter Einfluß des Schlafmittels stand, das ich ihr verordnet hatte, und daß nichts, was sie gestern abend Norris gesagt habe, als Beweismittel zu verwenden sei. Aber er versicherte mir, daß, wenn einer von einem sagt, daß er ihn umbringen will, er das dann auch so meint. Genau das waren seine Worte. Ich fragte ihn, ob das auf persönlichen Erfahrungen beruhe, doch er antwortete nicht.«

»Ich verstehe nicht«, sagte Mark, »warum Quigley, wenn er erfährt, daß das fragliche Messer nicht dasjenige –«

»Mark«, sagte Asey bedächtig, »ich versuch' doch schon seit Stun' dir in deinen Schädel zu hämmern, daß das hier nich' nach'n Regeln für gutes Benehm' zugeht. Wenn Quigley den Bericht vom Doc kriegt, sorgt er einfach dafür, daß 'n passendes Messer gefun' wird, un' ihr richtiges Messer is' dann einfach versuchte Irreführung. Klar, Anne kann's leugnen – aber, sagt er dann – *natürlich* leugnet sie's.«

»Asey«, sagte Mark, »da geht deine Phantasie mit dir durch. Kein–«

»Tut sie nich'; ich wünscht', 's wär' so. Vor zwei Monaten gab's 'n Überfall auf'n Laden in Wellfleet. Die Leute ham sich aufgeregt, weil nix getan wurde. Un' dann wurde einer in Truro festgenomm'. Sie hätten 'ne Büchse mit Geld aus'm Überfall bei seiner Scheune vergraben gefun'. Der Kerl sagte, da wüßt' er nix von, aber er konnt' nich' beweisen, daß er einfach gar nix gemacht hatte. Ich kenn' den Kerl, un' ich glaub' ihm, aber der sitzt jetz' im Kittchen. Die hatten tatsächlich 'ne Büchse ausgegra'm, verstehst du, aber nur, weil sie vorher eine eingebuddelt hatten! Un' ich kann dir noch mehr so Geschichten erzählen. Ham sie das Messer mitgenomm', Doc?«

»Nein. Ich dachte, es würde vielleicht ratsamer sein, es zu behalten. Die Idee, es könne manipuliert werden, war mir auch schon gekommen. Sie haben es fotografiert – sie haben alles mögliche fotografiert, und sie meinten, wenn ich es noch untersuchen müßte, dann sollte ich das eben tun.«

Asey nickte. »Aber so oder so, entweder müssen sie an userm Messer 'nipulieren, oder sie müssen uns noch 'n an'res ins Haus reinpraktizier'n. Wir behalten unseres so lang, wie wir könn', un' wir sorgen dafür, daß hier keiner 'n Innenarchitekten spielt. Sie sollten's John Eldredge geben, Doc, dem Bankpräsidenten. Der sorgt dafür, dasses sorgfältig untergebracht wird. Der erinnert sich noch gut, wie seine Bank ausgeraubt worden is'.«

»Gut.« Der Doktor ergriff seine Tasche und erhob sich. »Das werde ich tun. Wir haben verdammt wenig, Asey, aber wir stellen uns–«

Er wurde von Eric unterbrochen, der ins Zimmer stürzte und mit voller Wucht gegen ihn prallte.

»Tut mir leid hab' Sie nicht gesehen hallo alle zusammen Mensch hab' ich 'nen Hunger«, sagte Eric in einem Atemzug, während er sich aufrappelte.

»Womit«, fragte Asey unvermittelt, »has' du dir in die Hand geschnitten?«

»Mit dem Messer abgerutscht, als ich einen Ast zurechtschneiden wollte. Ist das Essen fertig?«

»Wo bis' du den Nachmittag über gewesen?«

»Überall. Im Dorf, in der Scheune und im Garten. Wo ist Anne denn?«

»In die Hand geschnitten?« fragte der Doktor, der inzwischen seine Gerätschaften, die beim Aufprall kreuz und quer verstreut worden waren, wieder eingesammelt hatte. »Laß mal sehen.«

»Nicht nötig«, musterte Eric das blutige Taschentuch. »Es hat nur furchtbar geblutet, weil's an der Stelle ist, wo ich mich letztes Jahr in Palma geschnitten habe. Ich wollte 'n Stück Turron absäbeln. Eine Süßigkeit«, erläuterte er, als der Doktor die Augenbrauen hob, »mit Mandeln und Früchten drin. Sieht aus wie 'n großes Stück Kernseife. Na ja, ich hab's mit meinem Taschentuch verbunden, und nach 'ner Weile hat es aufgehört zu bluten.«

Doch der Doktor nahm seine Hand und entfernte den Fetzen.

»Puh, das sieht ja schrecklich aus! Komm mit nach draußen, junger Mann, und laß mich das ordentlich verbinden. Wie hast du das denn angestellt, die Klinge bis zum Heft reingestoßen?«

»Fast. Hört mal, ihr seht alle so –«

»Moment«, sagte Tony. »Ich gehe eine Schüssel Wasser holen. Dann kann Asey –«

»Was ist los?« fragte Eric. »Wo ist Eve?«

»Paß auf«, sagte Asey, »was jetz' kommt, is' wichtig. Ich will ganz genau wissen, wo du seit zwei Uhr überall gewesen bist.«

»Zwei Uhr? Da müßte ich aus dem Dorf schon zurückgewesen sein. Dann war ich im Wald, hab' mir einen Ast abgeschnitten und beinahe die Hand, danach hab' ich mit Betsey Tomaten gepflückt und 'n paar Zwiebeln gegessen. Dann war mir nicht gut, und ich bin zum Scheunenboden hochgeklettert. Durch 'nen Ritz hab' ich in die alte Kornkammer gekuckt und gesehen, wo Tony seine Angelrute versteckt hat. Und«, seufzte er, »ich hab' sie mir genommen, obwohl ich das nicht soll, und bin zum Teich –«

»Was für'n Teich?«

»Zum Horse-Leach-Teich. Naja, und dann hörte ich jemanden. Ich dachte, es wäre Tony, und versteckte mich. Es war aber nicht Tony, also kam ich aus dem Gebüsch wieder raus, und dabei zerbrach die Rute. Aber ich bin trotzdem zum Teich gegangen und hab' 'ne Schildkröte gefangen. Schaut mal«, mit diesen Worten holte er sie hervor, »ist das nicht eine hübsche kleine? Ich habe sie spazierengeführt, deswegen komme ich jetzt erst«, beschloß er seinen Bericht.

Es war die unschuldigste Erklärung für Zuspätkommen, die ich je in meinem Leben gehört hatte.

»'ne Schildkröte spazierengeführt«, sagte Asey. »So, so. Wie sah der Mann aus?«

Eric gab eine Beschreibung von Betseys Fremdem, bis hin zu Leberfleck und Narbe.

»In Or'nung.« Asey nickte. »Was is' mit dem Schnitt, Doc?«

»Nicht glatt genug und völlig die falsche Größe, falls es das ist, wonach Sie fragen. Laß uns mal dein Messer ansehen, Junge.«

Eric holte eins jener Wundermesser hervor, die über mindestens ein Dutzend Korkenzieher und Feilen und Schraubenschlüssel verfügen – aber die kurze, schartige Klinge war der Beweis für seine Unschuld und Aufrichtigkeit.

Der Doktor verband ihm die Hand, und Eric betrachtete sie stolz.

»Wo ist Eve?« fragte er. »Das muß ich ihr zeigen. Die Bandage ist doppelt so groß wie die an ihrem Daumen.«

Einer blickte den anderen an. Es würde nicht leicht sein, Eric alles zu erklären. Aber Tony schaffte es, so sanft und so einfühlsam, wie man nur eben konnte.

Eric riß die Augen auf, und seine Lippen zitterten.

»Eve, o Eve! Sie war – auch! O nein! Eve!«

Mit einem Schrei stürzte er aus dem Zimmer, und wir hörten, wie er die Treppe hinaufpolterte. Dann ein ohrenbetäubendes Krachen.

Wie auf Kommando stürzten wir allesamt ihm nach.

Er war oben, im linken Vorderzimmer, Norris' Zimmer. Das Krachen rührte offenbar vom Radio her, das jetzt umgestürzt auf dem Boden lag.

Eric stand auf einem Stuhl vor dem Kamin und versuchte, von der Täfelung über dem Sims eine der beiden alten Steinschloß-pistolen herunterzuholen, die mir am Nachmittag aufgefallen waren. Er bekam eine los, sprang herunter und stürzte zur Tür. Asey erwischte ihn gerade noch auf der Schwelle.

»Jetzt schlägt's aber dreizehn, Eric –«

»Laß mich los, Asey. Laß mich los!«

»Aber was wills' du denn mit –«

»Ich werd' ihn erschießen. Ich werde den Kerl erschießen, der's getan hat! Ich finde raus, wer's war, und dann –«

Asey bekam den Doppellauf zu fassen, doch Eric ließ den Griff nicht los. In seiner Wut schien der Junge die Kraft eines Mannes zu haben.

Dann taumelte Asey zurück. Die Läufe und das Schloß hatte er in der Hand – aber Eric hielt noch immer den Griff umklammert.
Und auf dem Griff saß die Klinge eines Dolches.

Kapitel 5

Es dauerte eine ganze Weile, bis mein schockgeschwächter Verstand sich alles zusammenreimen konnte. Zu jenem Zeitpunkt hätte mir jemand weismachen können, zwei und zwei gäbe siebenundsechzig, und ich hätte es wahrscheinlich ohne Widerspruch geglaubt.

Mark sagte, er habe von solchen Waffen schon gehört. Lange Zeit später schickte er mir die Abbildung eines Exemplars aus dem Metropolitan Museum, und die beigefügte Beschreibung ist ungleich verständlicher und korrekter als jede, die ich selbst liefern könnte. Die Pistolen im Gasthaus waren von exakt derselben Art.

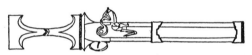

»Doppelläufige Steinschloßpistole, Länge 19", Lauf 10½", mit Dolch, zwischen den Läufen liegend. Oberer und unterer Lauf durch gemeinsames Schloß betätigt, rechtsseitig, mit automatischer Doppelpfanne – obere Hälfte klappt für den zweiten Schuß selbsttätig zurück. Läufe mit Silberfassung und Goldintarsien. Der T-förmige Griff gibt herausgezogen einen Dolch frei, der im Zwischenraum der Läufe steckt; Klinge 11". Der ziselierte Ring in der Mitte des Griffes verbirgt den Übergang zwischen Pistolen- und Dolchgriff. Herkunft vermutlich Balkan, ca. 1800.«

So lautete die Beschreibung, die Mark mir schickte und die ich erst lange später wirklich verstanden habe. Damals hätte ich nur sagen können, daß ein Dolch in der Pistole versteckt war – irgendwie, irgendwo.

Und bis heute kann ich gut darauf verzichten, mich genau zu erinnern, wie die Klinge aussah.

Asey nahm dem Jungen die Waffe ab, eine halbe Sekunde, bevor dieser sie hätte fallenlassen. Er ging hinüber zum Schreibtisch, legte ein sauberes Blatt Papier auf die Unterlage, darauf den Dolch, und dann holte er ein Lineal aus der Ablage.

»Sie'm achtel Zoll breit«, verkündete er, als er das Lineal an seinen Platz zurücklegte.

»Das ist die Tatwaffe«, sagte der Doktor, »da besteht nicht der geringste Zweifel. Gütiger Himmel, was für ein Glück, daß wir die gefunden haben! Die Pistolen hätten für ewig und drei Tage als Staubfänger da oben hängen können – wir hätten nie etwas davon erfahren, wenn der Junge nicht –«

»Jetzt«, unterbrach Tony, »brauchen Sie nur noch Fingerabdrücke zu nehmen, und dann haben Sie's. Asey, das ist –«

»Von wegen.« Asey schüttelte den Kopf. »Wenn da überhaupt Fingerabdrücke drauf waren, dann hat Eric die verschmiert. Un' wenn ihr mich fragt, einer, der Grips genug hat, sich so was auszudenken, der denkt auch an die Fingerabdrücke. Dafür würd' ich mich auf der Stelle verbürgen. Dolch in'm Schießeisen! Betsey« – sie war uns inzwischen in den ersten Stock gefolgt – »von diesen Dingern hab' ich ja überhaupt nix gewußt – du etwa?«

»Himmels willen, nein! Wenn ich's gewußt hätt', hätt' ich's gesagt. Mann, Asey Mayo, ich hab' die Dinger mit'm Staubwedel traktiert, solang', wie ich hier bin. Der Ur-Ur-Großvater, Edmund Prence –«

»Der Kapitän?« fragte Tony.

»Einer von den'. 's gab 'n ganzes Dutzend Prences, die alle Kap'täne waren. Je'nfalls, der hat sie mitgebracht, aus Europa oder China oder Indien oder irgendso 'm Land, Jahre is' das her. Hunnert Jahr', könnt' ich mir vorstellen. Die Pistolen waren immer hier o'm, soweit wie ich zurückdenken kann. Aber ich hatt' keine Ahnung, daß da Dolche drin waren. Un' ich würd' wetten, Eve un' Anne wußten's auch nich'.«

»Ich hatte sie drei Monate lang vor Augen«, fügte Tony hinzu, »und habe trotzdem nie etwas bemerkt. Wenn man's einmal weiß, ist es ja ganz offensichtlich, der verzierte Ring verdeckt die Stelle, wo die beiden Griffe ineinandergesteckt sind, aber vorher wäre ich nie darauf gekommen.«

»C'lumbus«, murmelte Asey, »un' das Ei.«

»Norr hat sie sogar in der Hand gehabt«, fügte Tony hinzu. »Eric übrigens auch.«

»Schon, aber ich wußte nicht, daß ein Dolch drin war«, sagte Eric kleinlaut. »Ich – oh, wenn doch nur Anne hier wäre. Ich fang' – ich fang' gleich an zu heulen.«

Betsey drückte ihn an ihre mächtige Brust. »Betsey nimmt dich jetz' mit nach unten, mein Jung'. Hier oben is' nich' gut für dich, wo du doch auch noch die schlimme Hand has'. Un' 's gibt 'ne wunderschöne Ente zum Abendessen –«

»Ich will deine blöde Ente nicht«, schluchzte Eric.

»Un' dazu –«, flüsterte Betsey ihm ins Ohr, »un' –«

Er schien ein wenig gefaßter, als sie ihn nach unten brachte.

»Nun«, sagte Mark, »damit ist Anne ja wohl nicht mehr verdächtig, oder?«

Asey schaute ihn düster an. »Glaubst du? Dann denk' nochma' drüber nach.«

»Wieso? Stimmt es denn nicht?«

»Ganz un' gar nich'.«

»Und warum nicht?«

»Natürlich nicht, Mark«, sagte ich, »natürlich nicht. Die Sache wird dadurch nur noch schlimmer! Sehr, sehr viel schlimmer, nicht wahr, Asey? Annes Messer war nicht das Messer, mit dem Eve umgebracht wurde. Aber dann findet sich die Tatwaffe an Ort und Stelle. Anne war hier oben. Nun, es wird heißen, sie habe die Tat begangen, und das Messer, das der Doktor hütet, sei nur eine falsche Spur. Oder eine bewußte Irreführung. Es sei denn, wir könnten beweisen, daß sie zwischen drei Uhr und dem Zeitpunkt, zu dem wir sie fanden, nicht hier oben war. Was sollen wir nur machen, Asey?«

Asey war schon zur Tat geschritten. Der Dolch verschwand wieder in der Pistole, und einen Augenblick später hing die Pistole wieder an ihrem alten Platz über dem Kaminsims.

»Kein Mensch«, sagte er, »brauch' da was drüber wissen, je'nfalls nich', bis für uns die Zeit günstig is'. Wir müssen nur gut aufpassen. Mensch – den Aufpasser, den hab' ich ganz vergessen. Diesen Justus. Der müßt' doch nachsehen komm', was hier o'm los war. Mark, du läufst runter un' verklickerst Betsey un' Tom Sawyer, daß sie kein Wörtchen übern Dolch un' die Pistole sagen sollen. Soll'n sa'n, wir hätten 'ne Ratte gejagt. Un' ihr merkt euch das auch.«

»Was ist mit Norris?« fragte ich.

»Zimmertür is' zu. Der hat nix gehört.«

»Außerdem wird er mit Sicherheit fest schlafen«, fügte der Doktor hinzu.

Mark war aus der Küche längst zurück, als ein schläfriger Mann ins Zimmer getrottet kam. Einen so vollkommenen Mangel an Wachsamkeit wie bei Justus hatte ich bei einem Gesetzeshüter nie zuvor erlebt.

»Irgendwas los? Kam mir vor, als hätt' ich was gehört.« Er gähnte ausgiebig. »Hab' 'n Nickerchen auf'm Sofa im grünen Zimmer gemacht. Gefällt mir, das Sofa.«

»Das freut mich«, sagte Asey herzlich, »steht ganz zu Ihrer Verfügung, solang' wie Sie hier stationiert sin'.«

»Was war 'n das für'n Krach?«

»Nur eine Ratte.«

»'ne Ratte?«

»'ne Ratte«, sagte Asey geduldig. »Kenn' Sie doch. Fressen Käse, die Biester. Is' aus'm Wohnzimmer gekomm', die Treppe hoch, un' dann is' sie hier rein. Wir wollten sie fangen. Dabei is' das Radio umgefallen.«

»Habt ihr die Ratte?«

»Nee. Muß da am Kamin rein sein, wo die Platten lose sin'.«

Justus ging zum Kamin und überprüfte die Vertäfelung Stück für Stück.

»Da muß sie rein sein«, schloß er. »Quig is' ganz schön gerissen, hm?«

Der Doktor seufzte. »Ohne Zweifel ist das Universum in diesem Augenblick von Geistern beseelt, neben denen sich Quigleys Hirn wie das eines Napoleon ausnimmt.«

Justus nickte. »Tja«, sagte er, »Quig, der hat Verstand. Hört mal, Leute, gibt's hier eigentlich irgendwann was zu essen?«

Mark ergriff die Gelegenheit.

»Verköstigung steht unter den gegebenen Umständen verständlicherweise nicht im Zentrum der Aufmerksamkeit«, klärte er Justus auf, »doch wenn Sie mir in die Küche folgen wollen, werde ich sehen, was ich für Sie tun kann.«

»Was?«

»Kommen Sie mit.« Mark sprach sehr prononciert. »Folgen Sie mir, wenn Sie etwas zu essen wollen.«

»Un'«, fügte Asey hinzu, »gib Mr. Justus das Beste, was Küche un' Keller zu bieten ham. Soll sozusa'n in'n vollen Genuß unserer Gastlichkeit komm'. So voll, wie's nur geht.«

Mark nahm diese Anweisung, Justus für unbestimmte Zeit beschäftigt zu halten, nicht gerade mit Begeisterung auf.

»Ich tue, was ich kann, Asey. Wir – wir könnten ja anschließend im Keller etwas Ping-Pong spielen.«

»'n ordentliches schnelles Ping-Pong-Match wär' nich' verkehrt«, sagte Justus mit Begeisterung. »Mächtig anständig von euch, Jungs.«

Als er gegangen war, schüttelte Asey den Kopf. »Der spielt uns doch was vor, oder, Doc? Meine Güte, das kann doch nich' echt sein?«

»Ich fürchte doch. Anfangs schien es auch mir, kein menschliches Wesen könne von einer solchen Stupidität sein, doch man täuscht sich. Wenn er mit dem Essen fertig ist, werden wir selbst einen Happen nehmen. Mr. Justus' Tischmanieren könnte ich wohl im Augenblick nicht ertragen, und die Lage hier ist viel zu ernst, als daß ich einen Aufbruch erwägen könnte. Ich hoffe nur, Mrs. Coopers Baby sucht sich nicht gerade diesen Zeitpunkt aus, um auf die Welt zu kommen, aber ich wette, genau das wird es tun. Die Familie ist für ihre Rücksichtslosigkeit bekannt. Was nun, Asey?«

»Tony, Sie nehm' mein Auto – nein. Am besten nehm' Sie 'ne 'lektrische Taschenlampe un' suchen ma' auf Schusters Rappen nach unserem irrenden Paar, Lila un' Alex. Sin' jetz' lange genug geirrt. Sollen herkomm'. Sagen Sie ihnen nich', was passiert is'. Das mach' ich selber, wenn ich 'rausgefun' hab', was ich von ihn' wissen will.«

»Kann ich vorher ein Butterbrot bekommen?«

»Mein'twegen, aber essen könn' Sie's unterwegs.«

Aseys Anweisung erinnerte mich an Henry Ford, der vor einigen Jahren die Forderung seiner Kunden nach farbigen Wagen mit dem Satz kommentierte: »Sie können jede Farbe haben, solange es schwarz ist.«

»Na gut«, sagte Tony resigniert. »Kann einer von euch sich inzwischen um Norr kümmern?«

»Jawoll. Ich werd' Jennie anrufen, Syls Frau, die kann herkomm' un' Betsey helfen. Betsey bringt ja allerhand zuwege, aber so 'n Übermensch is' sie dann doch nich', daß sie sich um Eric un' Norris un' das Gasthaus un' um uns kümmern kann.«

»Ein großartiger Mann«, sagte der Doktor voller Bewunderung, als Asey mit Tony hinausging. »Ein Verstand wie Euklid,

60

eine Phantasie wie Scheherazade, gerissen wie ein Yankee-Hausierer, und ein Humor – da fehlen mir einfach die Worte. Ich habe mir schon immer gewünscht, ihn in Aktion zu sehen.«

»Verraten Sie mir etwas?« fragte ich neugierig. »Wie alt ist Asey? Ich bin einfach nicht in der Lage, es zu schätzen. Sein Gesicht hat Falten, aber in Gang oder Bewegung wirkt er nicht wie ein alter Mann.«

»Ich kann es Ihnen nicht sagen, Miss Adams, ich weiß es nicht. Er war einmal mit einer Erkältung bei mir, vor achtzehn Jahren, als ich mich gerade in Weesit niedergelassen hatte. Ich weiß noch genau, daß ich ihn damals nach seinem Alter fragte. Er sagte, ›Raten Sie mal‹, und seitdem bin ich aus dem Raten nicht mehr herausgekommen. Irgendwann gehe ich nach Wellfleet und schlage im Gemeindebuch nach.«

»Hat er eigentlich einen festen Beruf?«

Der Doktor lachte. »Früher war er Seemann, und er ist ein fähiger Mechaniker, ein ausgezeichneter Koch und hervorragender Zimmermann. Außerdem hat er einige Jahre für Käpt'n Porter gearbeitet, und Syl Mayo sagt, Porter habe ihn fürstlich bezahlt. Syl findet es schrecklich, daß Asey weiter Gelegenheitsarbeiten macht, Gras mäht und Zäune streicht und Holz hackt. ›Überall ist er dabei‹, sagt Syl, ›und alles macht er perfekt, dabei bräuchte er keinen Finger krumm zu machen! Schaut ihn euch nur mal im guten Anzug an, mit dem tollen Wagen, den Bill Porter ihm geschenkt hat!‹ Das ist einfach zuviel für den armen Syl.«

Asey grinste, als er zurückkam. »Jennie is' schon unterwegs. Un' die Frau von der Vermittlung sagt, sie hätt' Sie gerade anrufen wollen, Doc. Bei Mrs. Cooper pressiert's. Sie könn' mein Auto ham, wenn Sie wollen.«

»Ich mit sechzehn Zylindern, wo ich sonst nur vier habe, oder heute sogar nur drei? Unsinn. Ich würde sterben vor Angst. Ich komme vorbei, sobald ich kann, Asey, und ich werde das Messer hüten. Wenn ich sonst noch etwas tun kann, lassen Sie mich's wissen.«

Er winkte zum Abschied.

»Netter Knabe«, sagte Asey. »Is' nur die Vertretung für Hulburt, aber er macht's gut, das muß ich sagen. Das hier is' ja vielleich' nich' gerade 's richtige Zimmer für 'ne Konf'renz, aber jetz' muß ich erst ma' nachdenken. Wir dürfen kein' Fehler machen. Eve Prence is' um kurz nach drei hier reingekomm'. Sa'n wir ma' eine Minute nach drei. Sie war am Leben, 's ging ihr gut, un' sie hat mit Norris gesprochen. Sie hören zusamm' Radio bis ungefähr drei Uhr vierzehn und eine halbe Minute, wenn wir's genaunehm', die Sendung hat ja 'ne Viertelstunde gedauert. Dann knipst Norris 's Radio aus, schnappt sich seine Geige un' spielt. Kann sich nich' erinnern, wie lange, aber sa'n wir ma' sechs Minuten. Dann hört er auf. Hat das Gefühl, ir'ndwas is' nich' in Ordnung. Gibt Alarm. Sie un' Tony komm' vom blauen Salon hoch, un' da is' Eve schon tot. Waren Sie direk' hinter Tony im Zimmer?«

»Tony kann unmöglich Eve erstochen haben, bevor ich hineinkam, wenn Sie das meinen«, antwortete ich. »Zum einen war ich keine dreißig Sekunden hinter ihm, das hätte nicht einmal gereicht, um die Pistole von der Wand zu nehmen, und schon gar nicht, um Eve zu erstechen und den Dolch wieder an seinen Platz zu bringen. Und zum anderen hätte Norris das hören müssen – das Radio war ja aus.«

»Gut. Aber wenn Sie später gekomm' wären, hätt' ich den bei'n schon noch 'n paar unangenehme Fragen gestellt. Ir'ndwie kamma sich schwer vorstellen, daß wir 'n Zeugen haben, der doch kein Zeuge war. Also, Sie un' Tony waren im blauen Salon, von zehn vor drei bis drei Uhr fünfundzwanzig. Ihr zwei kommt also nich' mehr in Frage. Ich hab' mich gefragt, ob Norris wirklich so hilflos is'. Ob er nich' mit'm bißchen Anstrengung aufstehen un' sich den Dolch holen könnt'. Aber das kann er nich', nich' in hunnert Jahren. Un' außerdem«, fügte Asey lächelnd hinzu, »is' sein Verband blitzsauber. Den könn' wir also auch abhaken. Und Anne, der glaub' ich ihre Geschichte.«

»Da schließe ich mich an.«

»Un' Betsey Dyer glaub' ich auch. Wär' ja auch leicht nachzuprüfen. In der ihr'm Leben gab's noch keine zehn Minuten, wo sie nich' mit'm Dutzend Leute geredet hat. Eric könn' wir wohl auch streichen. Mord is' ir'ndwie zu erwachsen, selbst für ihn.«

»Dann bleiben nur noch Lila und Alex Stout.«

»Genau. Un' der Fremde mit sei'm Leberfleck un' seiner Narbe. Fremde sin' ja nich' besonders häufig hier um diese Jahreszeit. Zwischen September un' Mai kommt normalerweise höchstens 'n halbes Dutzend Fremde hier vorbei, Wäschevertreter un' solche Leute nich' mitgezählt. Lem Dyer war auch noch da, da müssen wir ma' nachhören. Hm, wir ham ganz schön wenig, Miss Adams, wo wir drauf aufbauen könn', jetz', wo sechs Mann schon von Anfang an aus'm Rennen sin'.«

»Haben Sie denn in dem Zimmer überhaupt nichts gefunden, was einen Hinweis geben könnte?«

»Ich hab's mit'm Doc zusamm' durchgekämmt, aber 's war nix zu fin'. Is' alles dummes Gerede, daß einer nich' für längere Zeit in 'nem Zimmer sein könnt', ohne Spuren zu hinterlassen. 'türlich geht das. Außerdem, wenn ich jeman' umbringen wollt', würd' ich keine Spuren hinterlassen, höchstens falsche. Naja, vier Leute blei'm übrig, die wir überprüfen müssen, un' ich wette, Lem Dyer scheidet schon gleich am Anfang aus.«

»Was meinen Sie, warum ist Eve ermordet worden?« fragte ich. »Würde es nicht weiterhelfen, wenn man sich ein Motiv vorstellen könnte?«

»Hab' ich schon drüber nachgedacht. Grundsätzlich gibt's zwei Motive. Geld un' Rache. Geld kommt nich' in Frage – Anne kriegt alles, was Eve hatte. Un' Eve war viel zu gewitzt, die hätt' sich nie mit Schuldnern abgege'm. Könn' wir also ausschließen, daß ihr einer Geld schuldete un' sie umgebracht hat, weil er nich' zahlen konnt'. Bleibt die Rache.«

»Aber warum sollte irgend jemand sich an Eve rächen wollen?«

Asey lächelte. »Tja«, sagte er, »da gibt's 'ne Menge Gründe, Miss Adams. Da–«

»Für Sie Kay«, sagte ich mit Nachdruck, »wo wir doch beide in den Schlagzeilen waren.«

»Miss Kay, sa'n Sie mir doch ma', was Sie von Eve gehalten ham.«

Ich überlegte einen Augenblick. »Sehr gutaussehend«, begann ich schließlich, »geistreich, intelligent, raffiniert. Ähm–«

»Stimmt, das war sie alles. Aber vor allem hatte sie 'n Temperament wie 's Feuerwerk vom vierten Juli, bevor die Sparmaßnahmen kam'. Sie hat aus jeder Sache, mit der sie zu tun hatte, 'n Riesenspektakel gemacht. Sie ham's ja selbst gesehen, wie sie die elegante Gastgeberin gespielt hat, der Unrecht widerfahren is', nich' wahr?«

»Schon, aber–«

»Aber sie hat's übertrieben. Ich weiß, wie Sie's gemerkt ham, wie sie zuwenig von Anne un' zuviel vonner Publicity geredet hat. Wenn sie nich' soviel geschauspielert hätt', hätt' ich mich viel mehr um die Sache mit dem Seil gekümmert. Un' wenn sie we'n

63

dem Pistolenschuß nich' soviel Theater gemacht hätt', hätt' ich den auch viel ernster genomm'. Aber – gestern nachmittag um vier hab' ich gesehen, wie Eve 'n Bündel Möhren nach Anne geworfen hat, unnen Kürbis nach Betsey. Da hat sie 'n exzentrischen Küchenchef gespielt. Das heißt«, grinste er, »bei andern hätt's launisch geheißen, aber bei ihr war's exzentrisch. Aber sie hat auch Anne aufgenomm', wie die pleite war, un' das Krankenhaus bezahlt, wie Betsey letztes Jahr krank war. Wenn in der Stadt was los war, Empfänge, Ausstellungen, da hab' ich sie die feine Dame spielen sehen, bis ma' ihr am liebsten eins hinter die Ohren gege'm hätt'. Aber wie sie gehört hat, daß die Stadtkasse von Weesit am Ende war, da hat sie 'n Sparbuch vorgeholt un' gesagt: ›Bringt das in Ordnung.‹ Ich weiß, daß sie Lem Dyer wegen 'm Garten gequält hat, bis dem die Tränen kam', aber ich hab' auch gesehen, wie sie 'ner Frau in Wellfleet, die nach New York eingeladen war un' nichts zum Anziehen hatte, ihre halbe Garderobe geschenkt hat. Verstehen Sie allmählich, was ich meine?«

»Allmählich. Sie war launisch, und jeden Augenblick ihres Lebens setzte sie sich in Szene.«

»Genau. Sie wer'n das bald noch besser verstehen. Für sie war jede Rose 'n Bukett un' jedes Ei 'n Omelett. Alles war immer 'n bißchen größer, als wie's in Wirklichkeit war, un' ir'ndwie fühlte ma', wie alles ins Rampenlicht kam, wenn sie's auch nur anschaute. Sie konnte Griseldis am Vormittag sein un' Mae West am A'md un' dazwischen so ziemlich alles von Peter Pan bis Kön'gin Marie.«

Ich lachte. »Sie beschreiben sie wie ein Chamäleon.«

»Das war sie auch, ir'ndwie. Manchma' konnt' sie der liebste Mensch sein, un' im nächsten Augenblick hätt' ma' sie am liebsten in kleine Stücke gerissen. 's gab nich' *die* Eve Prence, 's gab 'ne ganze Million davon. Wenn ma' das erst ma' rausgefun' hatte, konnt' ma' sich sozusa'n zurücklehn' un' genießen. So wie ich's gemacht hab', die ganzen dreißig Jahre lang, die ich sie kannte. Sie war nämlich immer ma' wieder hier in der Stadt, auch wenn sie nur die letzten vier Jahre über hier gelebt hat. Je'nfalls, wenn ma' erst ma' wußte, woran ma' bei ihr war, dann konnt' ma' ihr die schlimmen Sachen gar nich' mehr übelnehm'. Ma' konnt' sich drauf verlassen, daß sie die erste sein würde, die ei'm helfen würde, wenn ma' wirklich am Boden lag. Da hat ma' ihr dann die

Lügen verziehen, weil's für sie ja gar keine Lügen waren. Sie hat ja ihre ganze Schauspielerei für wirklich genomm'.«

»*Sie* waren vielleicht in der Lage, sie so zu ertragen, wie sie war«, warf ich ein, »aber nur ein ausgesprochen intelligenter, ausgeglichener Mensch konnte überhaupt verstehen, wie sie war.«

»Anne hat's verstan', un' Betsey auch«, sagte Asey, »aber sons' nich' viele. Aber ma' mußte Eve einfach gern ham. Naja, je'nfalls sin' intelligente Menschen keine Mörder, in der Regel je'nfalls, höchstens in Notwehr. Da könn' Sie ruhig Ihre Augenbrauen he'm, Miss Kay, aber erzählen Sie mir doch ma', wieviele Prozent von Ihren Freunden Mörder sin'.«

Dagegen konnte ich schlecht etwas sagen.

»Gut. 'n 'telligenter Mensch, der sich rächen will«, fuhr Asey fort, »weil er jeman', der ir'ndwas Schreckliches getan hat, haßt, der hat zwei Möglichkeiten. Entweder kümmert er sich nich' drum un' denkt sich, der Herr wird's schon richten, oder er kann denjenigen, den er haßt, quälen, bisses dem lieber wäre, er wär' schon unter der Erde. 's gibt 'ne Million Mittel, jeman' mehr zu quälen, als wie 'n Mord das tun würde. Der Tod is' – wie bei Eve – in 'ner Sekunde vorbei. Aber jema'm, der lebt, so zusetzen, daß der sich wünscht, er wär' tot, das kann ma' jahrelang machen. Lügen un' Klatschgeschichten über ihn erzählen. Seine Freunde gegen ihn aufbring'. Seiner Familie wehtun. Sein Geschäft boykottieren. Da gibt's Qualen ohne Ende. Aber –«

»Aber«, unterbrach ich ihn, »es bleibt eine Tatsache, daß auch intelligente Menschen morden.«

»Hm-hm. Kurz gefaßt, was ich sagen will, is', jeder hier im Haus hätt' sich davonmachen könn', wenn er Eve nich' mehr ertragen konnt', von Anne ma' abgesehen, un' der wollen wir ja ihre Geschichte glau'm. Aber keiner hat sich davongemacht. Verstehen Sie?«

»Das müssen Sie schon noch etwas deutlicher erklären«, sagte ich. Ich habe nie einen Hehl daraus gemacht, schon in der Schulzeit nicht, daß ich erst sämtliche Schritte von A bis Z schriftlich vor mir haben muß, bevor ich eine Theorie wirklich begreife.

»Na gut. Eve tut jema'm weh, un' der beschließt, sie zu piesacken. Also, Eve, so wie sie war, – intelligent un' raffiniert wie die Prences immer –, merkt schon, was los is', bevor der

65

überhaupt richtig angefangen hat. Un' dann, was würd' sie dann machen? Sie würd' die verfolgte Heldin spielen un' den Verfolger mehr quälen, als der sich jemals für sie hätt' ausdenken könn'. Versteh'n Sie's nu'?«

»Ich glaube, ja«, sagte ich bedächtig. »Sie glauben, daß der Mörder, wer immer er war, zu Anfang nicht wirklich vorhatte, Eve umzubringen. Es kann gut sein, daß jemand eine ihrer Rollen oder ihrer Temperamentsausbrüche zu ernst nahm und beschloß, sie aus Rache zu quälen. Aber dann wurde der Betreffende von ihr gequält und schließlich bis an den Punkt getrieben, an dem mit Vernunft nichts mehr zu machen war. Er wollte sie umbringen, und er tat es. Ich weiß nicht, ob ich mich klar ausdrücke, aber meine Gedanken sind klar wie Kristall.«

»So geht's mir auch«, sagte Asey.

»Aber könnten Sie nicht beim Seil anfangen oder bei der Geschichte mit dem Pistolenschuß?«

»Hat Tony Dean ja e'm schon angedeutet, so wie die Dinge jetz' lie'n, würd' keiner mehr die Wahrheit über das Seil sagen. Un' wo die Kugel nich' mehr da is', kamma auch mit'm Pistolenschuß nich' viel anfang'. Wahrscheinlich war's sowieso nich' derselbe, un –«

»Asey, Sie wollen doch nicht sagen, drei verschiedene Personen hätten unabhängig voneinander Eve nach dem Leben getrachtet!«

»Miss Kay, Eve konnt' ohne die geringste Mühe drei Leute gleichzeitig vorn Kopf stoßen un' sie ge'n sich in Rage bringen un' sie dann wieder quälen. Oder 'n Dutzend. Sie hat ihr Leben lang mit Leuten jongliert, un' mit ihren Gefühlen. Ich denk' mir auch, sie hat wohl gewußt, daß ma' nich' immer nur an're mit Nadeln pieksen kann, ohne daß ma' sich ir'ndwann selbst in eine setzt.«

»Es muß jemand gewesen sein, der im Haus wohnt«, sagte ich, »wie hätte er sonst vom Dolch in der Pistole wissen können?«

»Die Pistole is' schon hunnert Jahre hier«, sagte Asey. »Un' im Prence-Haus hat sich früher die ganze Stadt getroffen. Als Kind bin ich selbst hergekomm', mit mei'm Vater, 'n ollen Käpt'n Matt besuchen. Seit vier Jahren isses nu' 'n Gasthaus gewesen, un' wer weiß wie viele Schriftsteller ham in dem Zimmer gewohnt. Der Schuß am Samstag kam vielleich' von jema'm, dem Eve am Samstag zugesetzt hat; das Seil von gestern abend hat vielleich' derje-

66

nige gespannt, der gestern gequält wurde, un' der Dolchstich heut' nachmittag – nun, das könn' Sie sich ja genausogut ausmalen wie ich. Kann einer gewesen sein, der heute hier is', oder einer, der vor vier Jahren hier war, oder vor vierzehn. Un' weiß Gott, Schriftsteller sin' ja nu' nich' gerade einfach im Umgang. Sin' auch so wandelbar. Wür'n sich mit'm Teufel höchstpersönlich zusammentun, um, wie sie das nenn', 'n neuen Respons zu krie'n. Immer auf der Suche nach Material, un', abgesehen von Schauspielern, sinnes, soviel ich weiß, die einzigen Leute, die lügen könn', ohne 'ne Miene zu verziehen.«

Ich hätte gewettet, daß keiner von ihnen Material oder einen Respons von Asey bekommen hätte, es sei denn mit dessen Billigung, und das sagte ich ihm auch.

Er grinste. »Ich geb' 'ne Menge ›Lokalkolorit‹ ab, wie sie das nenn'. Anfangs hab' ich nich' so recht gewußt, was das war, aber als ich's erst ma' rausgefun' hatte, ging's wie von selber.« Er kicherte. »Lokalkolorit is', scheint's, nur 's Piment un' die Petersilie un' die Zitron'soße, mit der ma' aus 'ner gebratenen Scholle 'ne Seezunge macht. An manchem von dem Lokalkolorit, das ich mir abringen lasse, wer'n die guten Leute vom Cape eines Tages ihre helle Freude ham. Oh, da bist du ja, Jennie. Das is' Syls Frau, Miss Adams.«

Die rundliche, rotgesichtige Amazone, die ins Zimmer gepoltert kam, stand Betsey an Körperfülle nur wenig nach. Der winzige Syl Mayo, dachte ich mir, hätte sich in ihrem halben Schatten verstecken können.

»Da bin ich«, sagte sie. »Ich bin schon 'ne Weile da. Hat ma' schon jemals so 'ne Geschichte gehört? Is' das nich' fürchterlich? Betsey is' nebenan un' versorgt den blinden Jungen, un' ich hab's Abendessen für euch fertig, unten im Wohnzimmer, un' den Kleinen hab' ich ins Bett gebracht. Will euch aber nochma' sehen.«

»In Or'nung. Wir schauen bei ihm vorbei, un' dann komm' wir essen.«

Ich folgte Asey durch den langen Korridor zum anderen Ende des Hauses. Erics Zimmer war das hinterste. Als wir eintraten, warf er das Buch, in dem er gelesen hatte, auf den Boden – ein alter Band Oliver Optic, wie ich mit Freude sah.

»Hör mal, Asey«, druckste er, »es tut mir furchtbar leid, daß ich so ein Durcheinander angerichtet habe. Ich – ich wollte nicht heulen – und all das. Ist sonst nicht meine Art. Aber ihr müßt wissen«, er holte ein blaugepunktetes Taschentuch aus der Tasche seines scharlachroten Schlafanzuges und schneuzte sich heftig, »ihr müßt wissen, daß genauso – genauso ist mein Daddy erstochen worden.«

Kapitel 6

Hätte der Junge uns eine Stange Dynamit vor die Füße geschleudert, es hätte uns kaum gründlicher die Sprache verschlagen können. Mir allerdings hatte es in den letzten vierundzwanzig Stunden dermaßen oft die Sprache verschlagen, daß ich mich allmählich daran gewöhnte.

»Das war vor sechs Jahren in Madrid«, fuhr Eric hastig fort. »Ich finde es ja gräßlich, aber Lila und Daddy fuhren immer gerne nach Spanien. Früher, da war es schön, als man Alphonse und seiner Familie und der Wache zusehen konnte, aber heute ist nichts mehr los in Spanien. Höchstens auf den Ramblas Fußball spielen oder mit dem Fahrrad durch den Retiro kurven kann man noch. Ich persönlich ziehe New York vor. Mensch, in ganz Madrid gibt's ja nur drei Hochhäuser!«

Asey fand seine Stimme wieder. »Hat ma' jemals rausgefund', wer's getan hat, Jung'?«

»Das mit Daddy? Nein. Lila war furchtbar erschüttert. Danach sind wir hauptsächlich nach Palma gefahren. Lila spricht nie darüber. Und – von Daddy auch nicht.«

»Also die Lila!« Asey schnaufte. »Kümmert die sich ei'ntlich nie um dich, Jung'?«

»Selten«, gab Eric ehrlich zu, »aber ich komme ganz gut zurecht. Ich würd' gerne auf die Militärschule gehen, aber Lila sagt, es verdirbt mir den Charakter. Deshalb bin ich – ähm – manchmal so eine Nervensäge.«

»Damit sie dich in die Schule lassen muß«, lächelte Asey. »Versteh' ich.«

»Schon«, fuhr Eric traurig fort, »aber Lila scheint es überhaupt nicht zu verstehen. Manchmal denke ich mir, sie ist nicht besonders intelligent. Aber«, fügte er eilig hinzu, »raffiniert ist sie. Zum Beispiel die Art, wie sie hinter Alex her ist. Das ist nicht gerade intelligent, aber raffiniert ist es schon. Und ver – wie heißt das doch gleich?«

»Verschlagen?« schlug ich, noch ein wenig benommen, vor.

»Genau. Alex hält allerdings viel von Militärschulen, also bin ich auf seiner Seite. Danke, daß du vorbeigekommen bist, Asey. Ich wollte nur nochmal mit dir reden – und vielleicht könntest du ja ein Wort für mich einlegen, wegen der Schule. Ganz in der Nähe von Boston gibt es eine, die mir gut gefallen würde, glaube ich. Ich habe mir den Prospekt schicken lassen.«

»Mach’ ich«, versprach Asey. »Noch ir’ndwas, was wir für dich tun könn’, bevor wir gehen?«

»Ihr könntet das Fenster öffnen. Mir ist gerade so schön warm, und sonst würden meine Füße wieder kalt.«

Während Asey das Fenster öffnete, zog ich ihm die Bettdecke bis unters Kinn, stopfte sie fest und gab ihm einen Kuß.

»Nacht«, sagte er schläfrig.

Asey schloß die Tür. Wir sprachen erst wieder, als wir unten ankamen.

»Gütiger Himmel«, sagte Asey, »wie der Doc immer sagt, mir fehlen die Worte. Was der Junge schon alles hinter sich hat! Hm. Wir wer’n dafür sorgen, daß er auf diese Schule kommt.«

»Das«, sagte ich klipp und klar, »werden wir.«

»Un’ dann so ’ne Mutter! Vater wird erstochen, un’ keiner weiß von wem. Wir wer’n uns diese Lila ma’ ’n bißchen genauer ansehen.«

Das war mir recht. »Asey«, sagte ich, »mir ist da etwas eingefallen. Wenn Eve versucht hat, die Beziehung zwischen Mark und Anne zu unterbinden, wäre es da nicht möglich, daß sie auch gegen das, was vielleicht zwischen Lila und Stout vorgeht, intrigiert hat? Könnte das nicht eine von ihren Gehässigkeiten gewesen sein?«

»Is’ nich’ ganz dasselbe«, sagte Asey, »aber Gehässigkeit spielt da ganz sicher ’ne Rolle. Bruder Stout wollt’ ich sowieso ’ne ganze Reihe von wich’gen Fragen stellen, über was, was letzte Nacht vorgegang’ is’, un’ jetz’ das hier – tja, die Sache kommt allmählich ins Rollen.«

»Was heißt das, nicht ganz dasselbe?«

»Naja, für Eve wär’s gut gewesen, wenn sie Mark un’ Anne auseinandergebracht hätte, das seh’ ich schon. Anne war ’ne große Hilfe hier. Hat gearbeitet wie ’n Pferd. Boden geschrubbt, war Kellnerin, Küchenhilfe für Betsey, hat abgewaschen un’ die Drecksarbeit gemacht – Hühner rupfen zum Beispiel. Sie hat sich ihren Unterhalt verdient, un' Eve hat zwar manchma' mit'm Geld rumgeworfen, aber sie hat genauso auf'n Pfennig gekuckt wie jeder an're Cape Codder. Aber wenn sie Lila un' Alex vergrault hätt', dann hätt' sie drei zahlende Gäste verloren, Eric mitgerechnet. Eve hat mit dem Laden hier 'ne Menge verdient, das darf ma' nich' vergessen. Hier gibt's Atmosphäre un'«, lächelte er, »Lokalkolorit un' echte Antiquitäten mit Wurmlöchern, die vom Alter komm' un' nich' von Schrotkugeln, un' gutes Essen un' viel Ruhe un' dazu noch immer 'n Logenplatz, wo ma' Eve Prence un' ihre Berühmtheiten sehen kann. Dafür muß ma' aber auch ganz schön zahlen. Kann mir nich' vorstellen, daß Eve Lila un' Alex allzusehr in Wut gebracht hätte, aber davon re'n wir später.«

Mit dem Essen waren wir schnell fertig. Keiner von uns war übermäßig hungrig, und ich hatte auch nichts anderes erwartet.

Dann und wann hörte man Stimmen aus dem Keller.

»Mark un' der Arm des Gesetzes«, sagte Asey und grinste, »munter beim Ping-Pong. Was mein' Sie, wo der Ganove Ping-Pong-Spielen gelernt hat? So, dann gehen wir jetz' ma nach o'm un' werfen 'n Blick in die Gemächer des vermißten Paares. Is' ja immerhin möglich, daß sie uns entwischt sin'. Wir wer'n ma' schauen, ob ihre Reisegarderobe noch da is'.«

Wir hielten vor dem rechten Vorderzimmer inne – dem Gegenstück, nahm ich an, zu Norris' Zimmer auf der anderen Seite des Hauses. Asey drehte den Griff, doch die Tür bewegte sich nicht.

»Abgeschlossen«, sagte er. »Seltsame Sache. Hab' hier im Haus noch nie vorher 'ne verschlossene Tür gesehen.«

»Hören Sie!« Ich faßte seinen Arm. »Da ist jemand drin!«

Ganz schwach – denn Eves Schallisolierung war ausgezeichnet – konnten wir Stouts Brüllen hören.

»Um Himmels willen, laßt mich doch endlich hier raus, ihr Dreckskerle.«

Asey warf mir einen Blick zu und grinste. Dann beugte er sich zum Schlüsselloch hinab.

»Wo is' der Schlüssel? Wer hat den Schlüssel?«

»Woher zum Teufel soll ich das wissen? Fragen Sie Eve!«

Asey richtete sich auf. »›Fra'n Sie Eve.‹ Hm. Vielleich' weiß Betsey was.«

Aber Betsey wußte nichts.

»Meine Güte, Asey, ich könnt' dir nich' ma' sagen, wo du da nach kucken könntest. Wir ham vielleich' alle Jubeljahre ma' 'n

71

Schlüssel gebraucht, un' Eve konnt' sich nie merken, wo sie ihren Bund gelassen hat'. Hat je'nfalls immer so getan. Sagt, sie könnt' Schlüssel nich' ausstehen. Hat ihre Koffer un' Taschen nie abgeschlossen, höchstens, wenn's Bahnfracht war, weil sie die sons' nich' genommen hätten, un' da mußt' ich die Schlüssel immer in 'ne Schachtel stecken un' vorausschicken, Eilzustellung. Der alte Wagenschuppen war immer zugeschlossen, aber–«

»Hm-hm. Na, ich werd' Stout ma' 'n bißchen gut zubrüllen, auf daß seine Seele ausharre, wie beim Hiob, un' dann sehen wir zu, ob wir die Schlüssel nich' auftreiben könn'. 's müssen welche hier sein, sons' könnt' Stout ja nich' eingeschlossen wor'n sein. Hm. Wie lang er wohl schon da drin is'?«

Betsey spitzte die Lippen. »Mr. Stout is' ja 'n netter Mann«, sagte sie pikiert, »un' leicht zu versorgen – kein Geschimpfe un' Getue wegen 'n Proteinen un' wegen 'er Stärke. Aber ich muß schon sagen, manchma' versteh' ich, warum seine Bücher in Boston verboten wer'n!«

Ich hätte mir nie vorher ausmalen können, daß es in dem Gasthaus so viele Winkel und Ecken geben würde, wie wir in der folgenden halben Stunde untersuchten. Es gab kein bewegliches Objekt, wo wir nicht dahinter-, darunter- oder hineingeschaut hätten, kein unbewegliches, das nicht von vorne bis hinten abgesucht worden wäre. Schließlich fand sich der Schlüsselbund – in Eve Prences Golftasche in der hintersten Ecke ihres Schrankes. Bis dahin fühlte ich mich längst wie durch die Mangel gedreht.

»Wo has' du 'n deine Schlüssel«, murmelte Asey ironisch. »Oh, die bewahre ich in meiner Golftasche auf. Schlüssel – Schläger. Ganz einfach, wenn ma' 's erst ma' weiß. Ob sie wohl ihr Kleingeld im Kühlschrank hatte?«

»Sind Ihnen eigentlich«, fragte ich lachend, »die Bilder von Tony und Alex auf Eves Kommode aufgefallen?«

»Jawoll«, antwortete er, während wir zu Stouts Zimmer unterwegs waren. »Da hat sie immer die Bilder von allen berühmten Männern, die gerade hier sin', draufstehen. Nett von ihr, aber 'ne Menge Arbeit, die dauernd wechseln. Jetz' aber zu Mr. Stout. Ich persönlich würd' ihn ja gerne noch 'ne Weile schmoren lassen, bis er richtig schön wütend is', aber ich –«

»Warum?« fragte ich, »hätten Sie ihn gerne wütend?«

»Weil, je wütender einer is', desto eher kamma die Wahrheit aus ihm rauskrie'n. Wenn einer Ruhe bewahrt, der kann lügen

wie gedruckt. Einer, der wütend is', kann das nich'. Der hat gar
keine Zeit zum Nachdenken. Ir'ndwie bin ich auch neugierig, wie
lang er wohl da drin war, un' wer 'n eingesperrt hat, un' warum.«
Da waren wir einer Meinung. Die ganze Situation hatte etwas
Surrealistisches. Nach zwei mißglückten Versuchen fand Asey
den richtigen Schlüssel, und die Tür öffnete sich.

Alex Stout schäumte vor Wut. Ich dachte immer, nur ein dicker
Mann könne einen wirklich überzeugenden Wutausbruch an den
Tag legen, aber Alex war dermaßen in Rage, daß wenigstens
dieses eine Mal seine Magerkeit außer Betracht bleiben konnte.

»Zwei Stunden!« Theatralisch wies er auf die Uhr, die auf dem
Kaminsims stand. »Zwei Stunden lang habe ich um Hilfe gerufen,
und kein Mensch in diesem verdammten Laden hat das Fünkchen
Anstand –«

»Wie lange sin' Sie denn hier drin gewesen?« unterbrach Asey
ihn interessiert.

»Seit zwei Uhr heute nachmittag! Acht Stunden! Und ich –«

»Un' Sie ham nur die letzten zwei Stun' um Hilfe gerufen? Was
ham Sie denn vorher gemach'?«

»Ich habe ein Nickerchen gemacht«, sagte Stout würdevoll.

Asey und ich schüttelten uns vor Lachen.

»Was gibt es denn da zu lachen?« fuhr Stout wütend dazwischen. »Man hat –«

»Von wem sin' Sie denn eingeschlossen wor'n?«

»Eve. Man hat gewisse Rechte –«

»Schon gut. Aber warum hat sie Sie eingeschlossen?«

»Sie war wütend auf mich. Eine lächerliche Geschichte. Man
hat –«

»Genau. Aber warum war sie wütend?«

»Hören Sie, Asey, es geht Sie wirklich nichts an, ob –«

»Vielleich' nich'. Aber immerhin hab' ich Sie aus 'er Gefangen-
schaft befreit, un' Sie beschimpfen mich nur un' sagen nich' ma'
danke, un' sin' Sie ei'ntlich nie auf die Idee gekomm', daß Sie
keiner gehört hat? Hätt' ja keiner hören könn', höchstens wenn
Sie 's Fenster aufgemacht un' gebrüllt hätten. Wir ham ja sowieso
alle gedacht, Sie wären mit Mrs. Talcott spazieren. Sie is' noch
nich' wieder da, un' –«

»Nicht da? Diese Gans«, polterte Stout, »diese dumme Gans.
Wahrscheinlich ist sie tatsächlich in das Schlammloch gesprungen
und steckt noch drin. Ich hab's ihr ja gleich gesagt.«

»Was für'n Schlammloch?« Asey setzte sich auf das Bett und gab mir ein Zeichen, ebenfalls Platz zu nehmen. »Un' wann war das mit'm Schlammloch?«

»Das war völlig absurd, die ganze Geschichte.« Stout beruhigte sich allmählich. »Wir waren unterwegs zu den Teichen und kamen an diesem Schlammloch vorbei. Eine riesige Pfütze. Lila hatte zufällig gerade ein paar blödsinnige Kinderverse darüber geschrieben, wieviel Spaß es macht, über Pfützen zu hüpfen, und sie bestand darauf, daß wir drüberspringen, um rauszufinden, ob es *wirklich* Spaß macht.«

Asey und ich konnten nicht mehr ernst bleiben. Ich glaube, es gibt nichts Komischeres auf der Welt als die verächtliche *reductio ad absurdum*, mit der ein Schriftsteller die Arbeit eines anderen demontieren kann.

»Ich«, fuhr Stout fort, »weigerte mich, etwas so Sinnloses zu tun. Wir stritten uns, und ich ging hierher zurück. Wahrscheinlich hat sie versucht, über die Pfütze zu springen, ist eingesunken und sitzt immer noch fest. Wie im Flugsand. Asey, wie würdet ihr hier oben das nennen, ein Schlamm, der wie Flugsand ist?«

»Flugschlamm«, sagte Asey, ohne zu zögern. Ich mußte an seine Bemerkungen über Lokalkolorit denken und kicherte innerlich. »Das is' ja – wie ging's dann weiter, Mr. Stout?«

»Oh, ich kam her und habe für einen Augenblick nach Eve geschaut. Sie fragte mich, wo ich gewesen sei. Zugegeben, ich war immer noch ärgerlich wegen Lila, und meine Antwort war vielleicht ein wenig heftig. Sie bekam einen Wutanfall und sagte – naja, das gehört vielleicht nicht hierher. Sie war eifersüchtig. Ich begab mich dann auf mein Zimmer und wollte mich ein wenig hinlegen. Letzte Nacht habe ich bis zwei gearbeitet und heute morgen dann weitergemacht. Ich zog gerade meine Schuhe aus, als ich hörte, wie die Tür abgeschlossen wurde. Das war um zwei. Und die ganze Zeit über bin ich hiergewesen. Das Zimmer nebenan ist unbewohnt, aber Eve muß die Verbindungstür verschlossen oder verriegelt haben, jedenfalls läßt sie sich nicht öffnen. Tja, das ist die Geschichte. Tut mir leid, wenn ich unfreundlich zu Ihnen war, aber ich war wirklich wütend. Wo ist Eve? Ich werde ihr die Meinung sagen, sich so albern zu benehmen.«

Er stand auf, im Begriff, das Zimmer zu verlassen.

»'ment noch«, sagte Asey. »Setzen Sie sich, Mr. Stout.«

Und noch einmal wurden die Geschichte von Eve und die Ereignisse des vergangenen Nachmittags berichtet, ein Bericht, der allmählich auf zehn immer dieselben Sätze reduziert wurde.

Stout ließ sich auf einen Stuhl fallen.

»Meine Güte! Und ich – habe friedlich dabei geschlafen. Das ist ja – Eve sprach letzte Nacht noch davon, daß Anne hinter der Sache mit dem Seil steckt, und ich habe sie ausgelacht. Sie – sie war nämlich gestern abend spät noch hier –«

»Weiß ich«, sagte Asey beiläufig.

»Das wissen Sie!« Stout funkelte ihn an. »Was soll das heißen, das wissen Sie? Wie kommen Sie dazu?«

»Ich hab' Eve gesagt, ich würd' auf sie aufpassen, un' das hab' ich auch getan. 'n Jammer, daß ich's heute nich' so gut gemacht hab'. Ich hab' sie nach zwei heute nacht hier reinkomm' sehen, das stimmt.«

Kein Wunder, daß Asey angekündigt hatte, er habe Stout ein paar Fragen zu stellen!

»Und«, sagte Stout ein wenig herausfordernd, »Sie haben sie nicht herauskommen sehen, und da dachten Sie sich –«

»Ich hab' sie nich' rauskomm' sehen«, unterbrach Asey ihn eisig, »un' ich hab' mir überhaupt nix gedacht. Dafür war ich nich' zuständig.«

»Tut mir leid, Asey. Ich – ich weiß selbst nicht, was ich sage. Es ist alles – tja, Eve war nämlich meine Frau.«

Die berühmte Adams-Selbstbeherrschung platzte wie eine Christbaumkugel beim Aufschlag auf den Fußboden. Asey hingegen schien nicht im geringsten verblüfft zu sein. Er lehnte sich lediglich zurück, schlug die langen Beine übereinander und holte seine Pfeife hervor.

»Wie wär's«, schlug er vor, »wenn Sie uns einfach alles erzählen. Wär' vielleich' leichter.«

»Meinetwegen. Wenn es unverständlich wird – nun, Sie werden schon sehen, warum. Ich habe Eve vor dreizehn Jahren in Paris geheiratet. Ich war zwanzig und sie dreißig. Eine Woche nach der Hochzeit habe ich sie verlassen.«

Er lächelte gequält und zündete sich eine Zigarette an. »Sie wollen wissen, warum? Heute klingt es lustig, aber damals war es das ganz und gar nicht. Ich hatte ein großes Buch in Vorbereitung. Habe ihr alles darüber erzählt, lange bevor wir heirateten. Es sollte – oh, es sollte eins von diesen Büchern werden, die noch in Jahrhunderten gelesen werden. Sie verstehen. Jeder Schriftsteller hat zumindest eins von der Sorte immer im Hinterkopf. Läßt es mit Absicht dort, vermute ich, als eine Art Wiedergutmachung für das, was er tatsächlich schreibt. Nun, in der Woche nach der Hochzeit kam Eves neuestes Buch heraus. Es war das meine.«

»Sie mein', sie hat Ihre Geschichte geklaut?«

»Sie hatte die ganze Handlung geklaut. Heute bin ich froh darüber. Von dem Punkt an habe ich für Geld geschrieben, statt mich als Dichter mit Botschaft und Seele aufzuführen. Irgendwie habe ich seit jenem Tag nie wieder den Drang verspürt, einen epochemachenden Roman zu schreiben, und ich habe das sichere Gefühl, die Literatur ist nicht ärmer dadurch geworden.« Er lächelte. »Aber damals war es ein fürchterlicher Schlag. Ich brauchte sehr lange, bis ich einsah, daß sie sich nichts Böses dabei gedacht hatte; sie hatte die Idee nicht gestohlen, so wie ein gewöhnlicher Schriftsteller das vielleicht getan hätte. Sie wußte einfach, sie könnte so etwas besser schreiben als ich, und das stimmte auch, und sie hat es getan. Offenbar ist ihr nicht einmal bewußt geworden, daß es Diebstahl war. Aber gerade das tat so weh – damals. Erst viel später habe ich Eve wirklich verstehen gelernt.«

»Sie sind also zu ihr zurückgekehrt?« fragte ich.

»Oh ja. Ich habe die Sache überwunden und bin zurückgekehrt. Eve hatte etwas, das mich faszinierte, immer fasziniert hatte und mich stets von neuem faszinierte. Ganz gleich, wie viele Kränkungen und Gemeinheiten man einstecken mußte, irgend etwas zog einen doch immer wieder zu ihr zurück. Sie beide gehören vielleicht nicht zu denen, die hinfassen müssen, wenn irgendwo ›Frisch gestrichen‹ steht. Oder mit Streichhölzern spielen. Ich mache das heute noch. Ich habe nie verstanden, warum ich zu ihr zurückgegangen bin. Ich glaube, weil sie so geistreich war. Weil ihr Geist so ungeheuer stimulierend war.«

»Jawoll«, sagte Asey, »jawoll, das kamma sa'n. Ham Sie schomma gesehen, wie die In'jöre im Steinbruch 'n ganzen Berg in die Luft jagen – hier 'n kleiner Sprengsatz, da 'n kleiner Sprengsatz? Tja, so 'n stim'lierender Geist war das.«

Stout lachte. »Da haben Sie recht, Asey. Aber langweilig, das war das Leben mit Eve nie. Natürlich gab es ständig neue Zwischenfälle, jedesmal, wenn ich sie wiedersah. Irgendeine der

Rollen, die sie dann gerade spielte, ließ mich von neuem die Flucht ergreifen. Später ging mir dann auf, was für ein Dummkopf ich gewesen war, sie ernstzunehmen. Jedesmal schwor ich, das nicht noch einmal zu tun. Aber dann war es doch wieder soweit, ich verlor abermals die Nerven. Eve war eine großartige Schauspielerin. Ich habe mir oft die rauschenden Erfolge ausgemalt, die sie auf der Bühne hätte haben können – das Problem wäre nur gewesen, daß sie keine zwei Vorstellungen dieselbe Rolle gespielt hätte, nicht einmal zwei Akte lang, wenn man's genau nimmt.«

Asey nickte nachdenklich. »War eben 'ne echte Prence. Die Prences sin' hier mit'n Pilgervätern an Land gegang' un' ham sich mit'n Indianern rumgeschla'n un' Brunnen gebohrt un' Gräben angelegt, die waren einfach bei allem dabei. Wenn's 'n Streit oder 'ne Prügelei gab, dann war immer 'n Prence dabei, von Concord bis zur Schlacht von Santiago. Eve hatte 'n Tatendrang vonner Familie, aber ihr Aktionsfeld war sozusagen begrenzt.«

»Da haben Sie recht«, sagte Stout. »Aber – was machen wir eigentlich mit Anne? Sie hat Eve nicht umgebracht. Unmöglich, auch wenn ihr Messer die Tatwaffe war – das würde ich nicht einmal glauben, wenn jemand sie erwischt hätte, wie sie es aus Eves Leiche zog.«

»Ich weiß nich', was wir machen sollen«, sagte Asey. »Wenn Sie in Ihrem Zimmer eingeschlossen waren, dann sin' Sie schon der siebte, den wir von uns'er Liste streichen könn'. Warum hat Eve Ihn' un' Norris die Geschichte mit Anne erzählt un' bei den an'ren Andeutungen gemacht? Warum wollt' sie Anne so anschwärzen?«

»Wegen Mark«, sagte Stout ohne Zögern.

»Wie meinen Sie das?« fragte ich.

»Mark hat sich nicht von Eve einwickeln lassen, so wie das sonst die Männer tun. Er trat nicht dem Kreis ihrer Bewunderer bei. Er ließ, das habe ich die Male, die wir beide zur selben Zeit hier waren, feststellen können, zwar keinen Zweifel daran, daß er Eve für eine bemerkenswerte Frau hielt, aber dabei blieb es, und dann verliebte er sich Hals über Kopf in Anne. Nicht, daß Mark sie nicht beachtet hätte; er war immer freundlich und zuvorkommend, aber er bewahrte Abstand. Und Eve brauchte das ganze Rampenlicht. Sie war eifersüchtig auf Anne. Und das, wo Anne ihr so nützlich war. Ich glaube, das ist das ganze Geheimnis.«

Ich hatte das sichere Gefühl, daß das die einzige Erklärung bleiben würde, die wir jemals für Eves Verhalten gegenüber Anne bekommen würden.

»Hatten Sie 'n Eindruck«, fragte Asey, »daß sie gestern a'md wirklich überzeugt war, jemand wollt' sie umbring'?«

Stout zögerte. »Gestern habe ich das nicht geglaubt. Mir kam es vor, als hätte sie ihre Chance für einen dramatischen Auftritt gesehen und sie ergriffen. Ich dachte, sie wollte Miss Adams gegen Anne einnehmen – schließlich konnte sie, wenn sie Erfolg hatte, sicher sein, daß Marks Familie dem Verhältnis ein Ende machen würde. Aber man kann nie wissen. Vielleicht hat sie wirklich Anne in Verdacht gehabt. Die ganze Sache ist unglaublich. Das will mir einfach nicht in den Kopf. Irgend jemand würde eines Tages die Geduld mit Eve verlieren und ihr an den Kragen gehen, das habe ich immer gewußt. Mir war selbst oft danach zumute. Keine Ahnung, warum ich es nie getan habe; wahrscheinlich habe ich immer gerade noch im letzten Moment die Flucht ergriffen.«

Aseys Theorie von der Rache als Tatmotiv bestätigte sich also.

»Hat Eve Ihn' von Samstag erzählt?« fragte Asey.

»Samstag?«

»Is' egal. Sa'n Sie, Mr. Stout, die Pfütze da draußen, das wird doch nich' – ähm – wirklich Flugschlamm gewesen sein?«

»Nein. Ich bin nur nicht mit drübergehüpft«, gestand Stout, »weil ich ein neues Paar Schuhe anhatte und nicht wollte, daß sie schmutzig werden. Nein, aber ich nehme an, Lila wird trotzdem die Hilflose spielen, und, meine Güte, es ist ja wirklich schon sehr spät, nicht wahr?«

»Wissen Sie irgendwas über Mr. Talcott?«

»Jim Talcott? Ich habe ihn mal in Paris kennengelernt. Sehr anständiger Kerl. Er war Auslandskorrespondent für irgendeine New Yorker Zeitung. Ist in Madrid gestorben, ganz plötzlich, vor ungefähr sechs Jahren.«

Ich fragte mich, ob er uns die Tatsache, daß Talcott erstochen wurde, absichtlich vorenthielt, oder ob er tatsächlich nichts davon wußte. Irgend etwas ließ mich vermuten, daß es Absicht war.

»Schlimm für Eric«, fuhr er fort. »Ein netter Junge. Hat Lilas Vorstellungen von fortschrittlicher Erziehung um ungefähr neunundneunzig Prozent besser überstanden als jedes andere Kind, das ich kenne, es getan hätte. Hören Sie, sollte ich nicht allmählich Tony nachgehen und sehen, ob ich Lila finde? Nicht«, fügte er hastig hinzu, »daß ich glaube, es sei ihr etwas zugestoßen, aber sie könnte sich ja verletzt haben. Den Knöchel verstaucht vielleicht. Ihre Knöchel sind sehr anfällig.«

»Vielleich'«, Asey lächelte schwach, »is' das 'ne gute Idee.«

Stout blickte ihn an.

»Ich – naja, es ist nicht nur wegen Lila«, sagte er kleinlaut. »Ich muß an die frische Luft, wenn Sie verstehen, was ich meine. In geschlossenen Räumen sind die Dinge immer so kompliziert, aber wenn ich erst mal draußen bin, dann sehe ich klarer.«

»Das kenn' ich«, sagte Asey, als er sich vom Bett erhob. »Da merkt ma' dann sozusa'n, daß die ganze 'dammte Welt nur aus'n paar Wolken un' 'n paar Büschen besteht un' alles halb so kompliziert is'. Naja, ich hab' Tony schon suchen geschickt – aber warum soll'n Sie sich nich' noch 'ne 'lektrische Taschenlampe schnappen un' sich auf'n Weg machen un' sehen, was aus Mrs. Talcott gewor'n is'. Die – was«, abrupt schlug sein Ton um, und er wies auf etwas, das oben auf dem Schrank lag, »jetz' sa'n Sie mir doch mal, Mr. Stout, was Sie da mit'm Nachschlüssel zu dem Zimmer hier machen?«

Kapitel 7

»Der Schlüssel? Aber – den hatte ich ja völlig vergessen. Ich habe ihn noch nie benutzt.« Stout fuhr sich nervös mit der Zunge über die Lippen. »Eve hat ihn mir gestern gegeben. Lila kommt nämlich dauernd herauf und unterbricht mich, wenn ich tagsüber arbeite. Ich mag Lila gern, aber das stört mich doch. Ich habe gestern abend gearbeitet, aber nicht abgeschlossen, und heute habe ich nicht mehr daran gedacht. Der Schlüssel liegt noch genauso da, wie Eve ihn gestern hingelegt hat.«

Es klang, als sage er die Wahrheit, doch durch den Zweitschlüssel hatte sich eine völlig neue Lage ergeben.

Alex war nicht mehr »aus dem Rennen«, wie Asey das zu nennen pflegte, sondern wieder »dabei«. Betrachtete man die Indizien, so war er mindestens ebenso verdächtig wie Anne. Bei ihr hatten wir keinen Beweis, daß sie von Viertel vor drei bis zu dem Augenblick, zu dem sie, das Messer in der Hand, die Treppe hinaufkam, draußen beim Hühnerstall gewesen war. Genausowenig aber konnte Alex beweisen, daß er von zwei Uhr an in seinem verschlossenen Zimmer friedlich geschlafen hatte.

»Es ist die Wahrheit, Asey. Wirklich. Ich habe mich nicht vom Fleck gerührt, nachdem Eve mich eingeschlossen hatte.«

»Vielleich'. Aber Sie müssen zuge'm –«

»Asey, würde ich denn so dumm sein, euch auch nur die Spur eines zweiten Schlüssels sehen zu lassen, wenn ich wirklich der Täter wäre? Natürlich nicht. Ich würde den Schlüssel verstecken. An einem Ort, an dem Sie ihn nie finden könnten, selbst wenn Sie vermuten würden, daß es ihn gibt.«

»Jawoll. Oder Sie wären so raffiniert un' wür'n genau 's Gegenteil machen. Die ›nur 'n Dummkopf macht so was‹-Geschichte hab' ich oft genug gehört. Jawoll, 'n Schlüssel einfach so dalie'n lassen, das klingt schon blöd, aber 's is' nich' blöder, als wie hier ›laßt mich raus‹ brüllen mit'm Fenster zu un' 'm Schlüssel direkt dane'm!«

»Asey, ich habe nicht an den Schlüssel gedacht! Und ich bin auch nicht auf die Idee gekommen, zum Fenster hinauszurufen, und selbst wenn, dann hätte ich das nicht getan. Von einer Frau in meinem Zimmer eingeschlossen werden und dann um Hilfe rufen müssen! Nein – Sie müssen mir einfach glauben, was ich sage. Sie müssen!«

»Weiß ich«, sagte Asey, »aber nu' sein Sie ma' sozusa'n unparteiisch, so wie ich. Sie sin' Eves Mann. Lila is' hinter Ihn' her, un' Sie ham ihr nich' allzuviel Widerstan' geleistet. Da ham Sie 'n erstklassiges Motiv, warum Sie Eve loswer'n wollen. Ne'mbei, wissen Lila un' die andern ei'ntlich, daß Sie mit Eve verheiratet waren?«

»Lila nicht, da bin ich sicher. Die anderen vielleicht, aber ich glaube es nicht. Da wir – die meiste Zeit getrennt lebten, hielten wir es nicht für notwendig, es publik zu machen. Und Eve sagte, es wäre schlecht für ihr – ihr Geschäft, wie sie das nannte.«

»Gut. Sie ham ja schon zugege'm, daß Sie manchma' so wütend waren, daß Sie Eve am liebsten 'n Hals umgedreht hätten, aber Sie ham sich rechtzeitig aus'm Staub gemacht. Jetz' is' sie ermordet wor'n. Vorm Mord ham Sie beide 'n Streit, un' sie schließt Sie in Ihr Zimmer ein. Un' zu der Zeit, wo sie ermordet wird, sin' Sie 'n paar Zimmer weiter mit'm Nachschlüssel griffbereit! Also ehrlich gesagt –«

»Ehrlich gesagt«, sagte Stout bedrückt, »hat die Polizei da gegen mich genausoviel in der Hand wie gegen Anne. ›Bekannter Schriftsteller verschläft Mord an seiner Frau.‹ Wunderschöne Schlagzeilen gäbe das. Aber glauben Sie mir, Asey, wenn ich Eve hätte umbringen wollen, dann hätte ich das vor dreizehn Jahren in Paris getan. Ich habe auch gar kein Messer bei mir. Und –«

Eine Autohupe war draußen zu hören.

»Das is' die alte Tröte vom Dokter«, sagte Asey, während er den Nachschlüssel in seiner Tasche verstaute. »Bin gespannt –«

Aber bevor wir hinuntergehen konnten, war der Doktor schon zur Stelle.

»Falscher Alarm bei Mrs. Cooper«, donnerte er. »Sowieso noch zwei Tage zu früh. Passen Sie auf, Asey. Eine Menge Neuigkeiten. Ich habe Lila Talcott und Tony Dean aufgegabelt, malerisch gestrandet am Jeremy's Hollow. Hab' sie mitgebracht. Lila Talcott weiß, was mit Eve passiert ist – so wie die Dinge lagen, ließ sich das nicht vermeiden. Kurz nachdem ich die beiden

81

gefunden hatte, begegneten mir gleich drei Autos. Jemand fragte nach dem Weg zum Gasthaus – Reporter, unterwegs, um über den Prence-Mord zu berichten. Sie wären schon längst hier, wenn sie sich nicht verfahren hätten.«

»Gütiger Himmel«, sagte Asey, »an die Burschen hab' ich überhaupt nich' gedacht. Manchma' denk' ich, ma' sollte die Presse- un' Redefreiheit abschaffen. Gott sei Dank is' wen'stens keine T'ristensaison mehr. Das is' schomma was wert. Sin' die Burschen jetz' hier?«

»Mitnichten«, sagte der Doktor. »Ich habe sie den Weg zum Hollow hinuntergeschickt, und wenn sie nach den Anweisungen, die sie sich aufgeschrieben haben, weitergefahren sind, dann müßten sie inzwischen draußen in Great Meadow sein. Von da brauchen sie einige Stunden bis hierher. Vielleicht bleiben sie auch stecken. Die meisten Leute bleiben in Great Meadow stecken. Aber die halbe Stadt ist unten auf der Zufahrt versammelt, Asey. Die haben die Nachricht im Radio gehört, nehme ich an.«

Asey seufzte. »Das wird, wie man so sagt, prob'matisch. Ich hab' nich' dran gedacht, daß ich nieman' als Posten draußen hab', un' von den 'fiziellen kann ich ja kein' rausschicken. Un' Quigley sorgt dafür, dasses in allen Zeitungen breitgetreten wird, da könn' wir sicher sein, un' wir wer'n nich' verhindern könn' – Doc, ich hab's! Eric!«

»Was ist mit Eric?«

»Für was brauch' ma' 'ne Quarantäne?«

Der Doktor gluckste und klatschte in die Hände.

»Das ist ja eine großartige Idee! Masern!«

Alex und ich blickten verständnislos. »Wieso Masern«, fragte ich, »was soll das?«

»Is' doch klar«, sagte Asey. »Eric hat die Masern, un' wir müssen alle in Quarantäne, un'–«

»Ein ausgesprochen bösartiger Fall«, fuhr der Doktor begeistert fort. »Alle hier sind gefährdet, und bei zweien von Ihnen sehe ich schon die ersten Symptome. Keiner von Ihnen darf das Haus verlassen, und niemand darf hineinkommen. Als Vorsitzender der Gesundheitsbehörde von Weesit gebe ich strengste Anordnungen. Wie es der glückliche Zufall will, habe ich sogar die Warnschilder dabei, die habe ich heute morgen erst drüben in der Siedlung abgenommen. Da hatte gerade die ganze Gesellschaft die Masern – Eric war dort, das liegt doch nahe, entgegen den ausdrücklichen Anordnungen. Er verstößt aus Prinzip gegen Anordnungen, das weiß jeder. Wo sind Reißzwecken? Ich werde ein Schild an der Tür anbringen und eins am Gartentor, und dann schalte ich die Lampen ein –«

Er stürzte davon.

»Asey«, sagte ich, »das ist zwar eine wunderbare Idee, um Leute am Hereinkommen zu hindern, aber haben Sie nicht übersehen, daß dann auch niemand mehr hinaus kann? Wie wollen Sie jemals Beweise finden, daß Anne –«

»Da machen Sie sich ma' keine Sorgen«, kicherte Asey. »Nachts kann ich hier rauskomm', so oft wie ich will, un' kein Mensch wird was merken. Tagsüber auch, wenn Quigleys Wachhunde nich' gerade ganz scharf aufpassen.«

»Tarnkappe?« erkundigte sich Stout. »Oder Hexensalbe?«

»Keins von bei'n. Vom Cape gibt's nich' viele Schmugglergeschichten, un' zwar schlicht un' einfach deswe'n, weil so gut wie nie welche vonnen Schmugglern erwischt wor'n sin'. Einer der Gründe dafür war das Haus hier.«

»Asey, Sie werden uns doch wohl nichts von einem Geheimgang erzählen wollen –«

»Den gibt's, un' er is' noch brauchbar. Wie ich hergekomm' bin, Eves Möbel reparieren, da war ich neugierig, ob er noch da is', un' bin bis nach hinten gegang', da wo er endet, aber ich hatt' kein' Schlüssel. Hinten die Tür war abgeschlossen. Hab' ich Ihn' ja erzählt, Miss Kay, als Kind hab' ich hier gespielt. 'vor der Deich kam, müssen Sie wissen, Jahre her, da kam das Wasser in 'ner Art Bach bis hierher, bis hinters Gasthaus, da wo jetz' die Wiese is'. Vom Schiff auf'n Karren in'n Gang, verstehen Sie? War überhaupt kein Problem. Mit dem Gang, das funktioniert schon. Soll Quigley ruhig denken, er hätt' uns in der Klemme, das is' immer gut.«

Der Doktor kam zurück und strahlte über sämtliche Backen. »Die Schilder hängen, und man könnte denken, es wäre die Pest, so schnell waren die Leute verschwunden. Ach ja, Lem Dyer ist auch wieder da. Ich habe ihm gesagt, er soll am Tor Posten beziehen und niemanden hereinlassen. Hatte seine Schrotflinte dabei, das macht immer großen Eindruck.«

»Schön«, sagte Asey. »Un' dazu noch, Doc, kann Quigley nich' rein un' ir'nd'n Messer verstecken. So – jetz' hab' ich was mit Lem zu besprechen –«

83

Lila Talcott kam die Treppe hinauf, als Asey nach draußen stürmte.

»Ich bin entsetzt«, sagte sie. »Die arme Eve – ich bin erschüttert! Ich weiß nicht, was ich tun soll! Der arme Eric, hoffentlich ist er –«

»Eric geht es gut«, versicherte ich ihr ein wenig gereizt. »Jennie Mayo hat ihn zu Bett gebracht, und Asey und ich haben uns darum gekümmert, daß ihm nichts fehlte, als er schlafen ging.«

Es gelang mir nicht recht, eine gewisse Kälte im Tonfall zu vermeiden. Seit ich im Gasthaus angekommen war, hatte ich noch keine hundert Worte mit ihr gewechselt, und persönlich hatte ich Lila Talcott nicht das geringste vorzuwerfen. Aber ich mochte sie nicht. Sie war mir zu blond und zu hübsch, ihre Hilflosigkeit war mir zu einstudiert, und am meisten störte mich ihre Einstellung zu Eric und die Art, wie sie mit ihm umging. Ihre Raffinesse hatte der Junge allerdings akkurat beschrieben. Sie spürte meine Ressentiments und machte sich auf der Stelle daran, mich umzustimmen.

»Sie müssen mich für eine entsetzlich schlechte Mutter halten, Miss Adams, das kann ich mir vorstellen – daß ich meinen Jungen in einem solchen Augenblick allein lasse. Aber er war so gut aufgehoben bei Anne und Betsey, da hatte ich das Gefühl, er habe es besser bei ihnen als bei mir. Ich bin ja so hilflos!«

Und in diesem Augenblick machte sie tatsächlich einen hilflosen Eindruck. Sie war, das wußte ich aus Berichten, die ich über sie gelesen hatte, lächerlich jung für jemanden, der einen zehnjährigen Sohn hat – höchstens sechs- oder siebenundzwanzig. Aber so wie sie nun vor mir stand, in ihrem scharlachroten Samtmantel, mit der scharlachroten Feder keß am Käppi, sah sie aus wie dreizehneinhalb.

»Du brauchst gar nicht versuchen, Miss Adams einzuwickeln«, sagte Alex Stout kühl. »Sie weiß ganz genau, daß du dich nie um Eric kümmerst. Wo bist du denn die ganze Zeit gewesen?«

Er gab sich große Mühe so zu tun, als interessiere es ihn nicht im geringsten, daß sie wohlbehalten zurück war, aber seine Mühe wurde mit keinerlei Erfolg belohnt.

Ihre Unterlippe zitterte. »Nachdem du – mich verlassen hattest«, sagte sie, »bin ich zu den Teichen gegangen. Und –«

»Bist du über die Pfütze gehüpft?«

»Jawohl, das bin ich, Alex Stout! Und es *hat* Spaß gemacht. Wie dem auch sei, mir war danach zumute, den großen Teich zu umwandern, und das tat ich dann auch. Aber auf der Suche nach dem Rückweg bin ich völlig in die Irre gegangen. Ich traf einen Mann, der mir den Weg zeigte, aber ich muß die Abzweigung verpaßt haben und bin dann endlos umhergeirrt, bis ich an eine Straße kam. Inzwischen war es dunkel, und da habe ich immer furchtbare Angst. Wahrscheinlich bin ich die Straße dann in der falschen Richtung entlanggegangen. Nach einer schrecklich langen Zeit, nachdem ich umgekehrt war, traf ich Tony. Ich bin so entsetzlich erschöpft, ich kann überhaupt nicht mehr klar denken. Und ich habe immer noch nicht ganz verstanden, was Eve zugestoßen ist. Was ist denn das nun für eine Geschichte?«

Asey, der gerade zurückkam, hörte ihre Frage und seufzte.

Und wieder wurde die Geschichte erzählt, doch fiel mir auf, daß Asey den Vorfall mit Eric und dem Dolch in der Pistole ausließ.

Als Asey mit seiner Erzählung fertig war, hatte Lila ein wenig von ihrer Pose hilfloser Erschöpfung abgelegt und schien ebenso entsetzt, wie wir es alle gewesen waren und immer noch waren.

»Und sie haben Anne mitgenommen! Oh, das ist zu entsetzlich! Das ist alles zu entsetzlich! Sie müssen wissen, es war Eve, die mich mit Jim, meinem Mann, bekannt gemacht hat. Vor vielen, vielen Jahren in Paris. Ich war damals siebzehn und gerade erst aus Miss Grants –« Sie biß sich auf die Lippe.

»Ihr Gemahl«, schnurrte Asey, »is' verstorben, Mrs. Talcott?«
Sie nickte.

»Darf ich mir die Frage erlauben, woran er verschieden is'?«

»Herzversagen.« Die Antwort kam ohne Zögern. »Vor sechs Jahren in Madrid. Diese Pistolen an der Wand in Norrs Zimmer – ist sie mit dem Dolch erstochen worden?«

Asey schoß herum zu Tony und dem Doktor. »Hat einer von euch ihr von den Schießeisen erzählt?«

Keiner hatte.

»Un' ich hab' nich' mehr gesagt«, Aseys blaue Augen durchbohrten sie, »als daß Eve erstochen wor'n is'. Ich hab' Ihn' nix von Pistolen un' Dolchen erzählt. Woher wußten Sie das?«

»Aber – aber ich dachte mir schon immer, die Griffe sähen aus wie Dolchgriffe! Ich weiß nicht warum, ich – nun, ich habe einfach angenommen, daß –«

»Un'«, fixierte Asey sie, »Ihr Mann is' an Herzversa'n gestor'm, nich' wahr? Alex, Sie un' Tony, Sie gehen ma' runter un' lösen Mark ab. Länger als wie der jetz' schon für Justus' Unterhaltung gesorgt hat, kann das kein menschliches Wesen aushalten. Un' nix über ir'ndwas sa'n.«

Tony und Alex gehorchten und gingen. Asey wies Lila einen Platz auf der langen Bank am Treppenabsatz an.

»Mrs. Talcott, lügen Sie ei'ntlich gerne, oder denken Sie, Lügen sin' schöner als wie die Wahrheit? Oder wollen Sie uns nur zei'n, daß Sie auch 'ne begnadete Phantasie ham?«

»Was – was meinen Sie damit, Asey?«

»Was ich mein', is': Sie wissen ganz genau, daß Ihr Mann erstochen wor'n is'. Da bin ich sicher. Un' kein an'rer hier im Haus is' überhaupt auf die Idee mit'n Pistolen gekomm'. Un' Sie wissen ganz genau, daß Sie um drei hier zum Haus zurückgekomm' sin'. 's hat Sie jemand gesehen.«

Mich hätte Aseys Trick überrumpelt, aber Lila zuckte mit keiner Wimper.

»Ich bin *nicht* im Haus gewesen, und mit solchen Mitteln werden Sie mich wohl auch kaum in die Enge treiben können. Ich gebe zu, Jim wurde erstochen, aber«, sie warf ihm einen Blick zu, »ich wollte nicht vor Alex und Tony darüber sprechen. Sie wissen nichts davon. Ich weiß nicht, wie Sie das herausfinden konnten, es sei denn, Sie haben Eric unter Druck gesetzt –«

»Eric hat es uns aus freien Stücken erzählt.«

»Sie können sich die Akten ansehen, Asey. In unser Haus in Madrid wurde eingebrochen, diverse Papiere Jims wurden entwendet; schließlich war er Zeitungskorrespondent, und zu jener Zeit gab es dort überall Unruhe wegen einer Revolution. Ich habe nie erfahren, was es mit den Papieren auf sich hatte, aber es schien mir immer, als hätte Jim mehr herausgefunden, als gut für ihn war. Im Polizeibericht hieß es, es sei ein gewöhnlicher Einbruch gewesen, Jim habe sich den Einbrechern in den Weg gestellt und sei von ihnen getötet worden. Sie waren sehr freundlich und haben sich sehr bemüht, aber es ist nie weiter aufgeklärt worden. Die Täter wurden nie gefaßt, und ich glaube, das war auch so vorgesehen.«

»Verstehe.«

»Aber jetzt bin ich fürchterlich hungrig, Asey. Darf ich mir etwas zu essen holen?«

»'türlich könn' Sie das – tut mir leid. Betsey un' Jennie wer'n Sie schon versorgen. Un' hinterher, wären Sie da wohl so nett un' wür'n Eric sa'n, daß er die Masern hat?« Er erläuterte, was es mit der Quarantäne auf sich hatte.

Lila lächelte schwach. »Er wird begeistert sein.«

Der Doktor hob die Augenbrauen, als sie die Treppe hinabging.

»Vorgemerkt«, sagte Asey, »für spätere Untersuchung. Jetz' is' sie zwar müde, aber sie hat 'n dreifachen Zaun um sich rum. Wir schnappen sie uns, wenn 'wir sie ohne zu fassen krie'n. Ihre Geschichte wer'n vielleich' die Reporter für mich überprüfen. So, jetz' hab' ich 'n halbes Dutzend kleine Sachen zu erledigen, Doc, ich muß Quigley anrufen un' mich um die Reporter kümmern un' noch dies un' das. Dann – wo wollen Sie 'n hin, Miss Kay?«

»Ich gehe zu Bett«, teilte ich ihm mit. »Ich muß sagen, im Laufe meines Lebens bin ich schon in manche seltsame Affäre hineingeraten – aber diese hier, die ist von allen die seltsamste! Und die Jüngste bin ich ja auch nicht mehr. Und ich habe so ein Gefühl, als ob all das hier erst der Anfang ist. Ich werde drei Eisenpillen und drei Teelöffel Bromid nehmen und mich dann hinlegen, solange ich noch einschlafen kann.«

Aber als ich erst einmal im Bett war, fand ich keinen Schlaf. Ich machte mir um Lila und Alex Gedanken, darüber, wie Anne wohl zurechtkam, und darüber, wohin Eve Prence gebracht worden war – letzteres kein angenehmer Gedanke.

Ich fand es bemerkenswert, mit welcher Ruhe wir, alles in allem, den Mord aufgenommen hatten, und wie zwangsläufig sich die Dinge entwickelt hatten. Jeder von uns war schockiert. Die Entsetzlichkeit des Vorfalls war uns anzumerken, und trotzdem lebten wir weiter. Wir bewegten uns trotzdem und redeten und wurden hungrig und aßen – und gingen schlafen. Niemand hatte geweint oder geklagt oder mit den Zähnen geknirscht oder war hysterisch geworden. Nicht, daß uns danach nicht zumute gewesen wäre. Ich hätte es gerne gewollt und wollte es immer noch. Schließlich dröhnte in meinem Hirn wie eine Buschtrommel die Stimme des Gewissens: »Du hast nicht achtgegeben, so wie es dir aufgetragen war, und so kam Eve Prence zu Tode!« Ich wußte, diese Stimme würde keine Ruhe geben, bis Asey den Mörder gefunden hatte – und vielleicht nicht einmal dann.

Der Gedanke an den Unterschied zwischen Tod – natürlichem Tod – und Mord ging mir durch den Kopf. Im ersten Fall empfand man Trauer, man nahm Anteil, spürte einen Verlust, man mußte widerstrebend zugeben, daß die Natur größer und stärker war als man selbst. Im zweiten wurde all das beiseite gefegt, weggeschwemmt wie von einem Wolkenbruch, durch die Frage – wer ist der Täter?

Die Läden vor meinem Fenster ächzten und rasselten, und ich konnte eine Maus hinter der Vertäfelung entlanghuschen hören. Das alte Ahornbett knarrte, wenn ich auch nur Atem holte, und der Ostwind stöhnte in den Giebeln. Um zwei Uhr schaltete ich das Licht an, stand auf und klemmte einen Stuhl mit der Lehne unter meine Türklinke. Dann nahm ich den Stuhl wieder weg. Die meisten Frauen hätten so etwas tun können, aber Elspeth Adams hatte schließlich einen Ruf zu verlieren. Zitternd und voller Bedauern, daß ich mich nicht zu jenen meisten Frauen zählen konnte, suchte ich mein sämtliches Gepäck ab, bis ich die zierliche Derringer-Pistole mit dem Perlmuttgriff fand, die mich nach einem extrem unangenehmen Erlebnis in Honduras rund um den Erdball begleitete. Nach jenem honduranischen Vorfall hatte ich sie natürlich nie wieder benutzt, aber sie vermittelte einem doch ein gewisses Gefühl von Sicherheit. Ich steckte sie unter mein Kopfkissen, und dann schlief ich ein.

Eric weckte mich am Freitagmorgen mit einem einfachen Mittel – er kitzelte mich mit einer Feder an der Nase.

»Hallo. Hier ist Ihr Frühstück. Schauen Sie mich mal an!«

Er trug einen leuchtendblauen Flanellbademantel über seinem scharlachroten Pyjama, doch seine Hände, sein Gesicht, seine nackten Füße – die waren mit hübschen roten Flecken übersät.

»Eric! Du hast doch nicht etwa wirklich die Masern?«

Er grölte vor Begeisterung. »Reingefallen! Ich dachte mir doch, daß Sie's glauben würden!«

»Aber wie –«

»Mercurochrom. Asey und ich ham ungefähr zehn Minuten dafür gebraucht. Ist das nicht toll? Ich muß den Schlafanzug anbehalten und sofort ins Bett hüpfen und stöhnen und allen Leuten etwas vormachen, für den Fall, daß sie noch einen zweiten Doktor schicken.«

»Du überzeugst jeden«, versicherte ich ihm. »Wenn ich dich sähe und nicht Bescheid wüßte, würde ich eine Meile weit laufen. Eigentlich sieht es nicht nach Masern aus, eher nach der Pest.«

»Das hat Asey auch gesagt. Übrigens, er will Sie sprechen, sobald Sie aufgestanden sind.«

Ich beeilte mich mit dem Frühstück – Eric schnorrte die Kirsche auf meiner Pampelmuse – und kleidete mich an.

Asey saß allein im blauen Salon, vor dem Fenster. »'n Morgen«, sagte er fröhlich. »Die Zeitungen sin' schon da. Wollen Sie Ihre neueste Schlagzeile hören? ›Elspeth (Kay) Adams–‹«

»Verschonen Sie mich damit«, sagte ich nachdrücklich. »Was wird Bruder Marcus dazu sagen! Asey, haben Sie Nachrichten von Syl und Anne?«

»Jawoll. Quigley war so damit beschäftigt, für die Fotografen zu posieren un' Pressemitteilungen zu verteilen über die Schnelligkeit der Behör'n un' die 'fizienz der neuen Beamten, daß er Anne noch überhaupt nich' belästigt hat. Syl sagt sogar, die Leute da draußen, die, die nix mit Quigley zu tun ham, die ham sich prima benomm'. Sie mußten die Reporter reinlassen, aber Anne hat sie nur fotografieren lassen un' gesagt, sie hätt' nix zu sa'n. Syl sagt, 's geht ihr gut, un' alle kümmern sich um sie.«

»Wo sind denn hier alle geblieben?«

»Lila is' noch nich' auf, Alex un' Tony un' Mark spielen Bridge mit Justus. Hat rausgefun', daß Mark irgendwann ma' 'n Turnier mit ir'nd'nem Champion gewonnen hat, un' ich denk', das wird 'n beschäftigen, so lang die annern drei 's mit ihm aushalten. Sa'n Sie, ham Sie sich ein'tlich gestern in Norris sei'm Zimmer umgesehen?«

»Naja, ein wenig schon, aber nicht richtig.« Die Erinnerung kam mir an jene schreckliche Minute, als Tony die Kuhglocke schwang. »Ich habe mich umgeschaut und manches gesehen, aber es hat sich mir nicht gerade eingeprägt, verstehen Sie? Ich war zu verwirrt, um wirklich zu begreifen, was ich sah.«

»Is' Ihn' aufgefallen, daß die Verbindungstür zu Tonys Zimmer nach Norrs Seite aufgeht? Da hätt' sich doch einer hinter verstekken könn', un' Eve hätt' nie was davon gemerkt!«

»Tja«, sagte ich, »daran hätte ich nie gedacht, auch wenn mir jetzt wieder einfällt, in welche Richtung die Tür sich öffnet. Aber was folgt daraus?«

»Nu', einer hätt' sich dahinter verstecken könn'. Un' das Fenster is' direkt dane'm, ungefähr drei Fuß neben'm Stuhl, wo Eve –«

»Asey, meinen Sie, jemand sei durchs Fenster gekommen?«

»Hab' ich mir überlegt, aber 's kann nich' sein. Scheint, daß das Fenster nich' mehr aufgeht, seit wir letzte Woche 'n Sturm hatten.

Un' 's gibt keine Leiter hier, die groß genug is'. Un' Anne hätt' 'n gesehen, vom Hühnerhof. Aber – komm' Sie doch ma' mit rauf, dann zeig' ich's Ihn'. Kamma besser zei'n als wie erklären.«

Auf der weißgestrichenen Fensterbank fanden sich zwei kleine, runde, bräunliche Flecken.

»Da.« Asey führte sie vor. »Was halten Sie davon?«

»Ich muß schon sagen«, entgegnete ich, »das ganze Haus scheint plötzlich scheckig zu werden! Irgend jemand hat hier ohne Zweifel zwei Zigarettenbrandflecken hinterlassen, Asey.«

»Dacht' ich auch erst. Aber dann hab' ich sozusa'n experimentiert. Is' doch so, daß einer, wenn er 'ne brenn'de Zigarette ir'ndwo liegen läßt, die eher mit'm brenn'den Ende nach vorn ablegt. Würd' ich zumindest tun. Un' dann wären die Flecken am Ende vom Fensterbrett, wenn's Zigarettenflecken wären. Aber diese hier sin' mittendrin.«

Ich dachte einen Augenblick nach. »Das ist wahr. Aber jemand könnte brennende Zigaretten in einem Aschenbecher abgelegt haben, und die wären dann heruntergebrannt und auf das Brett gefallen und hätten solche Flecken verursacht.«

»Hab' ich auch ausprobiert. Gibt 'n kleineren Fleck, un' völlig anders. Eher verbrannt.«

»Womöglich«, sagte ich, »waren es zwei Zigarren?«

»Oder zwei Waisenknaben. Aber ich hab' mir fol'ndes überlegt. Wie der Doc un' ich uns gestern umgesehen ham, da sin' mir die Flecken aufgefallen. Hab' sie bemerkt, so wie Sie sa'n, daß Sie Sachen bemerkt ham, die dann nich' so richtig eingesickert sin'. 'n dann hab' ich angefang' nachzudenken un' hab' 'n paar Fra'n gestellt. Schreckliche Angewohnheit von mir, sagt Quigley. Je'nfalls hab' ich von Betsey rausgefun', daß sie 's Zimmer gestern morgen saubergemacht hat. Un' Lem hat alle Fensterbänke abgewischt, kurz bevor er das verdammte Huhn abgemurkst hat. Er beschwört's, da war der Lack noch glatt un' weiß. Um zwei Uhr nachmittags gab's hier noch keine Flecken. Aber wie wir hingekuckt ham, da waren sie da, Viertel vor vier ungefähr. Nach fünf vor halb wer'n sie wohl kaum da hingekomm' sein. Da könn' wir sicher sein. Un' Norris war allein hier, bis Eve um drei gekomm' is'. Da wär's doch vernünftig, nich' wahr, wenn ma' denkt, die Flecken sin' zwischen drei un' fünf vor halb vier hierhergekomm', zu der Zeit, wo Eve ermordet wor'n is'.«

Kapitel 8

»Meinen Sie, diese Flecken haben etwas mit dem Mord zu tun? Ein Indiz womöglich?«

»'n 'diz, das wär' wohl zu viel gesagt, Miss Adams, aber 's würd' schon Spaß machen rauszufin', was mit ihn' los is'.«

»Aber bedenken Sie«, ermahnte ich ihn, »wie viele Leute zwischen zwei und drei Uhr vielleicht in diesem Zimmer waren. Norris war zwar hier, aber schließlich schlief er. Wir wissen, daß Tony gegen halb drei hier oben war.«

»Jawoll, aber er sagt, er wär' nich' hier drin gewesen. Zog sich an're Schuhe an, warf 'n Blick auf'n Jung' un' ging dann wieder runter. Die Schuh'«, ergänzte Asey, »sin' noch feucht, falls Ihn' das ir'ndwie weiterhilft.«

»Was mir seltsam vorkommt: Eve war doch in ihrem Zimmer; warum hat sie da nicht mit Tony gesprochen? Die Tür zwischen ihren beiden Zimmern war doch offen, oder?«

»Hab' ich ihn auch nach gefragt. Meinte, Eve wär' wohl gerade nich' dagewesen, oder 's war ihr gerade nich' danach zumute, was zu sa'n. Dann hat er nach Norris geschaut, 'n dann ging er wieder runter. Aber daß einer hier im Zimmer rumgeistert, wo Norris dabei is', das kann ich mir nich' vorstellen. Ich bin diesen Sommer öfters an ihm vorbeigeschwebt wie 'ne Wolke, un' er hat mich jedesmal gehört. Sogar bei Tony wird er meistens wach, un' der hat 'n sanften Schritt für so 'n großen Kerl. Je'nfalls, die zwei Flecke da sin' nich' einfach reinspaziert un' ham sich aufs Fensterbrett gesetzt. Sin' da durch 'ne menschliche Hand hingekomm', un' so wie das Leben nu' ma' eingerichtet is', war an der Hand wahrscheinlich 'n Körper dran. Wenn das stimmt, dann denk' ich, hat Norris 'n menschlichen Körper auch gehört, wenn einer da war, zwischen zwei un' drei.«

»Dann ist also anzunehmen, daß diese Flecken in der Zeitspanne entstanden, in der Eve ermordet wurde. Aber–«

»Scheint so. Ir'nd jemand kam rein un' hat Eve umgebracht, un' das Radio oder Norrs Geige, eins von bei'n, hat's übertönt. Da könnt' ma' sich doch denken, daß der, der die Flecke gemacht hat, genauso übertönt wor'n is'. Un' höchstwahrscheinlich war's ja sowieso einun'dieselbe Person. Is' natürlich alles nur geraten, aber wie's scheint, könn' wir hier auch nich' mehr tun als wie raten.«

»Aber was sind das für Flecken«, fragte ich. »Was hat sie verursacht? Welchen Zweck erfüllen sie? Was beweisen sie?«

»Da muß ich passen. Ich weiß auf keine von den Fra'n 'ne Antwort; aber wir könn' uns auf'n bestimmtes Problem konzentrieren, un' das is' schomma was wert. 's Schlimme an der Sache hier is', daß ma' nix hat, wo ma' anfang' kann. Normalerweise, wenn einer vorhat, jeman' umzubring', dann macht er 'n genauen Plan. Un' früher oder später kriegt ma' von dem Plan 'n Stück zu fassen. Oder 'n klein' Schnipsel zumindest. Wenn ma' 'n Spinn'-netz sieht, dann find't ma' meistens auch ir'ndwo die Spinne, tot oder lebendig. Aber hier gibt's keine Spur von 'nem Plan. Genausowenig, wie's bei dem Pistolenschuß un' bei der Geschichte mit'm Seil 'ne Spur von'm Plan gab. Da schlägt einer zu un' trifft, oder auch nich', ohne Methode, so wie der olle Pfarrer Howes das früher von'n Spiritisten gesagt hat.«

»Bei Lila und Alex kommt vielleicht noch etwas zutage«, erinnerte ich ihn. »Und wollten Sie Betseys Bruder nicht auch noch überprüfen?«

»Lem? Lem sagt, er war Muscheln graben. Un'«, grinste Asey, »wemma in der Gemeinde Weesit um drei Uhr nachmittags Muscheln gräbt, dann wissen's um Viertel vor vier gut sechshunnertun'neunzig von den ach'hunnertun'soun'soviel Einwohnern. Die wissen sogar, wie viele Mies- un' Venusmuscheln einer ausgebuddelt hat un' in wieviel Löchern nur Würmer war'n. Un' meistens wissen sie auch, an welchem Stiefel der große Zeh rauskuckte.«

»Ich hatte keine Ahnung«, sagte ich, »was für eine neugierige Gegend das Cape ist.«

Asey kicherte. »Ich verrat' Ihn' noch 'n bißchen Lokalkolorit, Miss Kay, garantiert echtes 1-a-Lokalkolorit. 'ne Geschichte, die mein Großvater immer erzählt hat, un' der sagte, er hatt' sie von sei'm Vater. Eines Tages, scheint's, kam 'n Fremder nach Weesit un' mietete sich 'n Zimmer. War 'ne Woche lang da, un' alle waren ganz wild darauf rauszufin', wer er war un' was er wollte. Er blieb einfach nur da un' kümmerte sich nich' um all die raffinierten Fragen. Ende des Monats schäumte die ganze Stadt vor Wut. 'ne Delegation wurde aufgestellt, die den Kerl fragen sollte, klipp un' klar ins Gesicht, was er in Weesit machte un' warum er da war un' ob's in seiner Familie Verrückte gab. Un' die Delegation ging auch hin. Der Kerl war richtig freundlich, un' hört' ihnen zu, un' dann sagt er, ›Meine Herren‹, sagt er, ›ich gestehe. Man hat mich vor die Wahl gestellt, mich entweder hängen zu lassen‹ – un' alle halten die Luft an – ›oder ein halbes Jahr in Weesit zu verbringen. Und, meine Herren‹, sagt er, ›ich wünschte, ich wäre gehängt worden.‹« Asey lachte. »Un' Weesit is' stolz darauf, daß sich nie was ändert.«

»Ich glaube kein Wort von der Geschichte«, erklärte ich ihm, »aber ich verstehe, was es mit Weesit auf sich hat. Was halten Sie eigentlich von Stouts Geschichte?«

»Nich' gerade einleuchtend, aber verrückt genug, daß sie wahr sein könnt'. Un' Mrs. Talcott, tja, die laß' ich in Ruhe, bis sie sich selber 'n Strick zuzieht. Sie is' jetz' auf alle Fra'n vorbereitet, da muß ich warten, bis sie es leid wird, ihre Antworten immer parat zu haben.«

Während ich ihm nach unten folgte, dachte ich darüber nach, wann und unter welchen Umständen dieser Mann wohl seine Menschenkenntnis erlangt hatte. Ich an seiner Stelle hätte Lila so lange zugesetzt, bis sie das, was sie vermutlich zu verstecken suchte, preisgegeben hätte. Aber genau das erwartete sie von Asey, und er wußte das, also ließ er sich Zeit. Ich konnte mir vorstellen, wie das Lila irritieren würde. Nichts macht mich nervöser als der Zwang, meinen Mund zu etwas zu halten, bei dem ich nur darauf warte, daß mich jemand danach fragt.

Asey grinste, so als wüßte er, woran ich gerade dachte.

»Diese Talcott erinnert mich an die Frau von'm Kerl, mit dem ich ma' zusamm' gefahren bin, von Sidney. Putzte sich gern groß raus. Aber Tom, ihr Mann, hat nie 'n Wort drüber gesagt, ganz egal, wie sie aufgetakelt war. Das hat sie beinah umgebracht, daß er sie nich' zur Kenntnis nahm, wirklich. Eines Tages frag' ich ihn, ›Warum sagst du 'n nix, Tom, wenn sie 'n neues Kleid anzieht, dann könnt' sie dir alles davon erzählen.‹ Un' Tom lächelt müde un' sagt, ›Früher oder später krieg' ich's erzählt, Asey.‹ Tja, so stell' ich mir das hier auch vor.«

Als wir gerade den blauen Salon betraten, pochte jemand an die Eingangstür. Asey öffnete sie einen winzigen Spalt weit und nahm zwei Briefe entgegen.

»Jabe Winter, der gerade für Lem am Tor Dienst tut, hat die gebracht«, berichtete er. »Sagt, die wären eben mit'm Polizisten namens Hanson gekomm'. Kenn' ich, den Hanson. Alter Freund von mir, un' 'n anständiger Kerl. Ich denk' mir, nur zum Spaß, ich werd' meine Nachricht von Syl lesen, bevor ich Justus seine von Quigley gebe.«

Sein Gesicht verfinsterte sich, während er bedächtig den langen Brief las.

»Irgend etwas nicht in Ordnung?« fragte ich.

»Tja, 's sieht nich' so gut aus. Wir ham nur noch bis Montag Zeit. Syl sagt, die Leute wollen Taten von Quigley sehen, un' dies eine Mal tut er, was die Leute wollen. Alles 'rangiert für Montag nachmittag. Un'–«

»Asey, heute ist Freitag! Das sind nur noch drei Tage!«

»Un' das is' noch nich' alles. Syl sagt, 's gibt Gerüchte über das Messer, das der Dokter hat. Sagt, er hat dem Doc 'n Brief geschrie'm, daß er aufpassen soll. Doc wollte heut' so tun, als wenn er im Moor jagen is', sagt, bis die 'n da finden, müssen sie 'ne Weile suchen.«

»Aber das kann er nicht jeden Tag tun!«

»Das nich', aber auf den Doc könn' wir uns schon verlassen. Hören Sie ma', was Syl schreibt, Miss Kay:

›Mahony läßt mich wissen, Quigley habe Justus beauftragt, wie eine Klette an Dir zu kleben. Außerdem stellt er Wachen rund um das Gasthaus auf, damit niemand von Euch herauskann. Von Carter, dessen Schwester mit Tim Mayo verheiratet ist, höre ich, daß Quigley darüber hinaus vorhat, Euer Telefon anzuzapfen. Er traut Dir nicht. Aber ich gebe Hanson gleichzeitig einen weiteren Brief mit, für Alma Nickerson und Mamie Higgins auf der Vermittlung in Weesit. Beide Deine Cousinen vierten Grades, auch wenn Du es wahrscheinlich vergessen hast.‹«

Asey lächelte. »Vierten Grades! Syl könnt' unsere Verwandtschaft mit'm ganzen Cape Cod aufmalen, wenn ma' ihm 'n großen Block un' 'n paar gespitzte Bleistifte gäbe. Das Ulkige daran is', daß alles stimmt. Dann schreibt Syl weiter:

›Ich habe die Mädchen angewiesen, Anrufern, die sie kennen, Bescheid zu sagen, damit sie sich vorsehen, wenn sie etwas

94

Wichtiges mitzuteilen haben, und über diejenigen, die sie nicht kennen, sollen sie soviel wie möglich herausfinden. Nachrichten für mich solltest Du Lem oder Hanson mitgeben. Sage nichts am Telefon, was Quigley gegen Dich verwenden könnte. Die Masern waren eine großartige Idee – Quigley und seine Bande scheinen mehr Angst vor dem Krankwerden als vor dem Erschossenwerden zu haben.‹«

»Asey«, sagte ich, »wenn er Justus Order gibt, Sie zu beschatten, was können Sie da überhaupt noch machen?«

»Beste wär' wohl, wenn ich den Brief für ihn auf der Anrichte im Flur liegenlass'. Da kann er 'n sich selber holen, ir'ndwann. Oder er wird infiziert, un' wir müssen 'n verbrennen. Justus brauch' nur das Wort ›Masern‹ hören, dann fällt er zusamm'. Hat mir heut mor'n schon gesagt, er fühlt sich nich' wohl, un' er hat die Masern noch nich' gehabt. 'n dann hat er mir die fürchterliche Geschichte seines Keuchhustens erzählt. 'n besonders schwerer Fall offenbar. Hab' ihm gesagt, Leute, die 'n Keuchhusten schlimm krie'n, die krie'n auch die Masern schlimm. Deshalb wollt' er unbedingt im Keller Bridge spielen. So weit weg von Eric, wie's nur möglich war.«

»Aber«, sagte ich, »wie geht es denn nun weiter, Asey? Anne wird festgehalten. Wir sind von ihrer Unschuld überzeugt, doch wir können nichts beweisen. Da sitzen wir nun in der Falle, mit Quigleys Leuten draußen, und es bleibt nur noch bis Montag Zeit –«

»Un'«, warf er mir einen lachenden Blick zu, »Sie mein', bis jetz' bin ich noch nich' allzu weit gekomm'.«

»Ich habe nichts dergleichen gesagt«, protestierte ich. »Es kommt mir nur einfach vor –«

»Versuchen Sie nich', was vor Swami Asey zu verbergen. Weiß alles, hört alles – aber machen Sie sich ma' keine Sorgen. Suchen Sie sich 'n schön' Roman aus – hier gibt's fünfzig Million' Widmungsexemplare, bis an die Decke gestapelt im grün' Salon –, un' dann setzen Sie sich hin un' lesen –«

»Lesen!« sagte ich voller Abscheu. »Und was machen Sie inzwischen, mit Murmeln spielen vielleicht?«

»Von we'n. Ich setz' 'ne neue Liste auf mit Sachen, die Sie un' ich machen, wenn's dunkel wird. Dann könn' wir raus, kein Problem.«

»Wir? Wollen Sie damit sagen, daß ich mitkommen soll?«

»Sicher.«

»Warum gerade ich?«

Er grinste. »Vielleicht müssen wir Golf spielen oder durch'n Fluß schwimm'–«

»Lassen Sie das. Warum ich?«

»Naja, ich brauch' jeman', der mitkommt, damit er hinterher beschwören kann, daß die Sachen, die ich rausfinde, stimm' – wenn ich welche rausfinde. Alle annern hier sin' beschäftigt. Lila Talcott muß die besorgte Mutter spielen, Betsey un' Jennie ham ohnehin genug zu tun, un' die drei Männer müssen für die Unterhaltung vom Justus sorgen. Jeder hat seine Arbeit, un' Sie sin' als Zeuge eingeteilt.«

»Und was sind unsere Pläne?«

»Erst ma' überprüfen«, antwortete Asey ohne Zögern. »Betsey, Lem, Lila un' Anne, wenn's geht. Un' das Narbengesicht. Jetz' muß ich aber zuerst ma' nach unserem Ausgang sehen. Wenn ich in 'ner Stunde nich' zurück bin«, grinste er, »müssen Sie 'n Flaschenzug un' 'n paar Schaufeln holen. Aber ich glaub' nich', daß was passiert. Is' – hallo, Jung', wie geht's denn unserem Kranken? Hör ma', du mußt aufpassen, daß du Justus nich' begegnest, wenn du spazierengehst. Un' zieh dir 'n Paar Schuhe an.«

»Geht ihr wirklich durch den Geheimgang?« fragte Eric voller Interesse und ließ sich auf einem Kissen nieder.

»Has' du – du has' also draußen gelauscht, du – du vermaledeiter Gauner?«

»Hab' ich«, gab Eric gutgelaunt zu. »Der Gang ist übrigens in Ordnung. Zumindest war er das vor einer Woche. Da hab' ich mich gegen die Vertäfelung gelehnt, neben der Treppe, und sie gab nach. Aber Eve sah die Öffnung und kam mir nach und hielt mich auf, bevor ich zum hinteren Ende kommen konnte. Sie hat mich sogar geschlagen.«

»So, so.«

»Ja, sie war völlig außer sich! Ich mußte ihr versprechen, es nie wieder zu tun. Sie meinte, der Gang würde einstürzen. Wohin führt er denn eigentlich, Asey?«

»Wagenschuppen, kommt im Anbau raus.«

Eric pfiff. »Mann, das ist ja seltsam. Mir hat sie gesagt, er ginge zur Scheune! Ich habe tagelang nach dem anderen Ausgang gesucht – kein Wunder, daß nichts zu finden war! Eve hat sich schon immer so angestellt mit diesem Wagenschuppen. Ich meine, ein großes Vorhängeschloß vor der Tür, und die Fenster sind dicht vernagelt, und die Seitentür und die Tür zum Anbau sind auch verschlossen. Einmal hab' ich sie gefragt, warum er verschlossen ist und ob ich mal reinsehen darf, und da wurde sie furchtbar wütend. Warst du jemals in dem Schuppen, Asey?«

»Lange her.« Asey blickte zum Fenster hinaus. »Hatt' ich ganz vergessen, daß der Schuppen zu is'. Hab' ich mich auch schon drüber gewundert. Weißt du, wo der Schlüssel is', Tom Sawyer?«

»Ich habe danach gesucht«, antwortete er prompt, »aber Eve hat ihr Schlüsselbund immer an den verrücktesten Stellen aufbewahrt.«

»Da sags' du was«, sagte Asey. »Also, Tom, kein Wort über den Geheimgang, verstan'? Zu niema'm. Verbann es aus dei'm Engelsköpfchen. Un' jetz' könnten wir, glaub' ich, ganz gut ohne deine Gesellschaft auskomm'. Schließlich bis' du ja auch krank.«

»Ich würde furchtbar gerne mitkommen und mir den Gang–«

»Kann ich mir vorstellen«, fiel Asey ihm ins Wort. »Wemma natürlich auf 'ner Militärschule is', un' einer gibt 'n Kommando–«

»Bis später dann.« Eric verließ uns.

Asey holte Eves Schlüsselbund hervor. »Die Schlösser an dem Schuppen draußen hatt' ich tatsächlich ganz vergessen«, kommentierte er. »Aber jetz' fällt's mir wieder ein, wie ich sie zuerst gesehen hab', da dacht' ich mir, das war 'n Stümper, der das gemacht hat. Un' wie ich Eve gefragt hab', ob ich den Schuppen nich' als Werkstatt ham kann, hat sie nein gesagt, auf gar kein' Fall. Seltsam. Ich werd' jetz' ma' 'n Gang ausprobieren un' sehen, ob die Schlüssel passen.«

»Und ich?«

»Ob Sie mitkomm' sollen? Diesma' noch nich'. Sie lesen inzwischen 'n hübsches Buch. Mir passiert schon nix.«

Ich setzte mich hin und rauchte eine Zigarette nach der anderen, das Bild einer nervösen Frau aus der Tabakreklame. Statt mich zu beruhigen, schienen sich allerdings bei jeder weiteren Zigarette meine Nerven nur noch weiter anzuspannen.

Die ganze Sache mit dem Wagenschuppen erinnerte mich an Alice im Wunderland – alles wurde kurioser und immer kurioser. Warum war der Schuppen verschlossen und mit Brettern vernagelt? Und sogar noch der Anbau dazu? Warum hatte Eve Eric über den Geheimgang belogen und versucht, ihn mit Geschichten

97

von Einsturzgefahr davon fernzuhalten? Es war offensichtlich, daß Asey nichts Derartiges befürchtete, sonst hätte er zweifellos Vorsichtsmaßnahmen getroffen, bevor er den Gang betrat.

Da gab es nur eine Erklärung: Eve hatte nicht gewollt, daß irgend jemand dem Schuppen oder dem Anbau oder auch nur dem Gang zu nahe kam. Es war anzunehmen, daß sie Gründe dafür hatte, aber ich hatte nicht die geringste Ahnung, was für Gründe das gewesen sein mochten.

Ich stürzte mich auf Asey, als er zurückkam.

»Alles in Ordnung? Wie sah es aus? Haben Sie etwas herausgefunden?«

Asey setzte sich und holte seine Pfeife hervor.

»'s war alles in Or'nung, un' 's einzige, wasses zu sehen gab, war 'n alter Kombiwagen. Un' 'n paar Ratten. Un' 'n Stinktier muß vor kurzem dagewesen sein. Ich möcht' wissen, wo das Auto herkommt. Eve hat nie eins gehabt, solang sie hier is'. Erlaubt auch ihren Gästen nich', daß sie eins mitbring'. Deswe'n hat sie sich auch mit Mark am Mittwochmor'n gestritten – er wollte 'n Auto ham un' hat 'n alten Roadster gemiet'. Naja, heut' a'md geht's los, un' dann sehen wir ma', was wir rausfin'.«

»Aber wir haben keinen Wagen –«

»Ham wir wohl. Lem hat mein' gestern abend versteckt, hintern Weiden bei der Wiese. Wir nehm' ihn nur, bis wir was an'res gefunden ham. 'n bißchen auffällig, das Auto. Un' Schusters Rappen ham wir ja auch noch. Ziehen Sie sich lieber alte Sachen an. 'n Reitanzug ham Sie wohl nich' dabei, oder?«

»Doch, habe ich. Aber was passiert, wenn Quigley anruft und mit Ihnen reden will, während Sie weg sind?«

»Einfach. Lem kommt dann rein un' tut so, als ob er ich wär', sagt ›jaja‹ un' ›neinnein‹, un' übers Telefon hören sich die Cape-Stimm' alle gleich an. Für Sie kann Lila einspring'.«

»Müßte Betsey nicht eigentlich wissen, was es mit dem Schuppen auf sich hat und warum die Fenster vernagelt sind, Asey?«

»Hab' sie gefragt. Sagt, Eve hätte gesagt, die Pärchen aus der Stadt wür'n sich da treffen, un' ir'ndwann gäb's nochma' 'n Feuer. Ich –«

Das Telefon klingelte. Asey summte ein paar Takte aus »Casey Jones« vor sich hin und lächelte zufrieden.

»Wir lassen's nochma' klingeln«, sagte er, »damit Bruder Quigley 's auch auskosten kann.« Er ging in den Flur und hob den

Hörer ab. »Jawoll. Asey Mayo am App'rat. Wer? Oberst Belcher? Wie geht's Ihn', Oberst? Was? Oh. Aber natürlich, Oberst, ich weiß, daß ich Ihn' versprochen hab', ich wollt' Sie zum Kabeljaufischen mitnehm'. Sicher. Aber jetz' könnt' ich nich' weg. Gar kein' Fall. Hier is' jemand ermordet wor'n«, verkündete er, als spräche er über eine Erkältung, »un' wir sin' in Quarantäne we'n Masern.«

Er hielt den Hörer so, daß ich den wüsten Strom markiger Worte mithören konnte.

»'woll. Hm-hm. Sobald ich rauskomm', bin ich bei Ihn'. Wann? Vierzehn Tage, hat der Doc, glaub' ich, gesagt. Vierzehn Tage von gestern an, um – ma' überle'n. Ir'ndwann zwischen halb sie'm un' elf. Soviel los hier, da kann ich 's nich' mehr so genau sa'n. Jawoll. Aber der Kabeljau beißt dann noch genauso gut. Sicher. Mich brauchen Sie nich' verfluchen, Oberst. Ich hab' die Masern nich' erfun'. Ich bin nur mit in Kontakt gekomm'.«

Seine Augen leuchteten, als er sich mir wieder zuwandte. »Das«, erläuterte er, »war Oberst Belcher. Pens'nierter Marineinfantrist –«

»Daß er bei der Marineinfantrie war, hätte ich mir beinahe denken können«, antwortete ich. »Und er heißt Belcher?«

»Heißt er wirklich. Aber Sie könn' sich noch nich' alles denken, Miss Kay. Sie müssen näm'ich wissen, ich hab' ihm nie versprochen, ich würd' mit ihm Kabeljau fischen gehen. Hab' den Mann schon seit sechs Wochen nich' mehr gesehen.«

»Soll das heißen – natürlich, er hat sicher eine Nachricht für Sie!«

»Anzunehm'. Wann zum Teufel ich denn mit ihm fischen gehen würd', un' er wär' nich' 'n ganzen Winter hier, un' ich sollt' sehen, daß ich möglichst bald rüberkomm'.«

»Und dann haben Sie ihm gesagt, zwischen halb sieben und – Asey, das war raffiniert.«

»Aber der Oberst, der is' noch 'n viel hellerer Kopf. Den setzen wir ganz o'm auf unser Programm. Jetz' müssen die Männer nur noch dem Justus genug von Eves echtem Cape-Cod-Gin, der während der Prohibition schwarz gebrannt worden ist, einflößen, nur 'ne Schutzmaßnahme ge'n die Masern natürlich, dann kann uns nix mehr passieren.«

An diesem Abend gab es ein frühes Dinner. Lila stritt sich, offenbar programmgemäß, mit Asey darüber. Gereizt erklärte er ihr, Dinner um halb sechs sei ein alter Brauch auf Cape Cod, ganz abgesehen davon, daß es bei ihnen Abendessen heiße. Sie hatte an allem, was Asey sagte oder tat, etwas auszusetzen, bis das Essen zu Ende war. Dann ließ sie sich von Betsey Erics Tablett geben und verkündete eisig, sie habe genug von den Unfreundlichkeiten und ziehe die Gesellschaft ihres armen kranken Sohnes der jedes gesunden und lebenden Cape Codders vor. An dieser Stelle trat mir Mark gegen das Schienbein.

»Da schließe ich mich an«, sagte ich. »Ich werde den Rest des Abends auf meinem Zimmer verbringen.«

Auch Justus, dessen Augen mehr als nur ein wenig glasig waren, schloß sich dem Aufbruch an.

»Spiel 'n bißchen Bridge«, sagte er mit so viel Bestimmtheit, wie seine schwere Zunge noch zuließ. »Kommt her, Jungs. Laßt doch den Kerl vom Cod stehen. Hat die Dam' beleidigt, hat Quig beleidigt, hat überhaupt je'n beleidigt. Ich will mit dem auch nix mehr zu tun ham.«

Eine halbe Stunde später folgte ich Asey durch die Passage, die sich hinter der Vertäfelung an der Treppe öffnete, meine Augen auf den schmalen Lichtkegel seiner Taschenlampe geheftet. Der Gang war so hoch, daß ich ohne Mühe aufrecht gehen konnte. Die Luft war feucht, aber nicht muffig. Bisher hatte ich mir unter einem Geheimgang ein kubistisches Ensemble aus Schleim, Ratten, wuchernden Pilzen und üblen Gerüchen vorgestellt. Ich mußte meine Vorstellungen revidieren. Asey entriegelte eine Falltür, und über zwei Treppen gelangte ich hinter ihm nach oben.

»Wagenschuppen«, verkündete er. »Kombiwa'n in der Ecke da hinten. Kann mich einfach nich' mehr erinnern, was ich da mal drüber wußte, aber 's trifft 'n Nerv, wie der Mann sagte, als der Elefant ihm aufs Hühnerauge trat. Aber ich bring's nich' zusamm'.«

Er öffnete die Tür, und gemeinsam traten wir hinaus in die feuchte Dunkelheit. Ich hielt mich am Gürtel seines Tuchmantels fest und stapfte hinter ihm durch Kiefernwald und an Lorbeerbüschen vorbei – und wahrscheinlich, fürchte ich, auch an Brennnesseln. Wir gingen am Rand einer Wiese entlang, sprangen über mehrere kleine Bäche, und dann fanden wir, in einem Weidengebüsch an einem Waldweg, das Auto.

»Da hat Lem aber Glück gehab'«, sagte Asey. »Genau an der richt'gen Stelle. Übrigens, ich werd' ohne Licht fahren. Wenn 'n an'res Auto kommt, schalt' ich 's Standlicht ein. Aber da brauchen Sie keine Angst ham, hier auf'm Cape gibt's keine Straße, die ich nich' mit verbun'nen Augen fahren könnt'. Bill Porter hat ma' mit mir gewettet, 's ging um 'n vertracktes Stück zwischen Orleans un' Wellfleet, un' er hat fünfzig Dollar verloren.«

Zehn Minuten später hielten wir vor einem weitläufigen Natursteinhaus.

Bevor wir noch anklopfen konnten, wurde die Tür schon geöffnet.

»Kommen Sie rein, Sie Wahnsinniger, kommen Sie rein! Bei Gott, ich hoffe, die Masern sind nur ein Trick, ich habe die verdammten Dinger nie gehabt. Warum zum Teufel – oh.« Der Oberst, bullig und rotgesichtig, hielt inne und betrachtete mich. »Elspeth Adams, beim lebendigen Gotte! Ich hab' Sie gesehen, wie Sie Ihre erste Landesmeisterschaft gewannen. Der schönste Vierzig-Fuß-Putt meines Lebens. Hab' ich nie richtig hingekriegt, das Putten. Bin sowieso nie unter fünfundachtzig gekommen. Kommen Sie rein, und setzen Sie sich, warum zum Teufel habt ihr den verfluchten Gangster denn Anne mitnehmen lassen, Asey? Das ist doch Wahnsinn.«

»Wieso?« Asey ließ sich in einem lederbezogenen Armstuhl nieder.

»Weil ich sie beobachtet habe, wie sie hinter dem Hühnerhaus saß, zwischen Viertel vor drei und fünf vor halb vier.«

Kapitel 9

»Erzählen Sie uns das genau«, hakte Asey sofort ein, »un' sin' Sie sich ganz sicher bei der Zeit?«

»Absolut. Verdammt blödsinnige Angewohnheit von mir, immer die exakte Zeit festhalten, wenn irgendwas geschieht. Sie beide zum Beispiel, Sie sind genau sieben Uhr dreiundfünfzig hereingekommen. Gestern beendete ich mein Golfspiel um zwei Uhr sechs. Heute um zwei Uhr achtzehn. Bei den ersten neun Löchern war ich heute sieben Minuten schneller, aber dann habe ich vier Bälle verloren. Jedenfalls, ich ging gestern zu Fuß vom Club nach Hause. Mache ich oft. Ich hatte 'nen Haufen alter Bälle bei mir. Kam an den Hügel hinterm Gasthaus, an der Wiese, holte meinen Schläger hervor und schoß ein oder zwei Dutzend davon in die Prärie. Setzte mich dann und steckte mir eine Pfeife an. Herrlicher Tag. Konnte Anne die ganze Zeit über draußen hinter dem Hühnerhaus sitzen sehen. Und, wie gesagt, der Zeitpunkt steht fest, exakt.«

»Wieso«, fragte Asey interessiert, »ham Sie nich' Quigley angerufen, wie Ihn' das einfiel?«

»Reden Sie doch keinen Unsinn, Mann!« Der Oberst biß das Ende einer dicken schwarzen Zigarre ab. »Sie haben ja vielleicht vergessen, daß einer der Schergen dieses Mannes letztes Frühjahr mein nagelneues Motorboot gestohlen hat, aber ich, ich habe es nicht vergessen! Als ich heute morgen in der Zeitung las, Anne habe Eve ermordet, zu der Zeit, zu der ich sie im Garten sah, wandte ich mich an Sie. Ich wußte verdammt gut, daß Sie Ihre Finger da drin haben, wenn Sie im Gasthaus wohnen, Quigley hin oder her. Es ist doch eine Hilfe, oder?«

»Hilfe?« sagte ich, denn Asey schien nicht zugehört zu haben. »Natürlich ist es eine Hilfe. Es wird –«

»Hören Sie, Oberst«, fiel Asey mir ins Wort, »Sie waren also auf'm Hügel – von da muß es doch gut 'ne halbe Meile bis zum Gasthaus sein.«

»Nicht ganz eine halbe Meile, würde ich sagen, aber nicht viel weniger.«

»Da konnten Sie Annes Gesicht nich' sehen, oder doch?«

»Nein. Aber ich habe Anne erkannt.«

»Sie tragen 'ne Brille, nich' wahr?«

»Richtig. Gestern hatte ich sie allerdings nicht auf. Ich hatte sie abgenommen, als ich mich im Club umzog, und ich hatte sie in ihrem Etui in der Tasche. Aber ich *weiß*, daß es Anne war. Sie hatte das grüne Strickkleid an, das sie so oft trägt. Aber das macht doch keinen Unterschied, oder? Daß ich die Brille nicht aufhatte?«

»Letztes Jahr«, sagte Asey, »wie die Bank überfallen wor'n is', stand Jabe Winter an der Hauptstraße. Stand bei sei'm Auto un' wartete, daß Dorcas aus'm Supermarkt kam. Hellichter Tag. Sah drei Leute aus der Bank rauskomm'. Wußte natürlich nich', daß da drin was nich' in Ordnung war. Aber die Männer waren nich' von hier, das fiel ihm auf. Er hat sie sich genau angesehen, un' ihr Auto un' ihre Taschen un' Koffer. So wur'n die Kerle geschnappt, nach seiner Beschreibung von ihn' un' vom Auto. Aber Jabe is' kurzsichtig. Hatte seine Brille nich' auf. Un' wie der Sach'ständige alles über Jabe un' seine Augen erzählt hatte, war's Urteil der Geschwor'nen ›Freispruch‹. Quigleys Richter meinte dazu, 's wär' ja offensichtlich, daß Mr. Winter, der zwei winzige schwarze Flecken auf'm purpurnen Blatt auf zehn Fuß Entfernung nich' erkenn' könnt', da Hall'zinationen hatte, wenn er dacht', er könnt' drei Mann auf fümmensiebzig Fuß erkenn'. Un' so weiter un' so fort 'cetera. Verstehen Sie?«

Der Oberst bekundete sein Verständnis, mehrere Minuten lang und mit Nachdruck.

»Allerdings«, sagte er, »könnte ich ja immer behaupten, ich hätte die verfluchte Brille aufgehabt. Wenn die lügen können, können wir das auch.«

»Die lügen nich'«, sagte Asey. »Die machen Sie einfach nur lächerlich. Herr Oberst trägt 'ne Brille. Wann sin' denn die Augen vom Herrn Oberst zuletzt untersucht wor'n? Herr Oberst konnte das Gesicht der jungen Dame nich' erkenn'. Herr Oberst is' der jungen Dame freundlich gesonn' un' möchte nich', daß sie verurteilt wird, nich' wahr? Der Herr Oberst hat nix weiter gesehen als wie 'ne Frau im grün' Kleid. Schon möglich, daß Miss Bradford an dem Tag 'n grünes Kleid anhatte, aber der Herr

Oberst kann's nich' beschwören – un' so weiter un' so fort. 's wird alles nach'm gleichen Muster ablaufen.«

»Das ist absurd, Asey«, sagte ich. »Der Oberst hat Anne doch gesehen. Damit wird jeder Verdacht hinfällig.«

»'türlich hat er sie gesehen. Ich weiß das, un' Sie wissen das. Aber was der Oberst aussa'n kann, wird die Kerle nich' dazu bringen, Anne freizulassen. Der Doc weiß, daß das Messer, das er hat, nich' die Tatwaffe war, un' wir wissen's auch, aber mit der echten Waffe wird die ganze Geschichte nur noch schlimmer. Wenn Sie hingegang' wären un' mit Anne geredet un' ihr die Hand gehalten hätten, dann hätten sie sie laufenlassen müssen. Aber so, wie die Dinge stehen, gibt's 'n schönes großes Schlupfloch, un' da schlüpfen die mitten durch. Für die Burschen is' Justitia die blinde Lady ohne Waage. Sa'n Sie, wie sin' Sie drauf gekomm', mit mir übers Fischen zu reden?«

»Das Mädchen vom Amt fragte, wer am Apparat sei, und ich sagte, ich hätte wichtige Informationen für Sie. Sie fragte, ob es sehr privat sei, denn es bestünde der Verdacht auf eine Fehlschaltung. Ich verstand überhaupt nichts und brüllte, ich hätte etwas über den Mord zu erzählen. Sie erklärte mir, gerade darum gehe es, es gebe eine Fehlschaltung zum Präsidium. Kluges Mädchen.«

»Eine Cousine«, sagte Asey bescheiden.

»Wundert mich nicht. Jedenfalls verstand ich endlich, daß Quigley seine Finger im Spiel hatte. Wie geht es denn nun weiter mit dieser Geschichte, Asey?«

»Erst ma' werd' ich John Eldredge anrufen, den Bankpräsidenten. Er is' auch Notar. Wir schrei'm Ihre Aussage auf, mit Durchschlag, un' lassen sie bezeug'n, alles schön amtlich.«

»Telefon steht im Flur. Es ist ein Jammer«, fügte der Oberst hinzu, als Asey das Zimmer verließ, »daß er nicht, wenn er Eves Mörder gefunden hat, auch noch –«

»Meinen Sie denn, er wird ihn finden?«

Der Oberst warf mir einen mitleidigen Blick zu. »Selbstverständlich. Aber ich wünschte, er könnte auch diesem Dreckskerl Quigley und seiner Meute ordentlich Feuer unterm Hintern machen. – Haben Sie ihn erreicht, Asey?«

»Sagt, er is' schon so gut wie hier. Ein Exemplar behalt' ich, un' Sie un' John kümmern sich um das an're. Wird vielleich' noch nützlich, wenn's vor Gericht geht, un' das kann uns noch gut blühen, als letztes Mittel.«

104

»Alles, was ich tun kann«, versicherte der Oberst, »wird mit dem größten Vergnügen getan werden. Eines wollte ich noch sagen, Asey. Ich erwähne es nur, für den Fall, daß Sie damit etwas anfangen können. Aber kennen Sie Bill Harding, den Schaffner, dessen Frau gelähmt ist?«

»Aber sicher.«

»Nun, letzten Samstag war ich unterwegs nach Hause vom Club, und da sah ich ihn nahe beim Gasthaus durch die Bäume huschen. Benahm sich verdammt verdächtig, und mir war, als hätte er eine Pistole in die Tasche gesteckt, als er mich kommen sah. Ich kann nicht beschwören, daß es eine Pistole war, aber es kam mir so vor. Und gestern habe ich ihn, glaube ich, wieder in der Nähe gesehen.«

Aseys Augen funkelten. »Wieviel Uhr war das, am Samstag?«

Der Oberst brauchte nicht nachzudenken. »Ein Uhr neunund-dreißig.«

»Der Schuß«, wandte sich Asey an mich, »von dem Eve erzählt hat, der war ungefähr zehn vor zwei. Hm. Wollte Sadie Hardin' sowieso besuchen, we'n Betseys Alibi. Ham Sie vielen Dank, Oberst. Das war uns 'ne große Hilfe.«

»Offenbar«, erwiderte der Oberst, »auch wenn ich nur Bahnhof verstehe.«

Asey grinste und erklärte ihm, was es mit der Geschichte auf sich hatte. Bevor er mit der Geschichte zu Ende war, kam Mr. Eldredge an. Der Oberst schrieb seinen Bericht über den vergangenen Nachmittag nieder, Mr. Eldredge versah die Dokumente mit seinem Siegel, und Asey und ich unterschrieben sie als Zeugen.

»Jetz'«, sagte Asey, während er sein Exemplar in einer der vielen Taschen seines Mantels verschwinden ließ, »machen wir uns auf'n Weg. Ham Sie 'n Auto, Oberst, das Sie für die gute Sache zur 'fügung stellen wollen? Ich hab' noch allerhand zu erled'gen, un' meins fällt so leicht auf.«

»Drei Stück in der Garage«, sagte der Oberst lässig. »Nehmen Sie, welchen Sie wollen. Ich würde das Coupé empfehlen. Lassen Sie Ihren Wagen da – Lorne kann sich darum kümmern –, und nehmen Sie meinen, so lange Sie ihn brauchen. Sie haben sogar meine Erlaubnis, ihn zu Schrott zu fahren, wenn das irgendwie hilft, diesem Sch–, diesem Quigley eins auszuwischen.«

Wir nahmen das Coupé und brachen auf.

»Es ist deprimierend«, sagte ich, »wenn man sich vorstellt, daß die Aussage des Obersten niemandem nützen wird. Aber – was halten Sie denn davon, daß Bill Harding sich am Gasthaus umhertrieb?«

»Das is', denk' ich, ausgesprochen wert, daß ma's genauer untersucht. 'n bißchen bedrückt bin ich selber, aber jetz' wissen wir wen'stens, daß Anne die Wahrheit sagt, un' das is' doch schon was. Sie müssen einsehen, Miss Kay, daß ma' den Kerlen nur schwer beikomm' kann. Schließlich ham sie Anne. Das ham sie 'n Zeitungen gesagt un' gehörig damit geprahlt. Die lassen sie nich' frei nur we'n 'ner Aussage von'm kurzsichtigen Oberst. Den Burschen liegt schrecklich viel dran, daß allen Gerechtigkeit widerfährt, so lang wie's sie nich' selber betrifft. Da wären wir.«

Er parkte das Auto in der Zufahrt eines kleinen, schachtelartigen Cape-Hauses.

»Fachwerk«, sagte Asey und trommelte einen Marsch auf die Seitentüre. »Sieht ma' heute nich' mehr viele von. Wir gehen gleich rein.«

Ich folgte ihm durch einen schmucken kleinen Küchenanbau und durch einen engen Flur in das Wohnzimmer. Was mir zuerst ins Auge fiel, war das polierte Eichenholz. Ich hatte ganz vergessen, mit wie wenig Eiche man einen so grandiosen Eindruck machen kann. Dann betrachtete ich die stattliche grauhaarige Frau, die im Rollstuhl neben einer Stehlampe saß, und jeder Gedanke an Hölzer, geschliffene Gläser und Drucke von Maxfield Parrish war verschwunden.

Ganz gleich, wie ärmlich die Umstände sein mögen, sagte ich mir, diese Frau ist eine Persönlichkeit.

Sie blickte zu mir auf und lächelte hocherfreut.

»Elspeth Adams«, sagte sie. »Und das ist das Reitkostüm, das Sie vor zwei Wochen auf der Jagd anhatten – meine Güte. Das hätte ich nicht sagen dürfen, oder?«

»Warum nicht?« Ich erwiderte ihr Lächeln. »Es stimmt. Aber woher wissen Sie das?«

Sie wies auf einen Wandschirm neben mir, auf dem es keinen Zoll mehr gab, der nicht mit Bildern beklebt war, die sie aus Zeitungen und deren Hochglanzbeilagen ausgeschnitten hatte.

»Sie sind in der obersten Reihe, links«, sagte sie. »Neben der Herzogin dort und dem charmanten französischen Premier, der uns kein Geld zahlen will. Das ärgert Sie doch nicht?«

»Der Premier? Für mich ist es eine Ehre, überhaupt irgendwohin geklebt zu werden. Machen Sie –«

»Ob ich immer Bilder ausschneide? Seit meinem Unfall tue ich
das. Ich suche mir die freundlichsten Gesichter aus den Zeitungen
aus und lasse sie für ein oder zwei Wochen auf dem Schirm. Dann
kommen neue. So habe ich etwas zu tun, und ich habe jemanden,
den ich betrachten kann. Ich komme nämlich nicht oft hinaus,
und hier gibt es nicht viel zu sehen, auch wenn die Nachbarn sehr
nett sind. Oh – das habe ich ganz vergessen. Setzen Sie sich doch,
alle beide. Und Asey, du mußt mir alles erzählen. Und was macht
ihr überhaupt hier draußen? Steht ihr nicht alle unter Quarantäne?«

Asey schilderte ihr, wie es mit Eric stand, und sie lachte. »Das
sieht euch ähnlich«, sagte sie. »Sie müssen wissen, Miss Adams,
Asey war einer der ersten Cape Codder, die ich kennengelernt
habe, als ich vor zwanzig Jahren als Lehrerin nach Wellfleet kam.
Es war ein höchst prekärer Augenblick, und Asey kam gerade am
Schulhaus vorbei. Ich versuchte, einen Jungen zu züchtigen, der
dreimal so groß war wie ich. Nachdem Asey mit ihm fertig war,
hatte ich nie wieder Disziplinprobleme. Er machte aus einer
Antipathie, die ich gegen das Cape entwickelt hatte, das genaue
Gegenteil. Und ich war schon im Begriff gewesen, nach Hause
zurückzukehren. Was kann ich für Sie tun?«

Ich hatte erwartet, Asey würde sie fragen, wo ihr Mann am
Samstag gewesen sei und was er am voraufgegangenen Nachmit-
tag zur Tatzeit getan habe. Aber statt dessen fragte er nach
Betsey.

»Wollte nur wissen, wann Betsey Dyer gestern nachmittag hier
war. Muß alles überpüft wer'n.«

Mrs. Harding überlegte eine Weile lang. »Ich habe um zwei
einen Kuchen in den Ofen getan, und als Betsey kam, schaute sie
für mich nach ihm und sagte, er sei fertig. Das müßte also gegen
Viertel vor drei gewesen sein. Dann blieb sie noch eine Weile und
plauderte mit mir, eine halbe Stunde lang vielleicht, und dann hat
sie im Garten für mich Dahlien gepflückt.«

»Schön«, sagte Asey gutgelaunt. »Damit is' Betsey aus'm
Schneider. Is' das ei'ntlich 'n neuer Stuhl, den du da hast, Sadie?«

»Ja. Stimmt, den hast du noch gar nicht gesehen. Aber die
Sache mit Bills Onkel weißt du, oder? Der, der uns vor ein paar
Jahren entdeckt hat und seitdem ab und zu Geld schickt? Neulich

kam ein besonders großzügiger Scheck, und Bill hat diesen Stuhl
für mich gekauft. Es ist soviel angenehmer, als wenn ich mich
Stück für Stück mit den Krücken vorwärtsschleppen muß.«
Erst jetzt fielen mir die häßlichen Klammern auf, die ihre
beiden Beine umschlossen.

»Und«, fuhr sie fort, »dieser neue Spezialist in Boston meint,
wenn ich alle seine seltsamen Übungen mache und mich von der
Gemeindeschwester jeden Tag massieren lasse, dann kann ich
vielleicht wirklich irgendwann wieder laufen. Den hätten wir uns
auch niemals leisten können ohne Bills Onkel. Ich spreche oft mit
Bill darüber, wie gut es alles in allem war, daß er sich erst nach
meinem Unfall an uns erinnert hat. Vorher wären wir nicht auf
seine Hilfe angewiesen gewesen.«

»Und wann war das?« fragte ich.

»Mein Unfall? Oh, diesen Monat werden es vier Jahre. Ich ging
am Straßenrand entlang, gleich hier am Wäldchen. Bei der Gabe-
lung. Es war dunkel, und es hatte geregnet. Ich hörte ein Auto
und ging zur Seite – ich war gut zwei Fuß von der Fahrbahn weg.
Und dann – kam das Auto durch eine Pfütze ins Schleudern, und
das nächste, woran ich mich erinnere, ist dann schon die rothaarige Krankenschwester im Hospital. Aber ich beklage mich nicht.
Es hätte gut sein können, daß ich nie wieder zu mir gekommen
wäre. Aber auch heute noch läuft es mir kalt den Rücken herunter, wenn ich einen Kombiwagen sehe –«

»Kombiwagen!« Asey und ich stießen das Wort hervor wie aus
zwei Pistolen geschossen.

»Aber ja.« Unsere Aufregung schien sie zu verwundern. »Es
war ein Kombiwagen. Ich habe nie erfahren, wem er gehörte.«

»Kombiwa'n«, wiederholte Asey nachdenklich. »Weißt du,
Sadie, ich hatte beinah vergessen, daß es 'n Kombiwa'n war.
Jemand hat dich angefahren un' sich davongemacht, un' du hast
nix vom Fahrer sehen könn', stimmt's?«

»Sehen konnte ich nichts, aber es kam mir immer vor, als sei es
eine Frau gewesen, ich weiß nicht, warum. Naja, das ist ja nun
alles vorbei. Die Versicherung hat zwar nie gezahlt, aber Onkel
Martin –«

»Genau«, fiel Asey ein, »das wollt' ich noch fra'n, wie der
Onkel ein'tlich heißt. Hab' mir Gedanken gemacht, ob's wohl
einer von den Hardings is', die früher drü'm bei Bound Brook
gewohnt ham –«

108

»Da kenne ich mich nicht aus, aber er heißt Martin Smith, und er hat uns mehr geholfen, als jede Versicherung das jemals hätte tun können. Aber wir reden immer nur von meinen Sorgen. Erzählt mir von Eve Prence. Sie wird mir sehr fehlen. Eines Tages, ich war gerade aus dem Krankenhaus zurück, kam sie vorbei und stellte sich vor. Seitdem besuchte sie mich jedesmal, wenn sie in der Stadt war, einmal die Woche, und brachte mir Bücher oder Zeitschriften mit oder sonst irgend etwas, das mir die Zeit vertrieb. Manchmal bekam sie von ihren Gästen Obst oder Blumen, die hat sie dann immer mit mir geteilt. Eve Prence mag ihre schlechten Seiten gehabt haben, aber sie war einer der freundlichsten, aufmerksamsten Menschen, die ich je gesehen habe, das habe ich den Leuten, die nicht mit ihr zurechtkamen, oft gesagt. Sie hatte es nicht nötig, sich mit jemandem wie mir abzugeben, und sie hat es trotzdem getan.«

Asey und ich blickten uns an, und dann widmete ich meine Aufmerksamkeit dem kunstvollen achteckigen Muster des verblaßten Axminster-Teppichs. Ich starrte auf Gestalten, die einen gleichmäßigen, gemessenen Two-Step tanzten, während ich mir meine Gedanken machte.

Mrs. Harding war also vor vier Jahren von einem Kombiwagen überfahren worden, und sie hatte den Eindruck, es sei eine Frau am Steuer gewesen. Eve Prence hatte einen Kombiwagen besessen, den sie in ihrem verschlossenen, mit Brettern vernagelten Wagenschuppen vor der Welt versteckt hielt. Hinzu kam, daß Eve Prence vor vier Jahren aus Paris zurückgekehrt war. Damals hatte ich Mark zum ersten Mal von ihr sprechen hören.

Asey hatte es beiläufig erwähnt, aber es fiel mir nun wieder ein, daß Mark mir schon vor Jahren von Eves Abneigung gegen Automobile erzählt hatte, die geradezu an eine Phobie grenzte. Er fand es seltsam, denn in England und auf dem Kontinent war sie viel gefahren. Aber seit sie wieder hier war, hatte sie kein Auto angerührt. Sie ordnete an, daß niemand, der im Gasthaus wohnte, einen Wagen mitbringen durfte. Lem Dyers alten Lastwagen tolerierte sie, denn der mußte Lebensmittel und Gepäck aus der Stadt holen. Als Mark einen Sportwagen mietete, hatte er sich ihren Anordnungen widersetzt, und nach Asey hatte das die Auseinandersetzung am Mittwoch heraufbeschworen.

»Tja«, sagte Asey nach einer Weile, »Eve war immer gut zu jeman', bei dem sie dachte, er könnt' ihre Hilfe brauchen.«

Ich bemerkte Mrs. Hardings Antwort kaum, so beschäftigt war ich mit Nachdenken. Nach dem Unfall hatte ein geheimnisvoller und bis dahin unbekannter Onkel den Hardings Schecks zukommen lassen. Wie Mrs. Harding ganz richtig sagte: just zu dem Zeitpunkt, zu dem sie Hilfe brauchten.

Im Grunde ließ sich aus alldem nur der eine Schluß ziehen – niemand anderes als Eve Prence war die Fahrerin gewesen, die Mrs. Hardings Unfall verursacht hatte. Niemand anderes als Eve Prence mußte der geheimnisvolle Onkel gewesen sein.

Da wunderte es einen nicht, daß der Oberst Bill Harding mit einer Pistole beim Gasthaus hatte herumschleichen sehen!

»Bill«, sagte Mrs. Harding gerade, »hat die Nachricht schwer getroffen. Er sollte eigentlich gestern auf einem Sonderzug Dienst tun, aber er hat sich den Tag freigenommen, und Barney Fisk ist an seiner Stelle gefahren.«

»Scheint ja letzte Zeit 'n Haufen Tage frei zu ham«, sagte Asey. »Samstag nachmittag, is' er mir da nich' auch begegnet?«

»Stimmt. Da wurde auch der Dienst getauscht. Er kann es gebrauchen. Da kann er draußen an der frischen Luft sein, und er geht doch gerne spazieren. Gestern ging er zur Freimaurerloge zu irgendeinem Treffen, und er war furchtbar durcheinander, als er zurückkam.«

»Das war 'ne ziemlich lange Versammlung, nich'?« erkundigte sich Asey. »Hab' Syl da mitten rausgeholt, damit er sich um Anne kümmert.«

»Es begann gegen halb drei, und Bill ist erst nach sechs wieder hier gewesen. Ich hatte von Eves Tod aus dem Radio gehört, und ich war selbst schockiert. Aber Bill, dem mußte ich zwei Aspirintabletten einflößen, und zum Essen hat er mindestens sechs Tassen schwarzen Kaffee getrunken – geht ihr schon?«

»Muß leider sein, Sadie. Wir sin' sozusa'n ohne Urlaubsschein unterwegs, un' – un' ir'ndwie is' noch furch'bar viel zu tun. Du wirst doch keiner Menschenseele erzählen, daß wir hier waren, oder? Nich' ma' Bill. Wo is' er überhaupt heut a'md? Heut hat er doch kein' Dienst, oder?«

»Stimmt. Er ist drüben bei Nate Hopkins. Es geht um den Gemeinderat, glaube ich. Oder um Steuern. Er hat es mir genauer gesagt, aber ich hab's vergessen. Schön, daß ihr beide da wart. Wollen Sie nicht noch einmal vorbeikommen, Miss Adams, wenn es Ihnen möglich ist?«

»Wenn ich noch einmal herauskomme, mache ich das gerne«, antwortete ich.

Asey und ich schwiegen, bis wir das Coupé bestiegen hatten.

»Das geht ei'm an die Nieren, nich'«, sagte Asey. »Ich bin ja nich' gerade 'n Jammerlappen, aber der Schneid, den die Frau hat, den kriegt ma' nich' in der Schule beigebracht. Kam aus 'ner reichen Familie, Eltern starben un' hinterließen ihr kein' Cent. Wurde Lehrerin un' verliebte sich in Bill – da sah Bill noch besser aus als wie heute. Hat 'n geheiratet. Sohn is' gestor'm. Bills Fischladen ging pleite, von der ganzen Fischerei am Cape is' ja nix mehr übrig. Kriegt 'n Posten bei der Eisenbahn. Un' dann der Unfall. Aber niemals gejammert. Vor der Frau zieh' ich mein' Hut, jawoll. Das is'–«

»Asey«, sagte ich, »haben Sie einmal überlegt – sie wird überfahren, und dann kommt Eve sie besuchen – Asey, was halten Sie von der Sache mit dem Kombiwagen?«

»Hab's selbe wie Sie gedacht, wie Sie da saßen un' 'n Teppich anstarrten. Eve war's. Hat das Auto wahrscheinlich in Boston oder New York gekauft un' kam grade damit nach Hause. Muß so gewesen sein, sons' hätt' ja jeder hier das Auto gekannt. Je'nfalls fährt sie dann zum Haus un' versteckt 'n Wa'n, keiner merkt was, un' besorgt Schlösser für'n Schuppen, merkt auch wieder keiner was. Un' dann, wie's nix mehr genützt hat, hat sie sich überlegt, was sie da angericht' hat. Wußte, was ihr blüht', wenn sie's zugege'm hätt' – so lang danach. Da hätt' ihr nich' ma' der Name Prence was genützt. Früher, da hat der Name Prence 'ne ganze Menge Prences aus'm Dreck gezo'n, aber keiner davon war 'n Feigling gewesen. Eve hat sich die Sache durch'n Kopf gehen lassen, un' so kam der Onkel aus Tacoma auf die Welt. Das is' weit genug weg.«

»Aber was ist mit Mrs. Harding? Meinen Sie, sie weiß davon, oder sie vermutet etwas?«

»Nix. Die hat nie was erfahren, un' das darf sie auch nie. Hm. Is' sicher nich' leicht gewesen für Eve, da hingehen mit Büchern un' Geschenken. Für'n Onkel in Tacoma mußt' ma' nur Geld ham, aber ich kenn' Eve, un' ich kenn' Sadie, un' ich kann' Ihn' sa'n, in dem Fall die liebevolle Nachbarin spielen, das war die schwerste Rolle, die Eve je gespielt hat.«

»Man kann es sich kaum vorstellen«, sagte ich. »Mich hätte es umgebracht, wäre ich an Eves Stelle gewesen, da zu sitzen – sich von dieser Frau danken zu lassen, zuzusehen, mit welcher Kraft sie für ihre Gesundung kämpfte – überhaupt – um alles. Ich glaube, da hat Eve zu spüren bekommen, was für ein mieses Biest sie war.«

»Aber sie hat's ausgehalten«, antwortete Asey. »Das is' doch was. War vielleich' feige von ihr, daß sie sich nich' zu dem Unfall bekannt hat, aber mit ihrem Versuch, 's wiedergutzumachen, hat sie sich's nich' leichtgemacht.«

»Wie steht es mit Bill Harding? Meinen Sie, der weiß Bescheid?«

»Einerseits sieht's aus, als ob er's nich' wüßte, un' an'rserseits scheint's, als wüßt' er's doch. Könnt' ich nix zu sa'n. Aber wir sin' ja sowieso grade unterwegs, um Bill ma' n' bißchen auf'n Zahn zu fühlen. Nate Hopkins«, fügte er hinzu, »is' üb'gens auch 'n Cousin von mir.«

»Sind Sie mit dem ganzen Cape Cod verwandt«, wollte ich wissen, »oder ist ›Cousin‹ nur eine freundliche Anrede in diesem Teil der Welt? Es kommt mir vor, als hätte ich noch nie von so vielen Verwandten gehört, wie Sie zu haben scheinen.«

»Tja-a«, ließ er sich Zeit, »die Mayo-Familie is' schon seit 1620 in der Ecke hier. In über dreihunnert Jahren sammelt sich 'ne ganze schöne Menge Verwandtschaft an –«

»Asey«, unterbrach ich ihn, »ich werde persönlich dafür sorgen, daß in einer Ihrer nächsten Schlagzeilen das Wort ›Mayflower‹ untergebracht wird –«

»Aber«, warf er mit bedauernder Stimme ein, während er den Wagen mit Schwung in eine neue Einfahrt setzte, »aber durch'n Hell'spont bin ich nie geschwomm'.« Er setzte einen Finger auf den Hupenknopf und ließ ihn auch dort. »Einma' bin ich durch'n Ententeich geschwomm', aber –«

»Lassen Sie's«, beeilte ich mich zu sagen, »gut sein.«

Er kicherte.

Ein großer, magerer Mann kam von der Hintertür des Hauses rechts von uns herübergeschlendert.

»Sie wecken ja die Toten auf«, kommentierte er lakonisch, obwohl Asey den Hupenknopf schon vor einer halben Minute losgelassen hatte. »He – beim Barte des Propheten! Asey!«

»Jawoll. Keine Angst – das mit'n Masern is' nur 'n Trick, un' sag niema'm, daß wir hier waren. Is' Bill Hardin' drin?«

»Vor 'ner Viertelstunde nach Hause gegang'.«

112

»Warst du gestern nachmittag in der Stadt, ge'n drei?«

»Ich war bei'n Freimaurern.«

»Hast nich' zufällig von jema'm gehört, der Lem Dyer beim Muschelgra'm gesehen hat, um die Zeit?«

»Hm-hm«, antwortete Mr. Hopkins prompt, zu meiner Erleichterung. Offensichtlich hatte Asey, was die Neugier der Bürger von Weesit anging, nicht übertrieben. »May sagt, sie hätt' 'n gesehen. War in der Stadt, Schmalz kaufen. Hat 'n an der Küste gesehen, an der Bucht.«

»Ob sie sich wohl an die Zeit erinnert?«

»Naja«, sagte Mr. Hopkins lässig, »was sie mir gesagt hat, war, sie hätt' 'n gesehen, gerade wie die Kirchturmuhr drei schlug. Kirchturmuhr kann sich ja um drei oder vier Sekun' vertun, aber May nich'.«

Asey lachte. »Na gut. Bill Hardin' war also gestern bei der Versammlung?«

»Nu, deswe'n war er gerade hier, Asey. Sagt, er wär' erst ziem'ich spät nach Hause gekomm', zum Abendessen. Mußte mit 'm Sonderzug mit. Neenee, bei der Versammlung war der nich'.«

Kapitel 10

Mr. Hopkins stützte sich mit einem Fuß auf das Trittbrett.
»Hab' ich ihm gleich gesagt«, erläuterte er, »das is' eben
's Schlimme, wemma bei der Bahn arbeitet, ewig die Verspä-
tungen.«

»Allerdings schlimm«, erwiderte Asey kurz angebunden.
»Dank' dir, Nate. Un' du has' uns hier nie gesehen, verstan'?«

Nate sagte, das sei ihm ein Leichtes, und wir fuhren weiter.

»Asey!« sagte ich. »Mrs. Harding erzählt uns, ihr Mann sei auf
der Versammlung gewesen, und jetzt erfahren wir, er war gar
nicht dort. Und sie sagte, er sei früh nach Hause gekommen,
während Nate Hopkins behauptet, er sei bis abends unterwegs
gewesen – mit einem Sonderzug. Was halten Sie davon, Asey?«

»Auf'n ersten Blick würd' ich sa'n«, erwiderte er, »'s is' das,
was ma' gemeinhin 'ne Lüge nennt.«

»Seien Sie nicht albern! Bill Harding *muß* beim Gasthaus
gewesen sein, da hat der Oberst ganz recht. Vielleicht wußte er
bis vor kurzem nicht, daß Eve den Unfall verschuldet hatte.
Vielleicht war er gerade erst dahintergekommen. Das wäre doch
als Motiv nur zu verständlich. Vielleicht – oh, ich glaube, wir sind
jetzt endlich auf eine Spur gestoßen.«

Asey nickte. »Allerdings wär' die einzige Art, wie er's rausgefun' ham könnt', durch die Schecks von diesem sogenannten
Martin Smith. Un' wenn er gemerkt hätt', daß Eve hinter den
Schecks un' hinter dem falschen Onkel steckt, überleg' ich, ob er
sie dann wohl umgebracht hätt'? Eve war das Huhn, das goldne
Eier legt, das dürfen Sie nich' vergessen. Un' Bill Hardin' hat sich
immer solche Sorgen um Sadie gemacht. Ohne die Schecks gäb's
kein' Dokter, kein' Rollstuhl, keine Schwestern – da gäb's überhaupt nix!«

»Aber wenn Sie das Märchen noch im Kopf haben«, sagte ich
beleidigt, »dann wissen Sie auch, daß der Mann, dessen Henne

goldene Eier legte, sie am Ende umgebracht hat. Werden Sie jetzt Bill aufsuchen?«

»Heut nacht nich' mehr, Miss Kay. Inzwischen is' er längst zu Hause. Zu Fuß is' er schneller bei sei'm Haus als wie wir mit'm Auto. Dann würd' Sadie merken, daß wir ihn in Verdacht ham, un' 's gäb' 'ne Menge Komplikationen. Un' die möcht' ich gern vermei'n. Morgen abend is' er in Hyannis, da schnappen wir 'n uns. Un' bevor ich mit ihm rede, muß ich mich noch durch Eves Papiere in ihrem Safe wühlen. Mach' ich nich' gerne, so was, aber bevor wir Bill in die Mangel nehm', sollten wir uns lieber ver'wissern, daß unsre Geschichte mit'm Kombiwa'n auch wirklich stimmt.«

»Eine Sache noch«, sagte ich. »Bill Harding könnte auf Eve geschossen haben, aber er war mit Sicherheit nicht der Fallensteller vom Mittwochabend – er kann es nicht gewesen sein. Das Seil *muß* von jemandem gespannt worden sein, der im Haus wohnt, Asey.«

»Scheint so. Aber wenn Sie sich ma' die Zeit nehm' un' sich das überle'n, dann war Mark der einzige, von dem wir wirklich wissen, daß er o'm war –«

»Asey! Sie wollen doch nicht etwa behaupten – das ist doch!« Diese Andeutung brachte mich so in Wut, daß ich nicht weitersprechen konnte.

»Ich hab' nur gesagt, er war o'm. Aber am Donnerstag war er mit mir unterwegs. Nee, Sie un' Tony komm' nich' in Frage, un' Norris un' Anne un' Betsey un' Lem sin' auch aus'm Rennen. Blei'm nur Stout un' Lila un' Bill. Is' schon 'ne komische Sache. Ich hab' mit ähnlichen Fällen zu tun gehab', wo ich kein' der 'teiligten kannte, un' trotzdem konnt' ma' an allen Ecken was rausfin'. Aber hier, da kenn' ich die ganze Vorgeschichte, un' ich kenn' die Leute, un' ich kenn' die Gegend. Un' trotzdem isses einzige, was ich fertigbring', ein' nach'm annern vonner Liste streichen. Tja. 'möglich hat Quigley doch recht gehab', un' ich sollt' lieber Hummer un' Muscheln fang'.«

Wir stellten das Coupé des Obersten im Weidengebüsch ab und machten uns auf den Weg zurück zum Schuppen. Asey schloß die Tür auf, und wieder ging es durch den Geheimgang, immer dem tanzenden Lichtflecken der Taschenlampe nach.

Asey knipste sie aus, als wir an die Treppe gelangten, die zur Vertäfelung im Flur führte.

115

»Ma' muß ja nich' mit der Lampe rumfuchteln, damit ein' Quigleys Leute vom Flur aus gleich sehen könn', falls sie's Licht ausham«, flüsterte er mir zu. »Halten Sie sich an mei'm Mantel fest, dann führ' ich Sie.«

Ich folgte ihm vorsichtig die Treppe hinauf. Behutsam öffnete er die Vertäfelung. Der Flur war dunkel.

Dann ein heiseres Flüstern. »Hände hoch! Und keine Bewegung!«

Auf der Stelle ließen meine Hände Aseys Mantel fahren und schnellten in die Höhe.

Anfangs hatte ich den wirren Gedanken, Quigley oder seine Leute oder beide könnten sich in unserer Abwesenheit Zugang zum Gasthaus verschafft haben und hätten sich, als sie uns nicht vorfanden, ihr Teil gedacht.

»Sie sind mir ausgeliefert«, fuhr die Stimme fort, »und ich werde –«

Das war, fiel mir auf, nicht gerade die Art, in der Quigleys Mannen sich auszudrücken pflegten.

»Mark, du Esel! Du vermaledeiter Esel!« sagte ich. »Was fällt dir eigentlich ein?«

»Kay – Asey? Gott sei Dank!« Aber Mark flüsterte nach wie vor.

»Was«, sagte Asey in seinem lakonischsten Ton, »ham wir denn für Sor'n? Vielleicht sollten wir die Sache ma' 'n bißchen beleuchten?«

»Nein! Kein Licht! Asey, wir –«

»Un' wo is' Bruder Justus?«

»Den haben wir in mein Zimmer getragen und ins Bett gesteckt. Da wird er wohl auch ein Weilchen bleiben. Voll bis an die Kiemen. Asey, wir –«

»Na, wenn Justus aus'm Weg geräumt is'«, unterbrach Asey ihn, »was soll 'n dann das ganze Theater? Wer is' denn außer dir noch hier, Mark?«

»Nur Betsey.«

»Und wo sind die anderen? Was *ist* denn nun eigentlich los?« fragte ich. »Kannst du vielleicht endlich zur Sache kommen?«

»Vielleicht könnten wir es schaffen«, schnauzte Mark zurück, »wenn ihr beide nicht ganz so viele Fragen stellen würdet. Tony ist bei Norr, Alex ist mit Lila und Jennie in Erics Zimmer, und Lem hält an der Hintertür Wache. Betsey war gerade im Eßzim –«

»Was gibt's 'n hier Wache zu halten un' übern Flur zu schleichen?« schnappte Asey.

»Ir'nd jemand is' im Haus«, kam Betsey zu Hilfe. »Keine Ahnung wer, aber wahrscheinlich isses –«

»'n Einbrecher, wolls' du wohl sa'n. Das is' doch ma' 'n wirklich kluger Gedanke. Wer soll'n ausgerechnet jetz' hier einbrechen wollen, wo wir die Masern ham? Un' wer könnt' so was, wo Quigleys Leute draußen steh'n?«

»Hör mal, Asey«, sagte Mark, »es ist wirklich jemand hier drin, oder war zumindest.«

»Na gut.« Asey beruhigte sich. »Dann laßt uns ma' nich' hier im Flur rumstehen, wenn da einer is'. Laßt uns in'n Zimmer gehen unnen bißchen Licht machen un' sehen, daß wir was tun. Warum müßt ihr im Haus rumschleichen? Warum schließt ihr sie nich' einfach ein oder aus?«

»Du vergißt offenbar«, kommentierte Mark kühl, »wer von uns die Schlüssel hat.«

»Meine Güte, stimmt ja. Also, ihr bleibt jetz' ma' hübsch hier stehen, un' ich knips' 'n paar Lichter an un' schließ' die Türen ab. Un' dann –«

»Nichts überstürzen mit den Lampen!« warf Mark hastig ein. »Das würde einen seltsamen Eindruck machen, von draußen.«

»Immer besorgt um'n äußeren Schein, der junge Adams. Dann geh' ich abschließen, Mark, un' zieh' die Vorhänge zu, un' dann geh' ich nach o'm un' mach' von da an nach un' nach die Lichter an, bis ich wieder hier angekomm' bin. Is' das recht so?«

»Aber würden sie nicht trotzdem Verdacht schöpfen? Schließlich war alles dunkel –«

»Kamma sich denn nich' ma' 'ne Tasse Kaffee machen, wenn ei'm danach zumute is', auch wenn's mitten in der Nacht is'?« fragte Asey voller aufrichtiger Empörung. »Oder sei'm kranken Kind 'ne warme Suppe? Unsinn. 's schöpft sowieso nie einer Verdach', bevor ma' nich' selber denkt, daß einer welchen schöpfen würd'. Wir ham hier nix zu verbergen.«

Er verließ den Flur in Richtung Hintertür, und Mark, Betsey und ich standen im Dunkeln und warteten, während er Türen abschloß und Gardinen zuzog.

Nicht, daß mir die Eingangshalle jemals klein vorgekommen wäre, aber nun, im Dunkel der Nacht, schien sie größer und größer zu werden. Ich wurde das Gefühl nicht los, unser schweig-

117

sames Trio habe sich um ein halbes Dutzend weiterer Gestalten vermehrt. Etwas schien an meinen Beinen entlangzustreichen. Als Asey endlich die große Lampe einschaltete und die Treppe hinunterkam, als sei nichts gewesen, war ich zu meiner Beschämung einem Nervenzusammenbruch nahe.

Zum Glück wich meine Furcht rasch von mir, als erst einmal das Licht brannte. Eines Tages, nahm ich mir mit aller Entschiedenheit vor, würde ich mich offen und ohne Scham zu der ungeheuren Angst bekennen, die ich schon seit meinen Kindertagen vor der Dunkelheit habe. Aber ich werde es ja doch niemals tun, und jedermann wird mich für tapfer halten – so wie Betsey es im Augenblick tat –, nur weil ich gelernt habe, meine Gesichtsmuskeln zu beherrschen.

»Wenn ich Sie so anseh'«, sagte sie voller Bewunderung, »fest wie 'n Fels, da schäm' ich mich richtig. Mich könnt' ma' jetz' auswring', so sehr hab' ich geschwitzt.«

Mir ging es nicht anders, doch es schien mir nicht notwendig, darauf hinzuweisen.

»Un' nu'«, sagte Asey, während er uns in die Küche führte und rechts und links Lichter einschaltete, »mach' ich uns 'n Kaffee, un' ihr erzählt, was alles los is'. Jemand is' also im Gasthaus rumgegeistert. Wie habt ihr 'n das gemerkt?«

»Nun, er hat keine Visitenkarte abgegeben, Asey«, sagte Mark, offensichtlich verärgert über die nonchalante Art, in der Asey eine in seinen Augen ungeheuer wichtige Begebenheit behandelte, »aber immerhin hat er uns seinen Hut dagelassen. Ein grauer Filzhut mit schwarzem Band. Keine Initialen.«

Ich erinnerte mich, daß der narbengesichtige Fremde, den Betsey gesehen hatte, einen grauen Filzhut trug.

»Laß ma' ansehen«, sagte Asey ohne Zögern. »Wo habt ihr 'n gefunden?«

»In der Eingangshalle beim Treppenpfosten. Ich weiß nicht, ob ihn jemand dort abgelegt hat oder ob er von oben heruntergefallen ist oder wo er sonst herkommt. Warte – ich habe ihn auf dem Eßzimmertisch gelassen.«

Sein Gesicht bei der Rückkehr hätte jeden Genremaler entzückt.

»Der Hut ist verschwunden! Nicht mehr da!«

»Fabelhaft«, sagte Asey, »wirklich fabelhaft. Kanns' du dich auch in zwanzig Sekun' aus Handschellen befreien, oder zersägs' du lieber Damen? Der Trick mit dem verschwun' Hut is' nich' schlecht, aber ei'ntlich braucht ma' dazu nix weiter als wie 'n Gummiband, un' dann–«

»Hör mal, Asey, es *war* ein Hut hier! Ich mache keine Witze.«

»Na gut«, sagte Asey, »ich glaub' dir, Mark, aber 's is' ganz schön viel von mir verlangt, das mußt du zuge'm. Sicher, daß du nich' 'n klein' Schluck mit Justus genomm' has', nur so zur Gesellschaft?«

»Ich habe keinen Tropfen getrunken, und ich bilde mir nichts ein, und Wahnsinn liegt bei uns nicht in der Familie. Man munkelt nicht einmal davon, Gott sei Dank. Der Hut war da. Das ist die Wahrheit.«

»Schon gut. Betsey, wo has' du 'n die Schokola'ntorte hingestellt, die vom A'mdessen übrig war?«

»Inner Kuchenschachtel, direk' vor deiner Nase. Wenn sie 'n Bär wär', hätt' sie dich schon gebissen. Asey Mayo, der Hut *war* hier, ich hab 'n gesehen.«

»Vielleich'«, sagte Asey und blickte nachdenklich in die Kuchenschachtel, »war da ja auch ma' 'ne Schokola'ntorte, un' jetz' is' sie nich' mehr da. Wir wer'n wohl morgen den Doc zu 'nem Notfall holen müssen, zum arm' Tom Sawyer. Das war 'ne ganz schön große Torte.«

»Asey!« Betsey begutachtete die Schachtel. »Das is' ja nich' zu glau'm! Sie is' weg. Un' ich hab' sie selbs' da reingestellt!«

»Eric«, sagte ich. »Niemand anderes als Eric.«

»Von we'n Eric! Der Junge is' den ganzen Nachmittag in sei'm Zimmer gewesen. Kein Mensch is' hier drin gewesen – keine Seele!«

»Wo 's das Lamm geblie'm«, fragte Asey nach einem Blick in den Kühlschrank.

»Wills' du etwa – also Asey – das hat doch tatsächlich auch einer geklaut! Asey Mayo, glaubst du jetz' endlich, daß jemand im Haus is'?«

»Also, Betsey«, sagte Asey entschuldigend, »un' du auch, Mark – ich nehm' alles zurück. Jedes einzelne klitzekleine Wort davon. 'n Hut, den ich nie gesehen hab', der sagt mir nich' viel. Aber 'n Schokola'nkuchen unne Lammkeule, die hier waren un' jetz' nich' mehr hier sin', das is' doch schon eher 'n anstän'ger Beweis. Immer vorausgesetzt natürlich, niemand an'res aus'm Haus hat sie gegessen. Nach dei'm A'mdessen«, fügte er eilig hinzu, »hätt' das aber keiner mehr nötig gehabt, Betsey.« Betsey holte tief Luft.

»Ich trink nur noch schnell mein' Kaffee aus«, fuhr Asey fort, »un' dann geht's auf die Pirsch.«

»Die Vertäfelung!« sagte ich plötzlich und nicht gerade deutlich, denn ich hatte den Mund voller Käseplätzchen. »Hinter der Vertäfelung – wenn jemand hier ist, könnte er –«

»Könnt' ich mir nich' vorstellen, daß ir'nd jemand da reinkommt«, beruhigte Asey mich. »Da muß ma' sich schon ganz genau auskenn'.«

Wir begannen unsere Durchsuchung in der Küche. Wir stellten alles auf den Kopf, was sich überhaupt auf den Kopf stellen ließ. Ich kann mich erinnern, daß ich sogar im Wassertank nachsah. Nach der Küche nahmen wir uns die restlichen Räume im Erdgeschoß vor. Dann hielten Betsey und ich Wache auf der Treppe, während Asey und Mark den ersten Stock absuchten; wir hielten den Zugang zum zweiten Stock im Auge, und die beiden ließen auch dort und auf dem Speicher keine Ecke unerforscht.

Sie fanden nicht das Geringste.

»Mark«, sagte Asey erschöpft, »wir wer'n uns jetz' ma' die Vertäfelung un' den Geheimgang ansehen. Aber wenn ir'nd jemand durch'n glücklichen Zufall da reingefun' hat, kann er nich' weiter als wie bis zur Tür gekomm' sein. Die is' ja abgeschlossen. Auf geht's.«

Aber auch da keine Menschenseele.

»Wahrscheinlich«, sagte Betsey gähnend, »is' er durch 'ne Spalte im Fußboden verschwun', oder er hat sich in Luft aufgelöst, so was hab' ich ma' in B. F. Keiths ollem Theater in Boston gesehen. Is' mir egal, was mit der Torte is' un' mit'm Lamm un' mit'm Hut, ich geh' jetz' ins Bett.«

Mark stimmte ihr zu, doch Asey schüttelte den Kopf.

»Wo ihr mich nu' auf die Fährte gesetzt habt«, sagte er, »muß ich auch dranblei'm. Ihr habt doch bewiesen, daß einer hier war. Jetz' will ich auch wissen, was dahintersteckt. Meinetwegen könnt ihr alle ins Bett gehen, aber ich mach' weiter. Un' wenn ich nur einfach hier sitzenbleib' un' drüber grüble.«

Plötzlich kam Tony Dean aus Norris' Zimmer hervor, barfuß, einen grellen Morgenmantel achtlos übergeworfen.

»Hör mal, Asey«, sagte er schläfrig, »kann man nicht irgend etwas gegen diese Ratten unternehmen?«

Asey betrachtete ihn mißtrauisch. »Was für Ratten?«

»Norr ist ganz außer sich. Er hat sich ja schon oft darüber beschwert, aber heute höre ich sie zum ersten Mal selbst. Hört sich an wie eine Abbruchkolonne, die sich mit Hacke und Pickel an der Grand Central Station zu schaffen macht.«

»Von wo kommt 'n das Geräusch?« Asey schien der Sache enormes Interesse entgegenzubringen.

»Irgendwo aus der Nähe des Kamins. Nicht im Kamin, aber dicht daneben. In der Vertäfelung vielleicht. Ich –«

»Ich hab's.« Asey stürzte grinsend in Norris' Zimmer. Einen Augenblick später war er wieder da und kicherte. »Jawoll, meine Dam' un' Herren, ich hab's. Ich weiß, wie – 'n Au'nblick noch.«

Er pochte kurz an Alex Stouts Türe. Man hörte einige halb-laute Worte, dann kam Alex mit sehr ärgerlichem und schläfri-gem Gesicht hervor und gesellte sich unserer Gruppe am Trep-penabsatz zu.

Er gähnte ausgiebig. »Wirklich, Asey, wir wissen ja, daß es um eine gute Sache geht, aber nachdem ich den ganzen Tag für Justus' Zerstreuung gesorgt habe, hätte ich mir da nicht ein wenig ruhigen Schlaf verdient?«

»Sie un' Tony«, kommandierte Asey, »gehen nach o'm zu dem Zimmer über Norris sei'm un' stellen sich neben 'n Kamin. Betsey kommt mit un' zeigt euch, wo die Lichtschalter sin' –«

»Ich geh' kein' Schritt«, sagte Betsey mit Bestimmtheit, »wenn's da o'm Ratten gibt!«

»Mitgehangen, mitgefangen«, erwiderte er, »un' du gehst nach o'm.«

»Worum geht es denn eigentlich?« fragte ich.

»Mark, du un' Miss Kay un' ich, wir gehen nach unten in'n grün' Salon un' bringen die Geschichte ein für allemal in Or'nung. Auf dieser Etage un' auf'm Speicher gibt's kein' Ausgang, also kann er uns gar nich' entwischen. Un' zieht die Vorhänge zu, bevor ihr o'm das Licht anmacht! Also –«

»Ich spiele ja gern bei jedem Scherz mit, Asey«, sagte Stout schläfrig, »aber es würde soviel mehr Spaß machen, wenn wir wenigstens eine kleine Vorstellung davon hätten, worum es bei dem Spiel eigentlich geht!«

»Ir'nd jemand is' hier im Haus«, antwortete Asey kurz ange-bunden. »Un' in Norris' Kamin gibt's Ratten. Außer dasses keine Ratten sin', klar? 's sin' zweibeinige Ratten. Der Kerl, hinter dem wir her sin', steckt da drin. Hinterm Sims is' 'n Hohlraum, zwischen der Wand vom Schornstein un' der Holzverkleidung, klar? Am Schornstein lang, un' zwei bis drei Fuß breit. Un' da geht 'ne Leiter lang, direkt am Schornstein. Braucht' ma' früher, wo die Kamine noch viel mehr benutzt wur'n, um nach'm Schornstein zu sehen, un' noch für dies un' das ne'mbei. Ich hätt' gedacht, daß sie die Leiter rausgenomm' ham, wie das Haus für Eve renoviert wor'n is', aber scheinbar is' sie noch da. Ir'nd jemand hat den Eingang gefun' – das is' die Vertäfelung im grün' Salon – un' is' da hochgeklettert. Klar jetz'?«

Klar war es, mehr oder weniger.

»Dann also los, Mark, Miss Kay. Ich seh' zu, daß ich ihn unten rauskrieg'. Wenn er im zweiten Stock rauskommt – wenn er da überhaupt raus *kann* –, schnappen Sie ihn sich, Tony. Am Kamin, linke Seite.«

Benommen folgten wir ihm ins Erdgeschoß. Aus einer seiner zahlreichen Taschen hatte er einen alten 45er Colt hervorgeholt, den er gedankenverloren tätschelte.

Die Gardinen im grünen Salon waren zugezogen; Asey drehte den Schalter und ließ das Licht des großen Kronleuchters den Raum durchfluten. Dann ging er zum Kamin hinüber und deutete auf eine große Holzplatte zur Linken. Bedächtig hob er sie an, und es kam eine etwa zweieinhalb mal drei Fuß große Öffnung zutage.

»Da isses«, sagte er. »Gestern nachmittag is' mir das sofort eingefallen, aber die Platte in Norris sei'm Zimmer is' schon vor zweihunnert Jahren festgenagelt wor'n, das ham der Doc un' ich festgestellt. Deshalb hab' ich heute nich' mehr dran gedacht.«

Er steckte seinen Kopf in die Öffnung und brüllte.

»He, du da o'm! Ich hab' Augen wie 'n Luchs. Ich komm' gern rauf un' hol' dich. Oder ich kann dich runterschießen, wenn dir das lieber is'.«

Beim Wort »schießen« hörten wir deutlich, wie sich etwas bewegte.

»'telligente Ratten«, sagte Asey. »Könn' nich' nur gut hören, verstehen sogar, was ma' sagt. Also los, Mann! Komm runter.«

Keine Antwort.

»Tja, du rührs' dich nich', aber der Kalk rieselt trotzdem. Na gut. Dann komm' ich hoch. Ich –«

»Oh, laß mich das machen!« bat Mark. »Ich mach' das schon, Asey –«

122

Er verschwand durch das Loch, und wir konnten hören, wie er die Leiter hinaufkletterte.

Einen Augenblick später hörte man einen dumpfen Schlag und ein Scharren. Dann kam Mark wieder zum Vorschein, schwarz wie ein Neger, zusammen mit einem kleinen, terrierartigen Kerl, von dessen Kleidern der Schmutz förmlich heruntertroff.

Er hatte, wie ich voller Begeisterung feststellte, Knopfaugen, und an seinem rußigen Hals ragte das Muttermal hervor. Und die Narbe auf seiner rechten Wange war nicht zu übersehen.

»Das – das ist der Fremde!« sagte ich. »Der, den Betsey und Eric gesehen haben. Und, Mark – ist das nicht auch –?«

»Allerdings.« Mark holte ihm einen zerknautschten grauen Filzhut aus der Tasche. »Der Herr ist auch unser Einbrecher. Nun erzählen Sie uns mal, wer Sie sind und was Sie in dem Kamin –«

»Halt ma' still, Mark«, kommandierte Asey. »Sei ma' 'ne Sekunde ruhig –«

Ein kleiner Kalkregen kam durch die Öffnung heruntergerieselt.

»Has' du noch 'n zweiten da o'm, Mann? Sag ihm, die Schau is' zu Ende.«

»Keiner da oben«, sagte der Mann hastig. »Keiner da oben. Und stecken Sie das Schießeisen weg. Sonst geht es womöglich noch los.«

»Hm-hm. Aber nimm ihm erst ma' sein eigenes ab, Mark. 'n Schulterhalfter, in der Achsel. Also, warum hat Quigley dich hergeschickt?«

»Was?«

»Bis' du keiner von Quigleys Leuten?«

»Wer? Nein.«

»Na gut. Was machst du 'n –« Irgend etwas fiel den Kaminschacht herunter. Asey beugte sich vor und hob einen schwarzen Herrenschuh auf.

»Keiner da o'm,« sagte er fröhlich, »nur der Schuster. Größe sie'm, extraweit. Klein un' dick. Mark, geh rauf un' hol den Herrn. Über Norris sei'm Zimmer, würd' ich vermuten.«

Das brauchte man Mark nicht zweimal zu sagen.

Gespannt lauschten wir einem dumpfen Schlag, dann einem Rasseln, dann mehreren Hieben.

»So, du bis' also keiner – na, ganz so sicher war ich mir ja sowieso nich'. Bei wem sin' Sie denn in Diensten, Mister?«

Der Fremde antwortete nicht. Statt dessen warf er mir Blicke zu, die anzudeuten schienen, er könne mich ganz und gar nicht ausstehen, und Asey betrachtete er mit schierem Haß.

»Bei wem?« wiederholte Asey, während das Poltern im Schacht lauter wurde. »Brauchs' du Hilfe, Mark?«

»Nein.« Marks Stimme klang hohl und atemlos. »Aber es ist schon wieder so ein Dickwanst. Er sitzt fest –«

Mit einem lauten Krachen langten die beiden Körper auf dem Boden an.

Mark kam zuerst hervor und zog jemanden am Kragen hinter sich her.

»Widerspenstig, was?« fragte Asey.

»Meine Güte, das kann man wohl sagen! Konnte sich gar nicht von seinem schönen Hochsitz trennen. Aber für die Art von Innenarbeiten ist er ein wenig zu umfangreich geraten. Und da hing er dann. Auf die Beine, Dickwanst.«

Er richtete den Mann unsanft auf.

Und an dieser Stelle war es, daß ich zu lachen begann. Ich lachte, bis mir die Tränen die Wangen herunterliefen und vom Kinn tropften. Ich lachte, bis ich mich aufs Sofa setzen mußte. Ich konnte mich einfach nicht mehr aufrecht halten.

Trotz all des Schmutzes und des Russes und der Spinnweben, trotz seiner ausgesprochen negroiden Gesichtsfarbe und dem jämmerlich zerknitterten Zustand seiner Kleider gab es keinen Zweifel daran, um wen es sich bei dem Mann, den Mark aus dem Kamin geholt hatte, dem Mann, den er lauthals als Dickwanst tituliert hatte, handelte.

Narbengesichts rundlicher Begleiter war ganz ohne Zweifel niemand anderes als mein ehrenwerter Bruder aus Boston, Marcus Adams II.

Kapitel 11

Mark sah sich die rundliche Gestalt genauer an, und dann konnte auch er sich nicht mehr halten vor Lachen.

Asey beobachtete uns nachdenklich. Wir waren, so schien ihm, offenbar übergeschnappt.

»Oh, Kay«, gluckste Mark, »ich bring's nicht fertig, Kay! Du mußt es Asey erklären.«

»Da wär' ich dankbar«, ließ sich dieser melancholisch vernehmen. »Ich würd' näm'ich gerne einstimm' ins Jauchzen un' Frohlocken.«

»Das ist Bruder Marcus!« sagte ich mit schwacher Stimme. »Dem Himmel sei Dank, daß ich den Tag noch erleben durfte, an dem Marcus aus einem Kamin – Marcus, was hast du – was wolltest du in diesem Kaminloch, mit diesem – meine Güte!« Ich wischte mir die Tränen aus den Augen.

Marcus räusperte sich. Er tat das mit einem tiefen Grollen, das schon mehr als einmal eine turbulente Aufsichtsratssitzung zum Schweigen gebracht und aus manchem Vizepräsidenten ein Häufchen Elend gemacht hatte. Aber diesmal war der einzige Effekt, daß ich von neuem mit meinem Lachen herausplatzte.

Er wartete, bis Mark und ich schließlich verstummten, dann räusperte er sich zum zweiten Mal.

»Ich kann«, sagte er eisig, »nichts Amüsantes an diesem unerfreulichen Vorfall finden. Nicht das geringste –«

»Du nicht«, sagte Mark ernsthaft. »Du siehst ja auch nicht, was wir sehen.«

»Außerdem«, fuhr Marcus fort, »ist mir der Grund deines Aufenthaltes in diesem Hause alles andere als einsichtig, Mark. Dasselbe trifft für dich zu, Elspeth.« Seine Stirn legte sich in Falten.

»Es gibt nichts, was du uns vorwerfen kannst«, konterte Mark respektlos. »Wie wär's, alter Herr, wenn du uns erst einmal

125

erklären würdest, was *du* hier zu suchen hast? Übrigens, das ist mein Vater, Asey. Meinst du nicht auch, Asey, daß Vater und sein junger Freund zuerst dran sind mit dem Erzählen?«

Asey nickte feierlich. »Das Gefühl hab' ich – Mann! Der hat ja sogar noch 'n Knochen.«

Aus Bruder Marcus' Jackentasche schaute das Hinterende des Lammknochens hervor, der in intakterem Zustand das *pièce de résistance* unseres Abendessens gebildet hatte.

Mark gluckste, und ich kicherte, aber Bruder Marcus schenkte uns keine Beachtung.

Asey rieb sich nachdenklich das Kinn. »Tja, Mr. Adams. Wemma sich das alles anschaut, da wünscht ma' sich doch, Sie wür'n ei'm erzählen, wie's kommt, daß Sie hier eindring' – meine Güte, was Sie alles für Straftaten begangen ham! Einbruch un' Diebstahl un' Mißachtung von 'ner Quarantäne un' tätlicher Angriff auf Ihren eigenen Sohn! Da sin' Sie wohl wirklich zuerst dran mit'm Erzählen. Wie kam's, daß Sie – ähm – vorbeigekomm' sin'? Un' weswe'n? Un' wann? Un' wer is' Ihr – ähm – Ihr Kumpan?«

»Dieser Herr«, sagte Marcus, »ist Michael Krause. Er steht in meinen Diensten.«

»Ts, ts.« Mark schnalzte mit der Zunge. »Ein professioneller Killer, und das bei deinem Alter!«

Marcus ignorierte ihn. »Er steht seit über einem Jahr in meinen Diensten, seit der Sohn meines Freundes Burton Fielding gekidnappt wurde. Es war sein Auftrag, Mark ständig zu beschatten. Eine vernünftige und notwendige Maßnahme, bedenkt man die verantwortungslose Art, mit der Mark seine persönliche Sicherheit vernachlässigt. Ich sehe nicht ein, warum meinem Sohn etwas zustoßen soll, wenn ich es verhindern kann.«

Mark und ich schauten uns an. Das hörten wir beide zum ersten Mal. Und für mich war es ein Zeichen, daß mein Bruder mehr an seinem Sohn hing, als ich bisher angenommen hatte.

»Mark sollte sich schon vorletzten Mittwoch nach Rio einschiffen«, fuhr Marcus fort. »Krause telegrafierte mir, daß er zwar nach New York gereist, aber nicht an Bord gegangen sei. Ich gab Krause Order, Mark zu folgen, und er berichtete mir von seiner Ankunft in diesem Gasthaus. Er sollte Mark im Auge behalten, bis er das Flugzeug –«

»Was, das wußtest du auch?« fragte Mark verblüfft.

»Natürlich. Krause folgte dir an den Schalter. Ich beschloß, dich gewähren zu lassen und mich nicht in deine verrückten Pläne einzumischen, was immer es damit auf sich hatte, solange du am verabredeten Tag wirklich in Rio ankamst. In der Zwischenzeit paßte Krause auf dich auf. Das genügt, nehme ich an?«

»Da krie'n wir 'ne Art Vorstellung von Krause«, sagte Asey, »aber ma' kann nich' sa'n, 's Thema wär' damit erschöpft. Ich versteh' näm'ich immer noch nich' so ganz, warum Sie hier sin', warum Sie einbrechen, warum Sie sich in Kaminlöchern verstekken un' warum Sie 'n Kuchen un 'n Rest von 'ner Lammkeule stehlen.«

Bruder Marcus mußte seine gesamte Würde zusammennehmen, um gegen solch charmanten Sarkasmus anzukommen.

»Sobald Krause erfuhr, daß Eve Prence –«

»Wo wohnt 'n der Kerl überhaupt?« unterbrach ihn Asey.

»Ich bin sicher, da kann ich – stimmt, Krause, wo wohnen Sie eigentlich?«

Zähneknirschend ließ Krause uns wissen, er habe ein Zimmer in einer Feriensiedlung in Eastham.

»Also weiter«, sagte Asey. »Is' ja alles hochinteressant. Ich würd' Ihn' gern 'n Stuhl anbieten, Mr. Adams, aber so, wie Sie aussehen, könn' Sie sich nich' gut auf'n sauberen Stuhl setzen. Erzählen Sie weiter.«

»Krause ließ mich wissen, Eve Prence sei ermordet worden. Ich wies ihn an, Mark zu befragen und herauszufinden, was man für Anne Bradford tun könnte.«

Es fehlte nicht viel bis zum Fußboden, so sehr klappte Marks Kinn herunter. »Du – du wußtest von Anne, alter Herr?«

»Aber natürlich. Sobald Krause seinen Bericht über sie ablieferte, letzten Winter, als du zum ersten Mal längere Zeit hier warst, erinnerte ich mich, wer sie war. Ihr Vater war Jonas Bradford von Bradford & Prence – hochangesehene alte Firma. Wenn du zu mir gekommen wärst und die Karten auf den Tisch gelegt hättest, statt kindisch Verstecken zu spielen, dann hätten wir die meisten dieser Unannehmlichkeiten vermeiden können. Wie üblich bist du gedanken- und verantwortungslos –«

»Du hast also nichts gegen Anne, alter Herr?« Es war nicht zu übersehen, daß Mark einige Schwierigkeiten hatte, die Rede seines Vaters zu verdauen. Auch mich hatte sie in nicht unerhebliche Verwirrung gebracht.

»Warum sollte ich etwas gegen sie haben«, sagte Marcus lässig. »Als Geschäftsmann habe ich ihren Vater gut gekannt, und die Berichte über die junge Dame sind ausgezeichnet.« Er sprach von Anne, als sei sie ein ungewöhnlich lukrativer Posten Kaffee. »Aber du konntest wohl kaum von mir erwarten, daß ich meine Meinung dazu sage, bevor ich überhaupt in Kenntnis gesetzt werde, daß –«

»Aber alter Herr, ich dachte doch, du wolltest, daß ich die Courtenay-Tochter heirate. Dieses Trampeltier!«

»Bradford & Prence«, verkündete Marcus in seinem anerkennendsten Tonfall, »war seinerzeit eine ungleich angesehenere Firma – wesentlich solider, und darauf kommt es an – als Courtenay & Co. – Aber nun wollen wir mit dieser lächerlichen Geschichte fortfahren. Die Quarantäne hinderte Krause daran, sich mit dir in Verbindung zu setzen, Mark. Die Schlagzeilen wurden immer reißerischer, und es schien mir meine Pflicht, mich selbst hierher zu begeben. Ich verließ heute abend die Stadt, traf mich mit Krause in Orleans und wurde von ihm in seinem Automobil hierher gefahren. Krause hatte von einem der Einheimischen erfahren, die Quarantäne sei möglicherweise medizinisch nicht ganz abgesichert.«

Eine solche Umschreibung, dachte ich mir, hätte beinahe von Asey selbst stammen können.

»Als es dunkel war«, fuhr Marcus geschäftsmäßig fort, »betraten wir das Haus durch die Hintertür und verbargen uns in einem Wandschrank, bis jedermann zu Bett gegangen zu sein schien. Dann begaben wir uns in die Eingangshalle in der Absicht, Mark in seinem Zimmer aufzusuchen, dessen Lage Krause kannte. Aber offenbar waren wir zu früh aus unserem Versteck gekommen. Irgend jemand wurde gerade die Treppe hinaufgetragen, eine Frau schrie auf und rief, es sei ein Einbrecher im Haus –«

»Warten Sie ma' 'n Moment«, sagte Asey. »Ich hab' unsre Leute o'm im zweiten Stock ganz vergessen. Lauf hoch, Mark, un' erzähl ihn', wasses Neues gibt. Un' nu' weiter, Mr. Adams.«

»Krause und ich – und ich muß zugeben, das war sehr einfältig von uns – liefen zurück in die Küche. Dann wurde es still, und es schien, daß niemand die Sache weiterverfolgte. Wir waren sehr hungrig, keiner von uns hatte in der Aufregung Zeit für das Dinner gehabt. Wir – ähm – plünderten die Speisekammer. Nach einer Weile beschloß ich, es würde das beste für uns sein, das

Haus wieder zu verlassen, aber plötzlich erschien jemand draußen vor der Küchentür. Ich –«

»Das müßt' Lem gewesen sein«, sagte Asey. »'scheinlich is' er vom Balkon runtergeklettert.«

»Eigentlich war es mir auch gar nicht recht, wieder zu gehen«, sagte Marcus, »denn ich wollte mit Mark sprechen. Andererseits legte ich auch keinen großen Wert darauf zu bleiben, aus – ähm – naheliegenden Gründen. Man wird«, schloß er mit Bestimmtheit, »nicht gern ein Einbrecher genannt.«

Asey nickte. Mir persönlich war schon wieder zum Lachen zumute. Es war das erste Mal in den fünfzig Jahren, die ich meinen Bruder kannte, daß ich ausgiebig, nachhaltig und so herzlich über ihn lachen konnte. Ich ließ so unvoreingenommen wie möglich die Vergangenheit Revue passieren, und es wurde mir klar, daß Marcus hier tatsächlich zum ersten Mal in seinem Leben in einer peinlichen Situation steckte. Marcus riß nie das Strumpfband, er verkleckerte nie seine Suppe, er setzte sich nie auf eine Nadel. Und es wurde mir klar, daß ich ihn heute zum ersten Mal wirklich als ein menschliches Wesen gesehen hatte.

»Un' was dann?« fragte Asey. »Wie ham Sie den Kaminschacht gefunden?«

»Als wir schließlich erkannten, daß man gezielt versuchte, uns in die Enge zu treiben, zogen wir uns von der Küche aus vorsichtig zurück ins Eßzimmer. Krause fand auf dem Tisch seinen Hut wieder, den er im Flur hatte fallenlassen, als er die Frau schreien hörte. Wir gingen zurück in die Eingangshalle, und dann schlichen wir uns hier hinein. Meine Nerven«, fügte Marcus hinzu, »waren zu jenem Zeitpunkt bereits sehr angespannt. Es wurde mir klar, daß wir große Mühe haben würden, unser Verhalten zu erklären, sollte Mark nicht anwesend sein. Dann hörten wir Stimmen im Flur, und die Lampen wurden eingeschaltet.«

Es wurde mir mit Schaudern klar, wie recht ich gehabt hatte, als ich glaubte, jemand krieche an meinen Beinen vorbei; meine Ängste waren realer gewesen, als ich mir hatte träumen lassen.

»Dann«, fuhr Marcus fort, »schlichen Krause und ich zum unteren Ende des Kamins. Ich erinnerte mich an ein Schlupfloch, das es in unserem alten Haus in Weymouth und überhaupt in Häusern dieser Art in der Vertäfelung neben dem Kamin gab. Ich fühlte nach und fand auch hier eines. Das ist alles, außer, daß es wirklich sehr schmutzig und extrem eng war.«

Er schien die ganze Angelegenheit als eine Beleidigung aufzufassen, so, als sei jemand anderes für seine verdorbenen Kleider verantwortlich und für sein sardinenbüchsenähnliches Gefängnis.

Asey betrachtete zuerst Marcus' Körperumfang und dann das Schlupfloch.

»Ich versteh', was Sie mein'«, sagte er. »Un' nu'«, er konnte ein Gähnen nicht unterdrücken, »wie wär's, Mr. Krause, wenn Sie uns ma' erzählen würden, was Sie am Donnerstagnachmittag so gemacht ham. Sa'n wir ma' von halb drei an.«

Mr. Krause schloß seine Knopfaugen. »Am Donnerstag, dem siebenundzwanzigsten September«, begann er in einer Art Singsang, »befand ich mich um zwei Uhr dreißig auf einem Pfad auf der Rückseite des hiesigen Anwesens in der Absicht, in die Stadt zu gelangen, wo ich für mein Kraftfahrzeug Benzin zu erwerben gedachte, weil die Vorräte zur Neige gegangen waren. Unmittelbar vorher hatte ich die Köchin des hiesigen Anwesens getroffen, welche in der Lage sein wird, vorgenannte Aussage zu bestätigen.«

»Selbige«, sagte Asey, »is schon bestätigt wor'n. Wo stand 'n Ihr Auto, un' wo waren Sie hin unterwegs, un' wenn Sie zum Benzinholen weg waren, wieso sin' Sie dann später am Horse-Leach-Teich entlangspaziert?«

Krause öffnete die Augen und seufzte. »Ich hatte mich mit einem Mädchen verabredet«, fuhr er nun ohne Singsang fort. »Das Auto stand auf der Straße zum Hollow. Die Verabredung war um Viertel nach drei. Dachte, ich könnte es bis dahin bis zur Stadt und mit dem Benzin zurück schaffen. Aber es reichte nicht. Machte kehrt. Traf sie bei der großen Eiche, und wir gingen – nun, wir gingen spazieren. Dann habe ich sie nach Hause begleitet. Sie mußte zurück, sie ist Dienstmädchen bei Oberst Belcher. Dann –«

»Dienstmädchen beim Oberst?« fragte Asey. »Sicher?«

»Bin ich. Und ich mußte ja auch zurück«, er blickte Marcus aus den Augenwinkeln an, »weil der junge Mr. Adams allmählich wieder zu erwarten war. Ich hatte gesehen, wie er mit Ihnen abfuhr, Mr. Mayo, und wußte, er war für eine Weile gut aufgehoben.«

»'n Dienstmädchen vom Oberst. Hm. Ham Sie ir'ndwen beim Haus gesehen, wie Sie sich's mit'm Benzin anders überlegt hatten un' zurückkam'?«

Krause schüttelte den Kopf. »Ich habe sie nicht gesehen. Ich bin die Straße zurückgekommen, auf der Vorderseite. Die Abkürzung, die die Köchin mir gezeigt hatte, führte in einen Sumpf. Ich mußte die Straße zurück nehmen.«

»Erzählen Sie ihm doch«, warf Marcus ein, »was Sie mir über diese Frau gesagt haben, Krause. Es war nämlich diese Frau, deretwegen ich hergekommen bin und mit Mark sprechen wollte.«

»Un' was war das für 'ne Frau?« fragte Asey.

»Als ich über die Straße zurückkam«, sagte Krause, »sah ich eine Frau die Auffahrt zu diesem Anwesen hinaufgehen, und zwar um fünf Minuten vor drei.«

»Sicher mit der Zeit?« wollte Asey wissen.

»Es ist mein Beruf, mir sicher zu sein«, antwortete Krause herablassend.

»Wie sah sie aus?«

»Roter Hut, roter Mantel, etwa fünf Fuß vier Zoll, Gewicht – na, vielleicht hundertzehn, hundertfünfzehn Pfund. Blond.«

»Lila Talcott!« sagte ich. »War es Lila Talcott, Mr. Krause, oder kennen Sie die nicht?«

Krause war vorsichtig. »Ich habe Mrs. Talcott eine rote Mütze und einen roten Mantel tragen sehen, und fünf Fuß vier und hundertzehn dürften ungefähr hinkommen. Aber auf der Basis vorgenannter Informationen«, hier verfiel er wieder in seinen offiziellen Ton, »habe ich keinen zwingenden Anlaß zu der Annahme, besagte Frau sei identisch mit Mrs. Talcott. Beschreibung legt allerdings dahingehenden Schluß nahe.«

Asey lächelte. »Auf so was hab' ich gehofft«, sagte er, »das is' eine von den Sachen, auf die ich immer gewartet hab'. Ham Sie vielen Dank, Mr. Krause. Un' jetz', würd' ich sa'n, gehen wir alle ins Bett. Ich werd' Sie beide im zweiten Stock unterbring', Mr. Adams, un' ich wär' Ihn' dankbar, wenn Sie so nett wären – ähm –, auch da o'm zu blei'm. Ich werd' Sie rausschleusen, sobald ich kann, aber Quigleys Gesellen sollen ja nix von Ihn' wissen. Also, blei'm Sie vom Fenster weg un' komm' Sie erst raus, wenn ich Sie rufe. Wir ham auch 'n 'fiziellen Wachposten hier im Haus. Im Au'nblick is' er sozusa'n nich' ganz im Bilde, aber ma' kann nie wissen.«

»Aber«, sagte Marcus, »es gibt viele Dinge, über die ich sprechen möchte –«

Asey unterdrückte ein weiteres Gähnen. »Weiß ich. Ich hab'
auch 'ne ganze Menge, was ich mit Ihn' bereden will un' mit Mr.
Krause. Aber ich bin seit sechs Uhr auf, Mr. Adams, un' davor
bin ich um vier ins Bett gegang', un' die Nacht davor hab' ich
überhaupt nich' geschlafen, un' jetz' isses schon wieder nach vier.
Ir'ndwie hab' ich das Gefühl, ganz egal, was wir zu sa'n ham,
's wird besser gehen nach'n paar Stun' Ruhe.«

Widerwillig ließ Marcus sich nach oben führen. Asey hatte
einen Wecker unter dem Arm.

»'s einzige wirksame Mittel, das ein' wirklich hochbringt in der
Welt«, sagte er, als er mich an meine Zimmertür brachte.

Das Bett war mir alles andere als unangenehm, aber an Schlaf
war, wie ich feststellen mußte, nicht zu denken. Zu viele neue
Informationen waren zusammengekommen, seit wir zu unserem
nächtlichen Ausflug aufgebrochen waren, als daß sich mein Geist
so ohne weiteres dem Unterbewußtsein in einem hübschen,
erquickenden Schlummer hätte ergeben können.

Krauses Hinweis auf eine rotgekleidete Frau stand natürlich an
erster Stelle. Mit Sicherheit hatte es sich dabei um Lila Talcott
gehandelt. Nach Alex Stouts Auskunft wußte sie nicht, daß Eve
seine Frau war, doch es war nur zu gut möglich, daß er sich
täuschte. Wenn sie hinter Alex her war – und dem Anschein nach
war sie das mit aller Kraft – und sie von der Ehe mit Eve erfahren
hatte, lag das Motiv auf der Hand. Krause sagte, sie habe das
Gasthaus kurz vor drei betreten. Und Asey hatte sie schließlich
schon ertappt, als sie vom Dolch in der Steinschloßpistole als der
Tatwaffe sprach.

Dann war da Bill Harding. Meiner Meinung nach gab es nicht
den geringsten Zweifel, daß er derjenige war, der am vergangenen Samstag auf Eve geschossen hatte. Was seinen Aufenthalts-
ort am Donnerstagnachmittag anging, da hatte er sowohl seine
Frau als auch Nate Hopkins belogen. Gründe für die Tat hatte er
mehr als genug. Er hätte unbemerkt ins Gasthaus kommen können, denn Tony und ich befanden uns am gegenüberliegenden
Ende des blauen Salons, und die Tür zur Eingangshalle war
geschlossen. Von den Pistolen hätte er gut wissen können.
Schließlich hatte Asey gesagt, der ganze Ort wisse von jeher
genau Bescheid über das Gasthaus und alles, was damit zusam-
menhing. Das Rätsel des narbengesichtigen Fremden war gelöst,
und da er Marcus' Angestellter war, kam er für mich als Verdäch-

tiger nicht mehr in Betracht. Alex und sein Nachschlüssel blieben natürlich verdächtig; sowohl über Alex als auch den Schlüssel hätte ich stundenlang spekulieren können und wäre wahrscheinlich keinen Schritt weitergekommen. Ich ließ mein Unterbewußtsein den Fall weiterverfolgen.

Samstag nachmittag um zwei Uhr begab ich mich nach unten zum Frühstück und fand Asey am Eßtisch, umgeben von einem Berg zerknitterter Zeitungen.

»Mor'n«, sagte er. »Miss Elspeth (Kay) Adams hat ma' wieder Schlagzei'n gemacht. Wann sin' Sie denn zu Fuß von New York nach Boston gegang'? Davon hatt' ich ja noch gar nix gehört.«

»1918.« Ich machte mich über die Grapefruit her, die Jennie Mayo mir gebracht hatte. »Für eine Kriegsanleihe. Ich habe Unsummen Geld dafür zusammengebracht, und anschließend mußte ich mehrere tausend Dollar für den Fußarzt ausgeben. Meine Füße haben sich nie wieder ganz erholt. Was steht denn sonst noch in der Zeitung?«

»Tja-a, 'n Raubüberfall in Charlestown hat uns auf die Seite fünf abgedrängt, sozusa'n. Leitartikel sin' sich einig, Quigleys schneller Erfolg wär' 'n Beispiel dafür, was die Behör'n von Mas'chusetts könn', wenn sie nur wollen. Noch nich' alles verloren hier im Staate, das is' so der Grundton. Keine sensat'nellen Enthüllungen, nur Syl läßt mich wissen, daß Quigley noch mehr Pol'zisten abkommandiert hat, die das Haus hier bewachen sollen, damit wir uns auch wirklich an uns'e Quarantäne halten. Doc hat 'm gesagt, Erics Masern wären schlimmer, als wie ma' auf'n ersten Blick denkt. Womöglich Windpocken. Quigley hat sicher gedacht, er meint die Blattern. Hat's Messer noch nich' holen lassen, un' der Dokter hat 'n fürchterlichen Rheum'tismus, wo er doch draußen im Moor war. Syl hab' ich über Hanson un' Lem mitgeteilt, er soll sich mit Steve Crump in Verbindung setzen.«

»Crump? Das ist ein erstklassiger Anwalt, Asey, aber er ist doch entsetzlich teuer!«

»Jawoll. Aber er issen Freund von mir, un' ich geh' ja nich' grade am Bettelstab. Lassen Sie das ma' meine Sorge sein. Justus sagt, er bleibt heute lieber im Bett; hätt' ich nie zu hoffen gewagt, daß Eves Gin so 'ne Wirkung ham würde. Hat Quigley angerufen un' gesagt, er hätt' alles im Auge. Wird mir richtig sympathisch, der Justus. Un' über Bill Hardin's guten Geist hab' ich was rausgefun', den Onkel Smith.«

»War es wirklich Eve?«

»Scheint so. Hat 'n Konto bei 'ner Bank in Tacoma auf'n Namen Martin Smith. Wann un' wie sie das angelegt hat, könnt' ich nich' sa'n, aber sie is' ja je'n Winter für 'ne Weile kreuz un' quer durch'n Westen gezogen. Je'nfalls gehen von ihrem Konto in New York Schecks an die Bank, un' von da gehen alle Schecks an Bill Hardin'. Damit wär' die Sache wohl erledigt. Die Nummernschilder zu dem Auto sin' nich' im Schuppen un' sons' auch nir'ndwo zu fin', aber die sin' wahrscheinlich inzwischen 'n Haufen Rost im Atlantischen Ozean, so wie ich Eve kenne. Immer gründlich. Na, heute a'md kümmern wir uns um Bill.«

»Wo ist Marcus?«

»Wartet in der Speisekammer, bis seine Sachen gereinigt un' gebügelt sin'. Mark macht das für ihn. Der – ah – fertig? Dann gehen wir ma' nach o'm un' piesacken Mrs. Talcott 'n bißchen. Kümmert sich rührend um Eric, seit wir so ans Haus gefesselt sin', das muß ich schon sa'n. Legt sich mächtig ins Zeug, um ihm 'n Spaß zu machen, aber ich werd's Gefühl nich' los, er hat dabei mehr Spaß, als wie sie denkt.«

Wir fanden Eric, auf dem Fußboden hockend, im Zimmer seiner Mutter, das, um einen Ausdruck Aseys zu gebrauchen, wie eine Klapsmühle, die Amok läuft, aussah.

»Schaut euch das an«, sagte Eric. »Sind die nicht toll?«

Stolz wies er auf die Papiervögel verschiedenster Größe, mit denen Boden und Möbel über und über bedeckt waren.

»Hier.« Eric hob einen der größten auf und zog am Hinterende. »Man hält ihn in der Mitte und zieht hier – und dann schlägt er mit den Flügeln. Das hat mir mal ein Padre in Madrid in den Weihnachtsferien beigebracht, der, der mir auch gezeigt hat, wie man Tonpuppen für die Krippe macht. Hier, sie haben sogar Gesichter. Das ist Mussolini. Der kommt von einer italienischen Streichholzschachtel. Und das ist Lincoln. Den haben wir einfach von einem Penny abgepaust.«

»Sehr raff'niert«, sagte Asey. »Wenn du 'n Stück Papier für mich has', versuch' ich ma', ob ich dir 'ne Halskrause machen kann. Aber erst ma' abwarten, ob ich noch weiß, wie's geht. 'n größeres Stück bräucht' ich schon, Tom.«

Ohne lange zu überlegen, schnitt er das Papier zurecht.

»Wo ham Sie 'n das gelernt, das so zu machen?« fragte Eric begeistert.

»'n Kerl, mit dem ich ma' zur See gefahren bin, der is' früher als 'pierfaltkünstler bei Barnum un' Bailey aufgetreten, im Vorprogramm. Das war auf'm Bananendampfer rund um Kap Horn. Viele kalte Winternächte, wo wir zum Vergnü'n Papier gefaltet ham. Hab' zehn Tonnen davon verbraucht – fertig –«

Er drückte und zog an verschiedenen Ecken, und allesamt bejubelten wir sein Werk wie die Kinder – eine Halskrause, wie man sie sich perfekter nicht wünschen konnte. Eric war um keinen Deut weniger begeistert als Lila und ich.

»Wunderbar«, sagte Lila. »Ein-fach wunderbar! Ich wünschte, Sie könnten Eric zeigen, wie man –«

»'ch würd' mich ja gerne hierhersetzen un' an Ihrer Stelle die Jugend unterhalten«, erwiderte Asey, »aber dafür hab' ich zuviel zu tun. Ham Sie sich ein'tlich ma' Gedanken über die Vorfälle hier gemacht, Mrs. Talcott?«

Bei der freundlichen, beiläufigen, einschmeichelnden Art, in der er das sagte, war mir klar, daß er gerade eine Falle aufstellte.

»Von solchen Dingen verstehe ich absolut nichts«, sagte Lila. »Ich bin ja so hilflos. Aber grundsätzlich sind es doch nur die langweiligen Menschen, die keine Feinde haben, und Eve war alles andere als langweilig. Ich glaube – ja, ich glaube, sie hatte wohl mehr als nur das übliche Maß an Feinden. Aber niemand hier aus dem Haus kommt als Mörder in Frage. Meine Güte, wir wären doch nicht hier, wenn wir sie nicht gern hätten – gern gehabt hätten. Am Ende werden Sie wahrscheinlich herausfinden, daß es ein Einheimischer war, der die Geschichten für bare Münze genommen hat, die man sich über sie erzählt. Manche davon waren ja recht anzüglich, selbst für einen vorurteilslosen Betrachter.«

»Sie wollen sa'n«, erwiderte Asey, »ir'ndso 'n puritanischer Neuengländer, wie ma' die aus'm Witzblatt kennt, hätt' beschlossen, daß ma' Eve 'n Garaus machen sollt', aus – wie soll ich sa'n –, aus philanthropischen Motiven, im Interesse der 'gemeinheit?«

»Genau. Genau das denke ich.«

»Könnt' sein.« Er erhob sich und spazierte zum Fenster herüber. »So was könnt' sein, wenn Eve nich' selbst eine vom Cape Cod wär'. Wenn sie einfach nur hierher gezo'n wär' un' sich so benomm' hätt', wie sie sich benomm' hat, un' wenn sie keine Prence gewesen wär', dann wär' ich womöglich gar nich' ganz abgeneigt, Ihn' zuzustimm', möglicherweise. Aber sie war 'ne

135

Prence aus Weesit –«. Er hielt inne und wies auf das Fensterbrett. »Seit wann«, fragte er streng, »sin' die hier?«
Auf dem Brett waren zwei bräunliche runde Flecken.

Kapitel 12

L ila sah sie sich an.
»Was ist das?«

»Sin' Ihn' die noch nie aufgefallen?«

»Noch nie.«

»Wer is' heute vormittag hier gewesen? Un' heute nachmittag?«

»Also, eigentlich überhaupt niemand. Das heißt, Alex war hier, und Eric kommt und geht. Und Tony. Und Mark war hier, Zigaretten schnorren. Und heute morgen war diese Mrs. Mayo hier, hat das Bett gemacht und aufgeräumt.«

»Sie un' Robinson Crusoe«, murmelte Asey. »Jawohl. Sozusa'n kein Mensch dagewesen. Tom, du läufst nach unten un' sagst Betsey, sie soll dir 'n Kuchen backen. Oder du zeigst Marks Vater dein' Halsschmuck. Jawoll, der is' zu Besuch. Also, Mrs. Talcott, Sie ham Ihr Fenster zugemacht, wie Sie heut mor'n aufgestan' sin'?«

»Ja. Aber ich bin sicher, mir sind die Flecken dabei nicht aufgefallen. Das heißt allerdings nicht, daß sie nicht vielleicht schon hier waren. Wirklich, Asey, ich achte auf solche Dinge nicht so sehr, wie Sie das tun. Und was in aller Welt soll das schon sein? Wahrscheinlich habe ich eine brennende Zigarette liegengelassen. Da haben Sie Ihre Erklärung. Vom Aschenbecher heruntergefallen, weitergebrannt, irgend etwas in der Art.«

Asey seufzte. »So wird's wohl gewesen sein.«

»Na, haben Sie eine bessere Idee?«

»Da ham Sie mich in der Falle«, sagte Asey. »Sie mein' also, ir'nd jemand von draußen wär' der Täter, hm?«

»Das meine ich«, sagte Lila mit Überzeugung. »Zuerst, als der Doktor uns davon berichtete, dachte ich, Alex müsse es gewesen sein. Aber als ich noch einmal darüber nachdachte, kam es mir zu absurd vor. Weiß der Himmel, der arme Alex hätte ja auch

Grund genug dazu gehabt – Eve *wollte* sich einfach nicht von ihm scheiden lassen –« Sie hielt inne, als ihr klarwurde, daß sie bei weitem mehr sagte, als sie wollte.

»Sie wußten«, sagte Asey bedächtig, »Sie wußten also, daß Eve un' Alex verheiratet waren?«

Lila wirkte ein wenig durcheinander. »Aber n –, ich meine, ja. Ja, ich wußte es.«

»Alex hat's Ihn' erzählt?«

Sie zögerte und blickte Asey an. »N – nein.«

»Dann war's Eve?«

»Nein, sie war es nicht.«

»Nu'«, fragte Asey geduldig, »wie ham Sie's denn dann rausgefun'? Niemand sons' hier im Haus scheint's zu wissen. Je'nfalls hat bis jetz' noch keiner was drüber gesagt.«

»Mein Mann – Jim – hat mir davon erzählt. Viele Leute in Paris wußten, daß die beiden verheiratet waren, aber sie kamen nicht miteinander aus, sie lebten nicht zusammen. Alex war allerdings oft hier zu Besuch. Ich meine – naja, Eve war eine großartige Frau, aber es war nicht leicht, längere Zeit mit ihr zusammen zu sein. Sie war furchtbar launisch.«

»Mit Alex ham Sie nie über seine Ehe geredet?«

»Nein. Er kam nie darauf zu sprechen, also sagte ich auch nichts.«

»Warum ham die beiden 's geheimgehalten, Mrs. Talcott?«

»Geheimgehalten kann man eigentlich nicht sagen. Manche Leute wußten davon. Es war ihnen wohl gleich, ob es publik wurde oder nicht. Sie haben es nur nicht an die große Glocke gehängt. Und Eve meinte, es sei nicht gut für ihr Geschäft.«

»Aber Sie wußten, daß Alex sich schei'n lassen wollte un' Eve nich' eingewilligt hat?«

Lila fuhr sich über die Lippen. »Ich – naja, ich hatte so etwas gehört.«

»Alex hat's Ihn' nich' erzählt un' Eve auch nich'?«

Sie schüttelte den Kopf.

»Warum ham also die Leute«, Asey hob das Wort kaum merklich hervor, »warum ham die Leute gedacht, Alex wollte die Scheidung un' Eve würd' nich' einwilligen?«

Der gleichmäßige Strom von Fragen tat allmählich seine Wirkung bei Lila. Sie holte eine Zigarette aus einem Jadekästchen hervor und zündete sie sich fahrig an.

»Naja, womöglich – vielleicht – ich glaube, es war eigentlich nur eine Klatschgeschichte.«

»Trotzdem ham Sie gesagt, ›Weiß der Himmel, der arme Alex hätt' ja auch Grund genug dazu gehab' – Eve wollt' sich einfach nich' von ihm schei'n lassen‹«, entgegnete Asey ihr mit ihren eigenen Worten. »Also, Mrs. Talcott, wenn nur 'n paar Leute hierzulande überhaupt wissen, daß die bei'n verheiratet waren, un' wenn Sie nie mit Alex oder Eve drüber gesprochen ham, wieso waren Sie sich dann so sicher? War Alex in jeman' an'ren verliebt? Könn' Sie wirklich sicher sein, daß Eve ihm die Scheidung verweigert hat?«

»Das sind Klatschgeschichten«, sagte Lila hastig. »Nichts als Klatschgeschichten. Es sollte keine Andeutung sein, Eve sei Alex im Wege gewesen. Alles, was ich gehört hatte – ich meine, es waren doch nur Klatschgeschichten.«

»Verstehe. Wo waren Sie 'n am Donnerstagnachmittag, um Punkt drei Uhr?«

»Da war ich spazieren! Das habe ich Ihnen doch schon gesagt. Ich war – da muß ich ungefähr – ich würde vermuten, da bin ich an den Teichen entlanggegangen.«

Ich erinnerte mich, wie Asey angekündigt hatte, bevor er sich Lilas Geschichte erzählen lasse, werde er warten, bis sie sich ihrer Sache zu sicher sein würde. Nun hatte er sie mit unerwarteten Fragen über Flecken und über Eve und Alex so sehr überschüttet, daß ihre Antworten, ursprünglich zweifellos wohlüberlegt, nur noch in kaum verständlichen Bruchstücken herauskamen.

»Woher wußten Sie, dassen Dolch in der Pistole oder Dolche innen Pistolen steckten, in Norris sei'm Zimmer?«

»Das wußte ich nicht. Ich habe es mir nur gedacht.«

»Letztes Jahr ham Sie in dem Zimmer gewohnt, nich' wahr? Ham Sie sich's da gedacht?«

»Oh – oh, das weiß ich nicht mehr. Wahrscheinlich habe ich es mir gedacht, als ich die Pistolen zum ersten Mal sah. Ich weiß nicht mehr, wann das war.«

»Das ham Sie sich also gedacht un' ham niema'm was von erzählt, hm? Ham auch nich' Eve gefragt, um's rauszufin'? Ham Eric damit spielen lassen, obwohl Sie nich' wußten, ob er sich damit wehtun konnt' oder nich'. Hätt' sich damit erstechen könn'. 'n Messerstich is' ja nich' gerade 'ne harmlose Sache. Das hätten Sie doch –«

»Asey, bitte!« Lila drückte ihre Zigarette aus. »Hören Sie bitte damit auf, Asey!«

Ihre Stimme hatte einen Unterton von Verzweiflung, und die Knöchel ihrer rechten Hand, mit der sie sich an die Armlehne klammerte, waren bleich. Ihre hilflose Pose war, so schien es mir, mit einem Schlag von ihr abgefallen, die Rolle der Dichterin und verwitweten jungen Mutter hatte sie abgelegt. Ihre wahre Natur kam zum Vorschein – nichts weiter als eine reichlich ratlose junge Frau, die niemals so ganz mit den Karten zurechtgekommen war, die das Leben für sie aufgedeckt hatte. In dem Augenblick hätte ich ihr gerne gesagt, um wieviel sympathischer das war als die Rolle, die sie für sich ausgesucht hatte.

»Ich wußte, daß Sie mich befragen würden, Asey. Ich hatte mir alle Antworten zurechtgelegt. Das konnten Sie sich denken, und mir war klar, daß Sie mir früher oder später auflauern würden. Aber bitte, Asey, lassen Sie uns nicht über Jim sprechen. Und über Messerstiche. Erzählen Sie mir, was Sie bereits wissen, und sagen Sie mir, was Sie von mir erfahren wollen, und dann sage ich Ihnen die Wahrheit. Das verspreche ich.«

»Einverstan'.« Aseys Ton wurde sanfter. »Will ich ja gar nich', Ihre alten Wunden aufreißen. Dann erzählen Sie mir ma' von'n Streitereien um Alex, zwischen Ihn' un' Eve. Ich hab' 'n paarmal 'n Stück davon mitbekomm', unfreiwillig, aber ich weiß nich', wo's dabei drum ging.«

»Ich wußte wirklich nicht, daß die beiden verheiratet waren, Asey, bis es mir letztes Jahr eine Freundin erzählte. Es hätte mich beinahe umge-, ich meine, es war ein ganz schöner Schlag für mich. Ich kannte Alex seit fünf Jahren, und er hatte nie darüber gesprochen. Ich habe Alex gern, das gebe ich zu. Aber ich hatte nie die Absicht, ihn zu heiraten.« Sie holte tief Luft. Nicht zu übersehen, daß sie das hatte, dachte ich mir. »Jedenfalls«, fuhr sie fort, »nicht mehr, nachdem ich von Eve wußte. Er schien seinen Spaß mit mir zu haben, ich habe mit ihm Ausflüge gemacht, und wir sind bestens miteinander ausgekommen, aber mehr war da nicht. Dann hat irgend jemand Eve davon erzählt oder ihr geschrieben. Für sie war das der Anlaß für einen großen Auftritt; sie warf mir vor, ich wolle ihr Alex wegnehmen, aber sie werde sich niemals scheiden lassen. Und wenn er versuchen sollte, die Scheidung einzureichen – na, Sie wissen ja, was man von Eve alles zu hören bekam, wenn sie erst einmal richtig loslegte.«

140

»In allen Sprachen, die man wollte«, pflichtete Asey ihr bei. »Das weiß ich. Ham Sie ihr gesagt, daß sie im Unrecht is'?«

Lila lächelte matt. »Haben Sie jemals versucht, Eve zu sagen, sie sei im Unrecht? Ich wollte alles mit ihr besprechen. Ihr klarmachen, daß ich Alex gern habe, ihr sagen, daß ich früher dachte, jemanden wie ihn würde ich heiraten, wenn ich jemals wieder heirate. Daß ich aber, nachdem ich von der Ehe mit ihr wußte, bereit war, mir die ganze Sache aus dem Kopf zu schlagen. Was mir auch gelang. Sie müssen wissen, Asey, ich habe allen Anlaß, Eve gegenüber loyal zu sein. Sie war wunderbar, als Jim starb. Wir waren pleite. Sie schickte uns Geld und bezahlte unsere Schulden, und dann kam sie und sorgte dafür, daß wir Madrid verlassen konnten. Es gab viele Leute, die sagten, wie leid ihnen das alles tue, aber Eve war die einzige, die etwas getan hat. Und deswegen hätte ich auf Alex keine weiteren Ansprüche erhoben, selbst wenn ich noch Absichten auf ihn gehabt hätte. Einfach weil er Eves Ehemann war. Und das, obwohl sie sich Sachen an den Kopf geworfen und sich gestritten und sich verabscheut haben – Sie wissen, was ich sagen will.«

Mir kam das ausgesprochen glaubwürdig vor, und das Bild, das sie von Eve gab, paßte genau zu deren Charakter.

»Wie hat sie das aufgenomm'?« fragte Asey.

»Natürlich hat sie mir nicht geglaubt. Ich sei eine Schlange, eine Viper, sagte sie; *ihr* hätte ich meinen Erfolg zu verdanken – und das stimmte ja auch. Sie hat ihren Agenten dazu gebracht, ein paar alberne Gedichte zu verkaufen, die ich für Eric geschrieben hatte. Und davon haben Eric und ich seither gelebt. Was *sie* alles für mich getan hätte, und nun nähme ich ihr zum Dank dafür Alex weg.«

»Das war letzten Freitag, nich'?«

»Ja. Ich sagte ihr, ich würde auf der Stelle abreisen, und mit einem Schlag war sie wie verwandelt. Wenn ich so abrupt gegangen wäre, hätte das schließlich einiges Aufsehen erregt. Sie wußte, ich würde Alex davon erzählen. Wenn er von den – den Szenen, die sie mir gemacht hatte – erfahren würde, dann würde auch er abreisen, das wußte sie. Und ich glaube – das habe ich immer geglaubt –, Eve hat Alex wirklich geliebt. Auch wenn sie ihm nie treu war. Na jedenfalls, Eve entschuldigte sich und sagte, es täte ihr leid. Irgendwie kam die Sache wieder in Ordnung. Ich kannte Eve gut genug und habe nie wieder über den Vorfall gesprochen. Danach habe ich mich allerdings sehr bemüht, nicht mit Alex allein zu sein, wenn ich es vermeiden konnte. Aber Eve in ihrer widersprüchlichen Art schien uns zusammenbringen zu wollen, wo immer sie konnte.«

Asey nickte. »Un' dann – was is' am Donnerstagnachmittag passiert?«

»Da habe ich Ihnen die Wahrheit gesagt, Asey. Alex und ich hatten uns gestritten, wegen einer Schlammpfütze. Sie wissen doch, wie leicht solche Belanglosigkeiten zum großen Streit führen können. Er ging nach Hause, und in gewissem Sinne war ich froh darüber. Eve hatte mich furchtbar angefahren, daß ich mit ihm – angefahren ist eigentlich nicht das richtige Wort, eher–«

»Weiß ich«, sagte Asey. »Weiblicher Sarkasmus. Da war Eve 'n Meister drin.«

»Allerdings. Nun, dann bin ich um den Onkel-Thophs-Teich gewandert. Ich verlief mich und fragte einen Mann, der mir den Weg erklärte. Aber ich muß ihn falsch verstanden haben, denn ich verirrte mich nur noch weiter. Dann wurde es dunkel. Wahrscheinlich bin ich in die falsche Richtung gegangen. Ich weiß nie, wie man Osten und Westen unterscheiden kann, und selbst dann hätte ich noch nicht gewußt, in welche Richtung ich überhaupt gehen mußte. Und dann, wirklich Stunden später, hat Tony mich gefunden, und dann gabelte uns der Doktor auf.«

»Ob Sie wohl noch wissen, wann das war?« schnurrte Asey.

Sie schüttelte den Kopf. »Man hörte die Pfeife einer Lokomotive, daran kann ich mich erinnern. Jedenfalls dachte ich, das muß die Eisenbahn sein – entweder kurz bevor oder kurz nachdem ich den Mann nach dem Weg gefragt hatte. Aber ich habe keine Ahnung, wann das war. Meine Uhr ist gerade in der Stadt zur Reparatur. Eric hat sie auseinandergenommen, er wollte wissen, wie sie funktioniert.«

»Wür'n Sie den Kerl wiedererkenn', der Ihn' 'n Weg gezeigt hat, wenn Sie 'n nochma' zu Gesicht bekäm'?«

»Ich denke schon. Ich hatte sogar das Gefühl, daß ich ihn schon gesehen hatte, aber ich weiß nicht, wo. Ich habe ein furchtbar schlechtes Gedächtnis für Menschen. Ich glaube, es war jemand aus der Stadt. Ich rief ihm nach, er war gerade in einen dieser alten Waldwege eingebogen. Zu der Zeit stapfte ich durchs Unterholz. Den Gedanken an Straßen hatte ich da schon ganz aufgegeben.«

142

»Gut.« Asey betrachtete sie. »Das ham Sie gut gemacht, Mrs. Talcott. Die erste Hälfte von Ihrer Geschichte hätt' ich Ihn' ja beinahe geglaubt, aber nu' krie'n Sie's Blaue Band verliehen, für die beste Leistung bis jetz' in dem Theaterverein hier. Sie wollten mir die Wahrheit erzählen, un' ich hab' vergeblich drauf gewartet, sagte Clem Smalley, wie er aus'n Zeu'n Jehovas austrat, drei Tage un' drei Nächte hab' ich auf der Ulme hier gewartet, un' 's is' keine neue Sintflut gekomm'. Wie ich Ihn' neulich erzählt hab', ich hätt' Sie am Donnerstag um drei ins Gasthaus komm' sehen, da war's Bluff. Aber nu' ham wir 'n Zeugen, der's beweisen kann. Wo Sie das jetz' wissen, möchten Sie da vielleich' noch 'n paar Ergänzungen oder K'rekturen machen?«

»Asey, wenn Ihnen irgend jemand erzählt hat, er hätte mich gesehen, dann lügt er. Ich habe Ihnen die volle Wahrheit gesagt.«

»Der Kerl, der Sie gesehen hat«, sagte Asey, »das war der, den Marks Vater hergeschickt hat, als Aufpasser für Mark. Er hat Sie gesehen un' beschrie'm –«

Ein sehr unglücklich dreinblickender Eric kam herein.

»Ich hab' ihn zerrissen«, sagte er und zeigte auf den Papierkragen. »Ihr könnt euch gar nicht vorstellen, wie wütend ich bin. Ich wollte ihn« – mit einem Seitenblick auf seine Mutter – »es war mein Wunsch, ihn für alle Zeiten in Ehren zu halten. Lila, wo ist der Klebstoff? Habe ich den ganz für Fergy Cohens Hemden aufgebraucht?«

»Wer ist Fergy?« wollte ich wissen.

»Das ist ein abscheulicher Feuilletonist aus New York, den Eve hierher eingeladen hatte. Er trug rosa Hemden, ich habe sie alle zusammengeklebt, und dann reiste er ab. Alex«, sagte Eric fröhlich, »hat mir fünf Dollar gegeben. Lila, wo ist der Flüssigkleber?«

»Irgendwo auf dem Tisch.«

»Ist er nicht! Hast du ihn weggeworfen, Lila?«

»Ich habe ihn auf den Tisch gestellt, am Mittwochnachmittag, nachdem du den Türklopfer blockiert und die Hälfte von Tonys Wörterbuch zusammengekleistert hattest. Du weißt doch, wie schlecht er in Rechtschreibung ist! Es war ein fürchterliches Zeug, ich wäre froh, wenn es verschwunden wäre –«

»Lila, bitte, wo ist er?«

Asey nahm ihn bei der Hand. »Laß dir von Betsey noch 'n zweiten Kuchen backen, Eric. Un' im blauen Salon gibt's Leim.

143

Also«, wandte er sich an Lila, nachdem der Junge gegangen war, »was is' denn nu' mit dem Kleber?«

Da Asey mir schon versichert hatte, der Klebstoff könne mit dem Seil, das Eve zu Fall gebracht hatte, nichts zu tun haben, war mir nicht klar, warum er so auf diesem Thema beharrte.

Bevor Lila antworten konnte, öffnete sich die Tür, und Alex Stout kam hereingeschlendert.

»Geheimkonklave? Oder darf ich mich dazugesellen? Hier ist dein Klebstoff, Lila. Schau nur, wie fabelhaft er meinen Lieblingsgürtel repariert hat.«

»Wann ham Sie 'n sich den ausgeliehen?« erkundigte sich Asey.

»Donnerstag morgen«, sagte Alex ohne Zögern.

»Hm. Wußten Sie, daß er 'n sich geholt hatte, Mrs. Talcott?«

»Das wußte sie nicht, Asey«, antwortete Alex. »Ich bin einfach reingeschlichen und habe ihn mir genommen. Spielt das irgendeine Rolle?«

Lila zündete sich eine neue Zigarette an. »Ich verstehe allmählich«, sagte sie zu Asey, »worauf Sie hinauswollen. Das Stolperseil, Eve hat mir am Mittwochabend davon erzählt. Ich habe sogar nach Löchern gesucht, oben an der Treppe.«

»Ihr glaubt«, fragte Stout ungläubig, »das habe etwas mit Eves Treppensturz zu tun? Das ist doch lächerlich! Ihr meint wohl, das Seil wäre oben festgeklebt gewesen? Unsinn. Das Zeug hier wäre überhaupt nicht stark genug dazu, und außerdem hätte es Spuren hinterlassen.«

Asey holte seine Pfeife hervor. »Am Donnerstag ham Sie sich's also geholt? Ham Sie mir nich' erzählt, Mr. Stout, Mrs. Talcott wüßte nich', daß Eve Ihre Frau war? Scheint aber doch so.«

Alex war den Tränen nahe. »Oh, Lila! Wann – ich wollte doch – Lila, ich kann dir alles erklären! Ich habe versucht, mich von Eve zu trennen. Ich wollte dich heiraten, wirklich, aber Eve – du weißt doch, wie –«

»Spar dir deine Erklärungen«, sagte Lila kühl. »Du brauchst es gar nicht erst zu versuchen. Asey, ich erinnere mich gerade, daß ich schon am Mittwoch nach dem Klebstoff gesucht habe, unmittelbar nach dem Mittagessen; das Ende eines Schuhriemens hatte sich aufgelöst. Bist du ganz sicher, Alex, daß du ihn dir nicht schon am Mittwoch geholt hast?«

»Das habe ich mit Sicherheit nicht!«

»Du –«

»Moment ma'«, sagte Asey. »Sie ham doch 'ne Angelrute, oder? Ham Sie die hier im Haus?«

»Schon, aber was soll das hier für eine Rolle –«

»Rolle un' Schnur auch?«

»Allerdings«, beeilte sich Lila zu antworten. »Ellenlang. Er hatte –«

»Was soll das heißen!« Stout wurde von einem seiner Wutanfälle gepackt. »Was wollen Sie andeuten, Mayo? Daß ich –«

»Ich will überhaupt nix andeuten.« Asey zündete seine Pfeife an. »Das war Mrs. Talcott.«

Jetzt verstand ich, was er vorhatte. Die Frage nach dem Kleber war nur ein Mittel, Lila und Alex gegeneinander auszuspielen, so daß sie verrieten, was immer sie bisher verschwiegen hatten. Er würde die beiden sich selbst ans Messer liefern lassen, und sie waren bereits auf dem besten Weg dazu.

»Ich deute nichts an«, sagte Lila. Auf ihren Wangen erschienen zwei hektische rote Flecken. »Erinnerst du dich noch an das Mörderspiel, das wir letztes Frühjahr bei den Burroughs' gespielt haben, Alex? Damals meintest du zu Pen Burroughs, ein gutgespanntes Seil, sechs Zoll über der obersten Stufe einer steilen Treppe, sei das beste Mittel, jemanden umzubringen. Der Betreffende würde hinunterfallen und sich den Hals brechen. Dann entfernt man das Seil, und der Befund ist Tod durch Unfall. Keine Waffen, nichts Verdächtiges. Und du erinnerst dich sicher, letzte Woche hast du mir ja selbst noch gesagt, in manchen Augenblicken würdest du Eve am liebsten umbringen, damit du –«

»So ist das also!« brüllte Stout und schlenkerte die Arme wie eine Windmühle. »So ist das also! Gut – du hast es selbst so gewollt! Dann erinnerst du dich ja wohl auch, daß du selbst sagtest, du zögest das Messer vor, weil dabei niemand eine Frau als Täter vermuten würde! Allgemein glaube man, Frauen benützten Gift oder eine Pistole. Aber vor Gift hättest du Angst, und Pistolen seien so schrecklich laut! Das einzige, was man zu wissen bräuchte, sei, wo man zustechen muß! Völlig sichere Sache. Gifte seien zu langsam, und manchmal wirkten sie nicht, und bei der Pistole sei das Risiko zu groß, daß man jemanden nur verletzt. Und schließlich ist dein Mann erstochen worden! Du dachtest vielleicht, ich wüßte das nicht, aber ich wußte es sehr wohl!«

145

Was nun folgte, war das, was Asey wahrscheinlich einen »Riesenwirbel« genannt hätte.

Ich dachte immer, ich hätte gewisse Kenntnisse, wie man sich streitet. Die Familie Adams war stets bestrebt, aus dem Streit eine vornehme Kunst zu machen. Aber was ich jetzt sah, fand sich nicht in meinem reichen Erfahrungsschatz.

Läßt man die Adjektive aus, von denen einige mir neu waren und die nicht ganz zu einer Kinderdichterin zu passen schienen, dann warf Lila Alex vor, sie habe ihm nie wirklich etwas bedeutet, er habe nur mit ihr gespielt, er habe nie vorgehabt, ihr seine Ehe mit Eve zu gestehen, überhaupt habe er Eve umgebracht, weil er diese rothaarige Schlagersängerin habe heiraten wollen, eine Kleptomanin, eine Dipsomanin, eine Nymphomanin, und aus was für einer Familie!

Alex hatte, sieht man von den Adjektiven ab, die mich schlagartig die Schwierigkeiten verstehen ließen, warum er nie die unbarmherzige Bostoner Zensur passiert hatte, dahingehend geantwortet, daß Lila Eve umgebracht habe in dem Glauben, er hätte nichts Eiligeres zu tun, als ihr um den Hals zu fallen und sie zu heiraten, dabei hätte er das nicht für die Morgan-Millionen, für die Mellon-Millionen und die Midas-Millionen getan. Sie habe, fügte er hinzu, wohl nie vorgehabt, ihm vom Mord an ihrem Gatten zu erzählen. Sie sei ja verliebt in diesen gelbsüchtigen spanischen Gitarristen, neben dem die rothaarige Schlagersängerin sich ausnehme wie die heilige Ursula und ihre elftausend Jungfrauen in einer Person. Rothaarig sei sie außerdem auch nicht, sie sei tizian –

An dieser Stelle übernahm Asey in aller Ruhe.

»So«, sagte er, »das reicht jetz' aber. Ich war ja selber ma' 'ne Zeitlang der schlimmste Mann auf'm Vorderdeck, aber jeder von euch bei'n gäb' 'n Vollmatrosen ab, der sich gewaschen hätt'. Is' ja mächtig nett von euch, daß ihr mir jetz' endlich die Wahrheit gesagt habt, damit habt ihr mir 'ne Menge Mühe un' Arbeit gespart, un' das hatt' ich auch gehofft. Is' ir'ndwie nich' besonders unterhaltsam, wemma die 'formationen rausholen muß, als wenn's Weisheitszähne wären. Aber gerade e'm habt ihr ja ganz schön 'lastendes Material geliefert. Mehr brauchen wir davon nich'. Außer – wer von euch bei'n *war's* denn nu', der das Seil gespannt hat?«

Sie starrten ihn an, sprachlos vor Wut.

»Na gut, Mrs. Talcott.« Asey erhob sich und gab mir ein Zeichen, ihm zu folgen. »Sie ham mit'm Anschuldigen angefang', da sprech' ich's Ihn' zu. Das wär's für'n Au'nblick, aber ihr zwei, na, ihr werd' wohl noch 'ne Weile zu tun ham, bis ihr da wieder rauskommt!«

»Asey«, sagte ich, als wir wieder auf dem Flur waren, »das war ja – also wirklich –«

»Jawohl. Wie im Theater, nich'? Das is' die Künstlerseele. Ich wünschte, ich hätt' so 'ne Sprachgewalt, außer daß es bei den bei'n ja ab un' zu 'n bißchen nach Hinterhof klang. Tja, wir komm' vorwärts.«

»Was meinen Sie, welcher von beiden –«

»'s Seil gespannt hat? Ehrlich gesagt, 'ch hab' keine Ahnung. Tippen tu' ich auf Lila. Is' zu schnell angesprung' auf die Idee. Aber das wissen wir bald.«

»Wieso?«

»Ich geb' den bei'n 'ne halbe Stunde, bis sie sich wieder einkrie'n. Hab' so 'n Gefühl, daß der Stout ziem'ich bald hier aufkreuzen wird un' mir sa'n, er wär's gewesen. Hat doch 'ne ganze Menge von'm Sir Galahad an sich, un' hätt' Lila nich' so anschreien könn', wenn er nich' in sie verliebt wär'. Un' umgekehrt auch. Wenn Stout das Seil selber gespannt hätt', würd' er's nie zuge'm. Aber das würd' er, wenn sie's getan hätt'. Hatten vielleicht den gleichen Gedanken, aber das glaub' ich nich'. Merken Sie allmählich, Miss Kay, was für'n Meister Eve beim Quälen war?«

»Aber andererseits«, sagte ich, »hat sie Lila geholfen. Und wer weiß, was sie für Stout getan hat. Es ist schon seltsam.«

»Es is', un' sie hat. Hab' mal bei Tony nachgefragt. Sagt, Stouts erste Werke wären drittrangiger aufgeblasener Kram gewesen, aber heute wär' er einer von'n besten pop'lären Schriftstellern, die wir hätten, Boston hin oder her. Scheint, daß er Erfolg hat, seit Eve ihm damals 'n Roman geklaut hat.«

Unten angekommen, steuerte Asey den grünen Salon an, aber dann bedeutete er mir plötzlich, ich solle mich ruhig verhalten.

Bruder Marcus unterhielt sich mit Krause.

»Haben Sie mich jetzt verstanden?«

»Ja, Sir.«

»Auch wenn Sie vom Gegenteil überzeugt sind, werden Sie behaupten, sie sei es gewesen.«

»Ja, Sir.«

»Und das allerwichtigste, Krause, Sie sagen niemals – niemals! – auch nur ein Wort über diesen Dolch in der Pistole. Mayo ist ein schlauer Kopf. Aber davon weiß er wohl nichts. Und es ist Ihnen klar, wie man das auslegen würde. Kein Wort also.«

Kapitel 13

Begierig, alles mitzubekommen, lehnte ich mich vor und stützte mich am Türpfosten ab – und prompt verriet mein klapperndes Armband unsere Anwesenheit. Marcus kommentierte mit lauter Stimme das Wetter, und ich nahm mir vor, bei zukünftigen Mordermittlungen die Preziosen im Schrank zu lassen.

»Macht nix«, flüsterte Asey aufmunternd. »Wir ham genug gehört. Komm' Sie jetz'.«

Wir betraten das Zimmer. Ich warf einen Blick auf Marcus und mußte laut lachen. Von der Hüfte abwärts war seine rundliche Gestalt in einen Kaschmirschal gehüllt.

»Aber Mr. Adams!« sagte Asey. »Aber Mr. Adams!«

»Mark«, verkündete dessen Vater mit einer Spur Bitterkeit in der Stimme, »ließ das Eisen auf meiner – ähm – Hose, während er für die Köchin eine durchgebrannte Sicherung auswechselte. Sie hegt offenbar berechtigte Hoffnung, sie könne den Schaden beheben.«

Asey trug bei seinen Mitleidsbekundungen ein wenig dick auf. Ich erinnerte mich, wie plötzlich er das Thema gewechselt hatte, als er mir sagte, Mark bringe die väterlichen Kleider in Ordnung, und es schien mir beinahe, die Tragödie sei auf seine Weisung inszeniert worden. Ich hatte das Gefühl, als sollten Marcus und sein Begleiter das Gasthaus nicht allzu schnell verlassen können.

»Ich sprach gerade«, beeilte Marcus sich zu sagen, »über die Messer, die dort über dem Tisch hängen.« Er deutete auf zwei Dolche mit gewellten Klingen. »Malaiischer – ähm – Kris, nicht wahr?«

Seine Absicht war wohl, uns nicht über den Gegenstand seiner Konversation im unklaren zu lassen, für den Fall, daß wir etwas davon mitgehört hatten. So wie Asey ihn mit Blicken durchbohrte, war mir auf Anhieb klar, daß er besser beim Wetter

149

geblieben wäre. Allmählich fragte ich mich auch, ob Marcus und Krause so ahnungslos waren, wie ich bisher gedacht hatte.

»Trophäe von ei'm vonne Prence-Käpt'ns«, sagte Asey. »Kann schon sein, daß die vonner Halbinsel sin'. Scheint 'ne Vorliebe für Messer zu ham, die Familie.«

»Gibt es denn – noch mehr davon im Haus?« fragte Marcus begierig.

»'n Haufen davon auf'm Boden.« Aseys lakonische Bemerkung schien Marcus zu erleichtern. »Also, Mr. Krause, jetz' machen wir ma' da weiter, wo Sie letzte Nacht aufgehört ham. Am Donnerstagnachmittag kurz vor drei ham Sie 'ne Frau mit'm roten Hut un' 'm roten Mantel ins Haus gehen seh'n. Mein' Sie, das könnt' Mrs. Talcott gewesen sein?«

»Da bin ich mir sicher«, sagte Krause entschieden.

»Letzte Nacht waren Sie sich aber nich' so sicher.«

»Ich habe es mir durch den Kopf gehen lassen«, erklärte Krause. »Sie muß es gewesen sein.«

»Hm. Ham Sie sie beobachtet, wie sie ins Haus ging?«

»Das habe ich.«

»Stand das Tor offen?«

»Es war geschlossen. Die Frau streckte ihre rechte Hand aus, öffnete es und –«

»Sicher, dasses die rechte war? Denken Sie genau nach.«

»Ich bin sicher.«

»Schön«, sagte Asey fröhlich. »Dann kann's gut sein, daß ich doch recht hab' – hab' näm'ich schon 'n Weilchen so 'n Gefühl, dasses gar nich' Mrs. Talcott war. Linkshänderin. Hab' sie oft genug das Tor draußen un' die Türen hier im Haus aufmachen sehen. Macht sie immer mit der linken Hand, jedesmal.«

Krause schien ein wenig aus der Fassung zu geraten, und Bruder Marcus ging es nicht besser.

»Ich bin sicher«, beharrte ersterer, »es war Mrs. Talcott.«

»Weiß ich.« Asey packte einen Streifen Kaugummi aus. »Ich wär' mir auch sicher, wenn mich jemand dafür bezahlen würd'. Warum liegt Ihn' so viel dran, Mrs. Talcott die Schuld in die Schuhe zu schie'm, Mr. Adams? Was ham Sie denn ge'n sie, hm?«

Marcus rang mehrere Minuten lang nach Worten. Als er sich beruhigt hatte, wiederholte Asey seine Frage.

»Sie brauchen's«, fügte er hinzu, »gar nich' erst leugnen. Wir ham zufällig 'ne ganze Menge von dem gehört, was ihr zwei da vorhin gesagt habt. Leise un' vertraute Kon'sation, da kommt nie was Gutes bei raus, sagte der Mann, bevor er die Turteltaube abschoß. Also, Mr. Adams, warum?«

»Weil ich den Eindruck hatte, daß Sie überhaupt nicht vorankommen«, sagte Marcus beleidigt, denn er ist nicht gerade daran gewöhnt, einem strengen Verhör unterzogen zu werden, »und daß Mrs. Talcott eindeutig die Täterin ist. Wenn Mark sich Anne Bradford nun einmal in den Kopf gesetzt hat, scheint es mir geraten, sie möglichst rasch aus ihrer gegenwärtigen Lage zu befreien. Ich möchte nicht, daß mein Sohn eine junge Frau heiratet, der das Stigma einer Mörderin –«

»Deshalb ham Sie also so viel Interesse dran, nich' wahr? Un' nach allem, was Mark erzählt hat, dacht' ich, Sie hätten 'n an'res Mädchen schon in'n Startlöchern? Da ham Sie Ihre Meinung aber schnell geändert, nich' wahr?«

Marcus lief ein wenig rosa an. »Wenn Sie es unbedingt wissen wollen – ich dachte mir, ein wenig Widerspruch meinerseits würde die Sache für Mark romantischer machen. Mark ist ein ausgesprochen alberner junger Mann, aber dann und wann lasse ich mich gern auf seine Albernheiten ein.«

Asey glaubte ihm nicht, das war nicht zu übersehen – im Gegensatz zu mir. Marcus stieg in meiner Wertschätzung eine weitere Stufe. Und das sagte ich ihm auch.

»Aber nun erzähle uns um Himmels willen, woher du von dem Dolch in der Pistole weißt«, fügte ich hinzu, »bevor Asey dich in die Enge treibt!«

Ich glaube, Asey hätte mir am liebsten den Hals umgedreht, und Marcus sah auch nicht gerade zufrieden aus.

»Diese Pistolen«, sagte Marcus, »hingen einige Zeit – mehrere Jahre lang – im Büro von Bradford & Prence. Ich kannte sie; aber erst seit Mr. Dean mich mit nach oben nahm und seinem Sohn vorstellte, weiß ich, daß sie hier sind. Es kam mir sofort der Gedanke, ob nicht einer der Dolche die Tatwaffe gewesen sein könnte, denn wenn Anne nicht die Täterin war, dann war ihr Messer wohl auch nicht die Waffe. Sie haben gehört, wie ich Krause instruierte, nichts zu sagen, denn ich dachte mir, dem ganzen Haus müsse das Geheimnis der Pistolen unbekannt sein, wenn Sie bisher nicht dahintergekommen waren. Denn es war mir klar, daß, wenn diese Tatsache bisher unerkannt geblieben war und nun von mir ans Tageslicht gebracht würde, der Verdacht nur um so mehr auf Anne fallen müßte, denn schließlich wußte ich von ihrem Vater, was es mit den Pistolen auf sich hatte. Drücke ich mich verständlich aus?«

Asey nickte. »Annes Vater wußte also Bescheid. Hm.«

»Sagen Sie«, fragte Marcus, »hat der Doktor nichts über den Mörder herausfinden können, aus der Art, wie der Stich geführt wurde? Seine Größe, Rechts- oder Linkshänder oder so?«

»Ich hab' 'n gefragt«, sagte Asey, »aber er meint, das könnt' ma' schwer sa'n. Eve is' ja im Sitzen erstochen wor'n. Scheinbar hat der Täter ganz genau gezielt un' dann mit aller Kraft zugestochen. Er hätt' stehen könn' oder knie'n, ganz rechts oder ganz links oder auch dahinter. Wenn er ganz rechts gestan' un' die linke Hand genomm' hätt', dann hätt' es, scheint's, ausgesehen, als wenn's 'n Rechtshänder gewesen wär', un' umgekehrt. Hängt davon ab, wie er 'n Griff gehalten hätt'. Aber hier war's wohl 'n grader Stich, direkt von hinten, auf Schulterhöhe. Da könnt' ma' sich 'ne Menge Theorien zurechtle'n, wemma wollt', aber wahrscheinlich wür'n sie doch nich' stimm'. Einer, der 'ne so saubere Arbeit macht wie hier, der würd' auch keine eindeutigen Spuren hinterlassen, 's sei denn, er macht's mit Absicht. Außerdem sin' ja viele Leute auch beidhändig. Also, was war denn nu' mit dieser Frau, Mr. Krause? Un' bitte sei'n Sie nett un' antworten Sie ehrlich. Ich hab' näm'ich 'n bißchen die Nase voll von Märchengeschichten.«

»Wenn ich ehrlich sein soll«, sagte Krause und vermied es, Marcus anzublicken, »dann glaube ich nicht, daß es Mrs. Talcott war, auch wenn sie genauso aussah. Ihre Körperhaltung, ihre Art zu gehen war nicht die gleiche. Mrs. Talcott, sie hüpft, irgendwie. Diese Frau hatte einen festen Schritt und ging mehr mit den Schultern mit. Anfangs dachte ich, es sei Mrs. Talcott, aber dann, erinnere ich mich, kam es mir vor, als sei sie es doch nicht.«

»Un' dann ham Sie sich mit ei'm von Belchers Dienstmädchen getroffen, hm? Na gut. So, jetz' muß ich euch zwei bitten, daß ihr euch wieder in'n zweiten Stock zurückzieht. Der Justus wird sich bald von sei'm Lager erheben. Un' 's wär' gar nich' so leicht zu erklären, wo ihr zwei herkommt.«

»Wir müssen heute abend aufbrechen«, sagte Marcus. »Morgen habe ich wichtige Geschäfte zu erledigen.«

»Mor'n is' Sonntag«, sagte Asey, »un' Sie sollten ma' in sich gehen un' 'n Sabbath heiligen. Außerdem könn' Sie ja nich' gehen, wenn Sie nix zum Anziehen ham! 'ch muß Sie leider bitten zu verweilen.«

»Aber ich brauche einen Anwalt.«

»Steve Crump is' schon 'formiert. Jetz' ab in'n zweiten Stock!«

Marcus und Krause stapften davon.

»Und nun?« fragte ich, während ich noch über Marcus' Hinteransicht kicherte. »Was halten Sie von alldem?«

»Nich' so gut für Anne un' besser für Lila. Ah –«

Alex kam herein. Seine Ohren waren dunkelrot, und er wirkte ausgesprochen verlegen.

»Es tut mir leid«, sagte er aufrecht, »daß ich diese Szene gemacht habe. Miss Adams, Asey – ich entschuldige mich, auch wenn das nicht viel wiedergutmacht. Lila und ich hatten eine Reihe von Dingen so lange unterdrückt, und als sie dann hervorkamen – tja, da –«

»Da kam' sie mit'm großen Knall hervor«, sagte Asey.

»Genauso war es. Wir steckten in einer schrecklichen Klemme. Ich glaube, Eve hat mich wirklich geliebt. Und ich sie auch, eigentlich. Aber ich wollte Lila heiraten. Ich versuchte, mich scheiden zu lassen, aber Eve machte nur eine große Szene. Lila sollte von meiner Ehe mit Eve erst erfahren, wenn alles vorbei war und ich ihr alles erklären konnte. Ohne großes Aufsehen reichte ich die Scheidung ein, und deswegen bin ich im Augenblick auch hier. Ich wollte hier sein, wenn Eve davon benachrichtigt wird. Oh, es ist – es kommt mir albern vor, wenn ich es erklären soll. Ich – ich hatte Eve gern. Sie hat mich von jeher fasziniert. Ohne sie hätte ich mein Leben lang drittklassigen Schund geschrieben und in möblierten Zimmern gehaust. So schreibe ich zweitklassigen Schund und bin gut für eine Villa in Mentone und eine Suite auf der *Teutonia*. Aber, Asey – von dem Augenblick an, in dem Eve mir am Mittwochabend von dem Seil erzählte, ging mir nicht mehr aus dem Kopf, was ich bei den Burroughs' gesagt hatte. Und als sie dann erstochen wurde – ich war krank vor Angst, Eve könnte Lila das entscheidende Mal zuviel gereizt haben. Der Gedanke machte mich rasend. Und Lila malte sich bei mir dasselbe aus. Also, damit das klar ist – das Seil habe ich gespannt.«

Asey lächelte mir zu.

»Na gut, Galahad. Ich hätt' nich' gedacht, daß Sie's waren. Lila hat also ihr Geständnis abgelegt, hm?«

Stout versuchte gar nicht erst, darum herumzureden. »Asey, ich weiß, daß Eve schon letzte Woche über die Scheidungsklage informiert wurde. Sie hat es mit keinem Wort erwähnt. Aber Lila hat sie es spüren lassen. Lila hatte hier die Hölle auf Erden. Und Lila ließ sich alles gefallen, weil Eve ihr seinerzeit geholfen hatte, als Jim Talcott starb. Lila hat das Seil gespannt. Wenn ich das durchgemacht hätte, was Eve Lila angetan hat, dann hätte ich es auch getan. Sie wissen, wie sie zu der Sache stand – und heute noch steht. Aber Eves Gehässigkeiten waren mehr, als sie ertragen konnte.«

Er hielt inne, um sich eine Zigarette anzuzünden.

»Am Mittwoch«, fuhr er fort, »sagte Eve beim Mittagessen, sie werde auf ihr Zimmer gehen, bis sie Asey und Miss Adams kommen höre. Lila war mit ihren Kräften am Ende. Sie spannte das Seil, und falls es jemand entdecken sollte, würde zweifellos Eric beschuldigt, und das gäbe ihr dann einen Vorwand abzureisen. Verstehen Sie, sie traute sich nicht, ohne sichtbaren Grund abzureisen. Eve erpreßte sie ein wenig, mit Dingen, die sie mir erzählen würde, wenn Lila ginge. Aber – nun, ich kann Lilas Verhalten nicht so verwerflich finden, wie Sie das vielleicht tun. Einmal, als Eve und ich gerade eine Woche verheiratet waren, hätte ich beinahe das gleiche getan. Ich stieß sie vor eine Droschke. Aber sie kam davon. Und«, an dieser Stelle holte er tief Luft, »hatte einen weiteren Grund für – für all das. Sie wußte, daß es Absicht war. Und drohte mir. Wie dem auch sei – der ganze Zwischenfall oben in Lilas Zimmer war nicht gerade angenehm, aber ich bin froh, daß Sie uns soweit gebracht haben, Asey. Jetzt sind wir im reinen.«

Asey nickte. »Tja, damit wär' die Sache mit'm Seil erledigt. Schließlich hat's ja auch nich' geklappt. Aber der Rest von Mrs. Talcotts Geschichte, da weiß ich immer noch nich' so recht. Un' bei Ihn' sowieso nich', mit Ihrem Nachschlüssel.«

»Lila ist am Donnerstagnachmittag nicht im Gasthaus gewesen. Sie sagt die Wahrheit, ebenso wie ich.«

»Mein'twe'n. Aber wir müssen 's ir'ndwie beweisen. Halten Sie sie ma' weiter im Auge un' Justus un' Eric. Un' machen Sie nich' so 'n Gesicht.«

Als er fort war, lächelte Asey. »Kenn' Sie das Spiel, Miss Adams, wo sich Leute ir'ndwas in 'nem Zimmer auskucken, un' einer muß dann raten, was es is', un' die annern sa'n ›heiß‹ oder

154

›kalt‹? Tja, mir kommt's vor, als wenn's bei uns allmählich warm würd'. Das Seil war von Lila; tausend zu eins, daß Bill Hardin' auf Eve geschossen hat. Die Sache mit'm Fremden hat sich erledigt, aber da gibt's noch 'ne Dame mit'm roten Hut – hab' ich schon immer gern gemocht, rot–, un' außerdem ham wir ja drei Verdächtige für die Tat selber. Mensch, wenn wir jetz' nur gleich aus'm Haus rauskönnten! Aber solang wie Quigley draußen is', ham wir tagsüber keine Chance. Naja, wir marschieren los, so wie wir könn'. Sie le'n sich inzwischen 'n bißchen hin. Heut' a'md müssen wir uns die Rote un' Bill vornehm', un' dann hab' ich da noch 'ne ganz verrückte hirnverbrannte Idee, um die ich mich kümmern will, wenn die Zeit reicht.«

»Was für eine?«

Asey kicherte. »Ham Sie sich ma' mit'm Bridgespiel beschäftigt?«

»Seit über zwanzig Jahren.«

»Bill Porter hat mich beinah mit Waffengewalt dazu gezwung', 's zu lern'. Ham Sie jemals 'n ›Ohne Trumpf‹ gespielt, wo jemand 'ne Farbe ausspielt, un' Sie müssen abwerfen un' abwerfen, bis Ihn' beinah die Luft wegbleibt, un' wie Sie noch überle'n, was Sie als nächstes able'n, vergessen Sie ganz, ob der Fünfer, den Sie noch in der Hand ham, der richtige war, oder ob's 'n Vierer oder 'n Sechser war, den der Knabe sich da fürs große Finale aufhebt?«

Ich gab zu, das Gefühl sei mir nicht unbekannt.

»'n dann ham Sie da noch 'n paar Bildkarten, die Sie auf kein' Fall hergeben woll'n, obwohl Sie tief in Ihrem Innern wissen, daß die kei'm mehr was nützen könn'? Tja, in so 'ner Lage bin ich jetz'. Ich hab' 'n ollen König un' 'n Bu'm, aber an der ollen Fünf, da halt' ich mich fest, un' wenn ich nur ein' Stich schaff', dann hab' ich's.«

»Was meinen Sie damit, und was ist der Stich?«

»Ob's klappt oder nich'«, sagte Asey, »kamma immer erst zum Schluß sa'n. Un' da sin' wir noch lange nich'. Ruhen Sie sich jetz' 'n bißchen aus. Für die Dame im roten Mantel wer'n wir viel Geduld brauchen.«

Um sechs Uhr ging es von neuem durch den Geheimgang, und wir waren eben im Begriff, durch die Schuppentür ins Freie zu treten. Wir hatten noch keine drei Schritte getan, da tauchte schon eine Gestalt vor uns auf.

Asey rührte sich nicht, und ich versuchte, mich in eine Marmor-statue zu verwandeln. Schwer war es nicht. Ich fühlte mich ohnehin wie eine.

Der andere war ebenfalls stehengeblieben. Einige Sekunden lang hörte man nichts.

»Schöner A'md«, sagte Asey schließlich.

Der Fremde lachte. »Ausgesprochen. Düster allerdings. Wenn Asey Mayo jetz' hier vor meiner Nase ständ', den könnt' ich nich' sehen. Den Leuten vom Revier hab' ich gesagt, Asey könnt' nie aus dem Gasthaus rauskomm', ohne daß wir 'n zu Gesicht krie'n, selbst wenn er's wollt'. Hab' ihnen auch gesagt, wahrscheinlich hätt' er gar nich' vor rauszukomm'. Hat er doch auch nich' – oder ham Sie etwa?«

Asey kicherte. »Nich' im geringsten, Hanson.«

»Gut so. Ich bleib' hier stehen. Keiner von uns wird euch sehen. Könn' wir gar nich'.«

»Hanson, das is' großartig, un' ich dank' dir sehr. Bis später.«

Wir eilten zu der Stelle, wo das Coupé des Obersten noch im Weidengebüsch stand.

»Netter Kerl«, sagte Asey. »Syl hat mich wissen lassen, daß die Jungs hier draußen aufgestellt sin'. Ausgezeichneter Mann, der Syl. So, jetz' fahren wir Dorcas Winter besuchen.«

»Wer ist das?«

»Jabes Schwester. 'ne Art Berühmtheit hier. Bei'n netten Nachbarn heißt sie nur 's Auskunftsbüro. Hat zwar kein Büro, aber das brauch' sie auch nich'. Ihr Vater hat 'n Fernrohr un' 'n erstklassigen Feldstecher, un' sie wohn' ja sowieso o'm auf'm Berg, wo sie die ganze Stadt aus der Vogel'spektive sehen könn'. Macht die Gesellschaftsnotizen. Wird auch pro Notiz bezahlt, un' wemma sich die Nachrichten über Weesit anschaut, könnt' ma' denken, 's wär' 'ne blühende Großstadt. Wenn am Donn'stag 'ne Frau mit'm roten Mantel un' 'm roten Hut in der Stadt war, dann is' die Notiz drüber für die Klatschspalte schon geschrie'm, da könn' Sie sich drauf verlassen. Gott sei Dank kann ich dafür sor'n, daß sie unsern Besuch heute für sich behält. Sie hat näm'ich ma', vor zwanzig Jahren oder so, in 'ner Bostoner Zeitung gelesen, 'n gewisser Asa Mayo wär' gestor'm, un' sie hat gedacht, das wär' ich, un' hat mir mein' Nachruf geschrie'm. Sehr freund-licher Nachruf übrigens. Zum Schluß hat sie sogar 'n Gedicht zitiert, ›Thanatopsis‹. Das war die einzige Falschmeldung, die sie je verbreitet hat, un' sie wird nich' gerne dran erinnert. Sons' hätt' sie schon längst 'n Platz für uns in der Gesellschaftsspalte gefun'.«

Wir fanden Miss Winter in der Küche, eben dabei, ein Linsengericht zu verspeisen. Sie war eine hochaufgeschossene, kantige Gestalt. Man hört ja oft von Leuten, die eine Nase für Neuigkeiten haben, aber diese Frau hatte sie tatsächlich. Sie war lang und spitz, wie ein altmodischer Eispickel.

»Ich lebe noch«, begrüßte Asey sie fröhlich, als sie eben aufschreien wollte. »Un' Miss Adams auch, das is' Marks Tante. Un'–«

»Das hab' ich mir doch gedacht!« sagte Miss Winter. »Sie sieht genauso aus wie auf'n Bildern. Asey–«

»Sie hat ja schließlich auch dafür Modell gestan'«, sagte Asey. »Dorcas, wir sin' keine Gespenster, un' wir stecken dich auch nich' mit'n Masern an. Un' ich glaube, wenn du uns was von dem Graubrot da anbieten würdest, wür'n wir's glatt nehm'.«

Miss Winter säbelte riesige Scheiben ab und verlangte, alles über den Mord zu erfahren.

»Das kann ich dir jetz' nich' alles erzählen«, sagte Asey, »da hab' ich keine Zeit zu. Aber vielleich' könntest *du* uns was sa'n, was sehr wichtig für uns is'. Un' wenn du uns da weiterhilfst un' versprichst, daß du 'n Mund hältst, daß wir hier waren, dann kriegst du, wenn wir Eves Mörder erst ma' geschnappt ham, die ganze Geschichte als allererste erzählt.«

Auf der Stelle steckte Dorcas ihr Notizbuch weg und versprach, kein Sterbenswörtchen zu sagen.

»Schön. Also. Donn'stag nachmittag war 'ne Frau hier in der Stadt. Ge'n drei kam sie zum Gasthaus. Trug 'n roten Mantel un' 'n roten Hut. Fünf Fuß fünf, um die hunnertzehn Pfund. Hatte 'n seltsam' Gang. Stapfte ir'ndwie.«

»Ich weiß genau, wen du meinst, Asey Mayo! Ich weiß es! Celia – Delia – Gloria – Flora – Nora – Dora, mein Gott, was war es doch nur, irgendwas, was wie Gloria klang. Floria. Columbia. – Der Name liegt mir auf der Zunge! Columbia – Gloria–«

»Halleluja vielleich'?« brachte Asey ins Gespräch.

»Himmels willen, nein, Asey Mayo! Wer hätte jemals – wie heißt denn bloß das Lied? Gloria in excel– Gloria in irgendwas! Gloria – jetzt hab' ich's. Celeste! Stimmt. Celeste Rutton. So heißt sie. Verkauft Kompendien.«

»Kompendien?« fragte ich. »Was ist das?«

»Wenn Sie mein', das wären Quetschkommo'n«, sagte Asey, »dann irren Sie sich. Ich weiß, was du meinst, Dorcas. 'n Kompendium mit Wissenswertem, mit akt'ellen Ergänzungen, 'm Radioprogramm zum Beispiel oder der 'völkerungsdichte von Sarawak. War sie hier auch?«

»Ja. Aber wir ham Kompendien genug, un' ich hab' ihr auch zu verstehen gege'm, daß *Farmer's Almanach* alles is', was ma' braucht. Ich hab' für sie die Wäsche gemacht, wie sie im Gasthaus wohnte.«

»Was?« riefen Asey und ich unisono.

»Aber ja. Ma' überle'n – das muß – das war dieser trockene Sommer. Vor drei Jahren. 's fällt mir wieder ein, weil sie so viele weiße Kleider hatte, die waren dauernd dreckig. Früher war sie Schriftstellerin, aber hat wohl kein Glück mit gehabt, un' nu' verkauft sie Kompendien. So ge'n zwei war sie hier.«

»In welche Richtung is' sie weitergegang', Dorcas?« fragte Asey, während er schon nach seinem Hut griff. »Runter zum Cape?«

»Ich glaub' schon. Gestern wollt' sie Eastham abklappern, un' heute wird sie in Wellfleet sein, nehm' ich an. Hat mich gefragt, wo ma' übernachten kann, un' ich hab' ihr Lyddy Howe in Wellfleet empfohlen, un' wenn sie da is', dann is' sie wahrscheinlich da.«

»Hatte sie 'n Auto?«

»Schon, aber sie sagt, in der Stadt würd' sie's nich' nehm'. Wenn einer mit'm Auto kommt, dann denken die Leute, 's käm' Besuch, un' ärgern sich, wenn's nur 'n Buchverkäufer is'. Deshalb würd' sie lieber zu Fuß gehen. Brecht ihr schon auf?«

Asey nahm sich noch eine Scheibe Brot. »Jawoll. Hab' vielen Dank, Dorcas. Un' dein Brot is' das beste auf'm ganzen Cape Cod. Wenn ich kann, laß ich dich wissen, wie's weitergeht.«

Wir bestiegen den Wagen und schossen hinunter zum Cape.

»Eine Schriftstellerin!« sagte ich, während wir dahinrasten. »Und sie hat bei Eve gewohnt. Hören Sie – ich glaube, ich erinnere mich sogar, von dieser Celeste Rutton gehört zu haben. Sie schreibt – oh, ich bin sogar sicher, daß ich einige von ihren Büchern zu Hause habe. Aus der großen Gesellschaft, jeder trägt Zylinder und Gardenien, die Frauen von Kopf bis Fuß in Parfüm und Orchideen–«

158

»Heftchenromane für'n gehobenen Geschmack?« schlug Asey vor.

»Könnte man sagen. Das ist die Art von Büchern, die ich von Mark geschenkt bekomme. Der weiß, daß ich nichts so sehr mag wie eine gute alte Dreiecksgeschichte, die am Ende glücklich ausgeht. Gar nicht so leicht zu finden, heutzutage. Diese Miss Rutton – ich weiß, daß ich schon seit langem nichts mehr von ihr gelesen habe.«

»Nich' ma' Schlagzeilen?« fragte Asey hinterhältig.

»Keine einzige. Aber ich wette, der Grund, warum sie Bücher verkauft, statt sentimentalen Schmus für Hausfrauen zu schreiben – ich wette, da steckt Eve dahinter!«

Asey lächelte. »Da würd' ich nich' gegen wetten. Ich wünscht', ich hätt' mein Auto! Benzin brauchen wir auch. Zu Hause hab' ich jede Menge für mein Boot, aber 's is' mir zu riskant, da jetz' hinzufahren. Naja, auch bei dem Tempo müßten wir in elf Minuten da sein.«

Das waren wir. Er fuhr mit der nonchalanten Geschwindigkeit eines Malcolm Campbell. Zehneinhalb Minuten waren vergangen, als wir an einem Cape-Cod-Haus nicht weit von der Hauptstraße von Wellfleet einbogen.

»Heimisches Revier«, sagte er. »Oho. Da geht gerade jemand ins Haus. Miss Rutton womöglich?«

Das Mädchen drehte sich auf der Schwelle um, als er rief, und kam langsam auf das Auto zu.

»Miss Rutton, ob Sie wohl 'n paar Minuten Zeit für uns hätten? Ich bin Asey Mayo, von hier, un' das is' Miss Elspeth Adams.«

Im spärlichen Licht der Straßenlampe konnte ich nicht allzuviel von Miss Rutton sehen. In Größe und Körperbau glich sie Lila Talcott, und sie war ebenfalls blond. Aber ihre Gesichtszüge waren energischer und kräftiger, und ihr Kinn verriet Entschlossenheit. Selbst in dem schwachen Licht konnte ich sehen, daß sie einen roten Mantel und einen roten Hut trug.

»Auf so etwas hatte ich schon gewartet.« Sie hatte eine dieser rauchigen, schon beinahe heiseren Stimmen, wie sie gerade in Mode sind. »Sie wollen sicher wissen, was ich am Donnerstagnachmittag im Gasthaus gemacht habe.«

»Stimmt genau.«

»Also denn. Ich ging hin, um Eve Prence klarzumachen, was sie mir angetan hatte mit ihren schmutzigen Geschichten. Sie sollte ihre Schadenfreude auskosten können. Aber der Türklopfer ließ sich nicht bewegen. Damit war meine Entschlossenheit dahin, und ich verlor den Mut. Ich wäre hineingegangen, wenn der Klopfer funktioniert hätte, aber so blieb es mir erspart. Und wie es scheint, blieb mir noch einiges mehr erspart. Ich machte also kehrt und ging die Auffahrt wieder hinunter. Und, was Ihnen gar nicht gefallen wird, ich kann es beweisen. Ich ging zum Nachbarhaus weiter unten und war um eine Minute nach drei dort.«

»Sicher bei der Zeit?«

»Gott sei Dank, ja. Der Uhrmacher war da und hantierte gerade an einer alten Standuhr herum. Sie schlug, als ich hereinkam, und dann rückte er sie eine Minute vor. Ich stellte meine eigene Uhr. Sie ging nach. Und ich blieb eine Stunde lang dort und verkaufte vier Bücher. Die gute Mrs. Knowles will sie zu Weihnachten verschenken – die raffinierteste Rache, die man sich ausdenken kann. Stellen Sie sich vor, wie ihre Freunde und Bekannten sich einen Brief abringen müssen – ›Vielen Dank für das reizende Kompendium. Das war genau, was ich mir schon lange gewünscht habe, und ich hatte gehofft –‹«

Ich stimmte in Aseys Lachen ein, aber ich muß zugeben, es war eine große Enttäuschung, daß sie ein Alibi hatte.

»Aber wenn Sie der berühmte Asey Mayo sind«, fuhr Celeste Rutton mit ihrer durchdringenden Stimme fort, »dann wundert es mich, daß Sie der Sache mit dem Dolch noch nicht auf die Spur gekommen sind. Anne Bradford ist natürlich unschuldig. Ich kenne Anne schon seit Jahren – ich bin mit ihr zur Schule gegangen, als wir noch beide reich und verwöhnt waren. Was die Zeitungen da von einem Messer reden, ist doch völliger Unsinn. Sie müssen sich die Pistolen im vorderen linken Zimmer ansehen, die beiden Pistolen, die über dem Kamin hängen, an der Vertäfelung. Da stecken Dolche drin. Und der Rest ist ja dann ein Kinderspiel.« Sie machte eine Pause, denn sie wußte, wir hatten die Ohren gespitzt. »Fragen Sie mich, warum.«

»Warum?« fragte Asey gehorsam.

»Weil Sie sich dann nur noch den jungen Mann schnappen müssen, der sie mir vor drei Jahren gezeigt hat, als ich in diesem Zimmer wohnte. Alex Stout.«

Kapitel 14

»Tja«, sagte Asey, »das sin' so Sachen. Sa'n Sie, Miss Rutton, würd 's Ihn' was ausmachen, wenn Sie sich mit hier reinquetschen un' 'n bißchen mit uns spazierenfahren? Lyddy Howes steht näm'ich schon hinter ihren Spitzenvorhäng', un' 's wär' mir gar nich' recht, wenn uns'e Expedition allzu publik gemacht würd'.«

»Aber sicher.« Miss Rutton stieg ein. »Man wird zwar immer gewarnt, in fremde Autos zu steigen, aber das wäre ein schlechtes Geschäft, wenn Sie mich kidnappen wollten. Passen Sie lieber auf Ihre Brieftaschen auf.«

»Das Risiko gehen wir ein«, sagte Asey. »Außerdem brauchen wir Benzin, un' in der ganzen Stadt gibt's kein' Laden, wo ich gerne anhalten würd'. 's kenn' mich zu viele Leute. Ob ihr zwei mich wohl hier absetzen könnt' un' dann tanken fahren? Immer der Straße nach, 'ne Meile oder so bis zur Tankstelle.«

»Bemerkenswerter Mann«, kommentierte Miss Rutton, während ich auf die Fahrerseite rutschte und wir uns auf den Weg machten. »Starke Persönlichkeit.«

Da stimmte ich von Herzen zu. »Je besser ich ihn kennenlerne«, fügte ich hinzu, »desto mehr bewundere ich ihn. Da hatten Sie ja großes Glück, daß dieser Uhrmacher gerade da war.«

Sie lächelte. »Das Gefühl habe ich auch, seit ich gestern die Zeitung gesehen habe. Manchmal in meinem Leben gab es kurze Augenblicke, wo das Glück mir nahe war, obwohl das sonst gar nicht seine Art ist. Oder ist es eine sie? So, ich glaube, der Tank ist voll.«

Ich zahlte, und wir fuhren zurück zu dem Wäldchen, wo wir Asey abgesetzt hatten.

»Ich bin ganz kribbelig vor lauter Fragen«, sagte er. »Hauptsächlich über Alex. Aber wür'n Sie mir zuerst erzählen, was es da für Streitereien mit Eve gab, wenn's Ihn' nix ausmacht?«

»Ausmachen? Guter Mann, das hätte ich Ihnen so oder so erzählt. Ich kam prächtig zurecht mit der Schriftstellerei. Dann war ich vor drei Jahren in Eves Gasthaus, und sie schrieb einen Artikel über mich. In dem Artikel stand absolut nichts, weswegen ich sie hätte verklagen können, aber er war verantwortlich für die abscheulichsten Klatschgeschichten, die man sich vorstellen kann. Für Schriftsteller gibt es ja fast nie Publicity, die nicht nützlich wäre oder zumindest akzeptabel, aber in diesem Falle war sie es nicht. Und es war eine von diesen Klatschgeschichten, bei denen man sich nicht hinstellen und sie öffentlich abstreiten kann. Ich war so fertig mit den Nerven, daß das Buch, an dem ich gerade schrieb, völlig danebenging. Der Verleger lehnte es ab. Kündigte den Vertrag. Es war der einzige Verlag, der solche Sachen bringt. Die Zeichen standen damals auf ›Zurück-zur-Scholle‹-Büchern, keiner wollte Orchideen. Kurzgeschichten habe ich nie zustandegebracht, obwohl Alex mir sein Patentrezept verraten hat. Für die billigen Zeitschriften hatten meine Sachen zu wenig Handlung, und die teuren hatten so viel Material in ihren Archiven, daß sie zehn Wirtschaftskrisen damit durchgestanden hätten. Am Ende war ich völlig ruiniert, und alles, weil ich, als ich bei Eve logierte, zufällig einen Männerhaarschnitt trug.«

Asey schnaufte. »Versteh', was Sie mein'. Erinner' mich jetz' sogar wieder an 'n paar von den Geschichten.«

Ebenso wie ich. Celeste Rutton, dachte ich mir, hatte allen Grund, Eve zu hassen.

»Aber ich bin damit fertiggeworden«, fuhr sie fort. »Dieses Bücherhausieren war die Hölle hoch drei, aber es hatte auch seine unterhaltsamen Seiten. Ich habe viel gelernt, über die menschliche Natur, falls das der richtige Ausdruck ist. Mein Gott, letzten Monat habe ich mehr verdient als drei x-beliebige von den vierhundert Verkäufern, die diese verdammte Firma hat, zusammen! Vom übernächsten Monat an habe ich wieder Arbeit in New York, am Schreibtisch. Echte Büroarbeit. Und ich habe einen Roman halb fertig. Einen verdammt guten, wenn ich das sagen darf. Das Mädchen hier hat ihr Leben im Griff.«

Sie zündete sich eine Zigarette an und reichte mir das Etui. »Aber jetzt, wo klar ist, daß ich mit der ganzen Sache nichts zu tun habe, kann ich zugeben, was für eine Genugtuung Eves Tod für mich ist. Das hört sich nicht gerade anständig an, aber ich glaube, ich habe Grund genug dazu. Bedauerlich, daß sie ermordet wurde, aber der Gedanke macht mich glücklich, daß ich nie wieder etwas mit Eve Prence zu tun haben werde.«

»Ham Sie ein'tlich e'm gesagt, Alex Stout wär' 'n Freund von Ihn'?« fragte Asey. »Das is' 'ne persönliche Frage, aber ich bin 'n bißchen neugierig.«

»Ich kenne Alex seit Jahren. Ihre Vermutung stimmt schon, Mr. Mayo. Eve hat diese ganze Hetzkampagne gegen mich aufgebracht, weil sie meinte, er interessiere sich zu sehr für mich. Eve hat sich ja immer furchtbar mit ihm angestellt. Ich habe mir schon Gedanken gemacht, wie sie sich wohl an Lila rächt.«

»'s waren nich' zufällig Sie, die Eve erzählt hat, daß ma' die bei'n oft zusammen sieht, oder?«

»Nein«, antwortete Celeste Rutton mit Bestimmtheit. »Ich würde nie jemanden an Eve ausliefern, dazu habe ich die Menschen zu gerne. Wenn Eve die Beziehung zwischen den beiden für eine ernste Sache hielt, dann muß für Lila das Leben dort die absolute Hölle gewesen sein. Ich kann mir allerdings vorstellen, wer der Informant war. Ein spanischer Gitarrist, der letzten Winter ganz groß rauskam. Er schwärmte für Lila, und sie ließ ihn abblitzen. Einer von der Sorte, die einem das Messer in den Rücken stoßen. Curly Vance, ein befreundeter Journalist, hat mir vor langem von Lila und diesem Spanier geschrieben.«

»Sie mein' also, Alex wußt' von den Dolchen.«

»Das meine ich nicht, da bin ich mir sicher. Ich hatte etwa eine Woche in dem Zimmer gewohnt, als er davon sprach. Er sagte, er sei durch Zufall hinter das Geheimnis gekommen, und nun achte er immer darauf, ob es jemand anderem auffiele. Bis dahin noch niemandem, sagte er. Die Leute hätten keinen Sinn fürs Detail. Und dann legte er los – Leute, die mit geschlossenen Augen Treppenstufen und Leitungsmasten zählen können und die ganze Sache mit dem visuellen Gedächtnis. Wozu es allerdings für einen Schriftsteller gut ist, wenn er weiß, daß es zum Kriegerdenkmal dreiundsechzig Stufen hochgeht, ist mir ein Rätsel.«

»Mein' Sie wirklich, Alex war's?«

»Da würde ich drauf wetten.« Sie lachte. »Mehr kann ich dazu nicht sagen.«

»Nich' 'ne Kombination aus Lila Talcott un' Alex, oder Lila alleine?«

»Keine Kombination. Zwei bewahren eher kühles Blut als ein einzelner. Lila sowieso nicht. Sie ist nicht das hilflose Dummchen, als das sie sich immer gern hinstellen möchte. Das ist ihre Art, sich zu schützen, und es funktioniert ja auch. Es gibt immer jemanden, der ihr ein Taxi ruft oder ihre Zollformalitäten erledigt oder sich um ihr Gepäck kümmert. Aber sie ist raffiniert, und sie weiß, daß sie nicht die Intelligenz hat, mit einem Mord davonzukommen. Aber bei Alex – da liegt die Sache ganz anders. Der ist raffiniert *und* intelligent. Irgendwie nimmt man einen so dünnen Mann nie ganz ernst, genauso, wie man einen sehr dicken Mann nie ernst nimmt. Alex ist keiner von denen, die man auf den ersten Blick oder beim ersten Treffen durchschaut. Man muß ihn schon eine Weile kennen, bevor man merkt, was für ein ausgesprochen kluger Mann er ist.«

Ich stimmte ihr zu. Auf den ersten Blick hatte Alex Stout mich nicht beeindruckt, aber allmählich begann ich, die verschiedenen Seiten seiner Persönlichkeit zu entdecken.

»Denken Sie nur an seine wunderbaren Wutanfälle, wenn er zu allem fähig ist, in Worten wie in Taten«, fuhr Miss Rutton fort. »Für einen dünnen Mann sind seine Ausbrüche ausgesprochen bemerkenswert. Wahrscheinlich nur eine Frage der Hormone, aber immerhin.«

Ich überlegte, was die Schriftsteller wohl benutzt hatten, um Menschen zu charakterisieren, bevor die Hormone allgemein bekannt wurden.

»Das wär's. Wir schauen noch bei Oma Knowles vorbei un' überprüfen Ihre Geschichte, nur so zur Sicherheit. Sie ham uns sehr geholfen.«

»Ich dachte mir schon, daß Sie das tun würden. Sie werden sehen, es stimmt alles. Für mich ist das die letzte Bestätigung, daß es aufwärts mit mir geht. Ich habe das sichere Gefühl, wenn ich damals das Haus betreten hätte, würde ich jetzt in Annes Haut stecken.«

Asey hielt bei Mrs. Howes. »Mit Sicherheit«, sagte er. »Oh – ich verlaß' mich darauf, daß Sie Liddy sa'n, wir wären zwei Geschäftsreisende gewesen. Un' Sie könn' mir 'n Dutzend Kompendien schicken.« Er holte seine Brieftasche hervor.

»Das brauchen Sie aber doch nicht –«

»Ich will sie wirklich«, sagte Asey. »Weihnachtsgeschenke. Kenn' viele Leute, die 'n bißchen Bildung gebrauchen könn'.«

»Na gut. Sehr anständig von Ihnen. Es ist ja auch wirklich ein bemerkenswertes Buch. Schon seit zwei Jahren lese ich mich mit dem Kapitel ›Selbstbeherrschung‹ in den Schlaf. Ich bin bis Montagmorgen hier, und wenn ich noch irgend etwas für Sie tun kann, das mache ich gerne.«

»Das Mädchen gefällt mir«, sagte Asey, während es in rasender Fahrt zurückging. »Un' sie hat noch mehr Glück gehabt, als wie sie denkt. Hm. Ich erinner' mich, daß Bill Porter mir diesen Artikel über sie gezeigt hat. Keine schöne Sache. Hm. Je mehr wir die Brühe aufrühren, desto ungenießbarer sieht sie aus. Ich schau' hier ma' e'm bei 'ner Cousine von mir rein – jawoll, noch eine – un' mach' 'n paar Telefonate.«

Ich wartete draußen im Wagen, während er ihre Angaben überprüfte, die von Mrs. Knowles und dem Uhrmacher bestätigt wurden. Dann waren wir wieder unterwegs.

»Was ist mit Alex?« fragte ich. »Sollten –«

»Der is' uns ja zu Hause sicher. Wir fahren jetz' nach Hyannis zu Bill Hardin'. Ich weiß, wo er meistens absteigt.«

Aber dort war er nicht, und wir brauchten mehrere Stunden, bis wir ihn aufgespürt hatten. Wir fanden ihn schließlich in einer Pension in einer düsteren Seitenstraße. Es war ein schlichtes Fachwerkhaus, das einen neuen Anstrich vertragen hätte, und der Flur strömte einen Hauch von Kohl und Desinfektionsmittel aus. Das Wohnzimmer, in das die Wirtin uns führte, schlug mich auf der Stelle in seinen Bann. Die größte Aufmerksamkeit zog, abgesehen von einem Gemälde der Schlacht von Gettysburg, das Klavier auf sich, dessen Deckel ein smaragdgrüner Läufer zierte, auf dem eine schon etwas angegraute gipserne Nikestatue atemberaubend balancierte. Auf dem Notenständer lagen *Trees* und *Dardanella*. Die Möbel, von denen es entschieden zu viele gab, waren stahlblau, und den Teppich zierten riesige, abgeschabte Pfingstrosen. Bill Harding erbleichte, als wir das Zimmer betraten, und er begann am ganzen Körper zu zittern – ich war mir nicht sicher, ob es an uns lag oder an der Inneneinrichtung.

Asey begann ohne große Umschweife.

»Bill, wir kenn' die ganze Geschichte. Der Schuß, un' alles, was danach kam. Alles über Martin Smith un' seine Schecks un' übern Kombiwa'n un' daß du nich' bei'n Freimaurern warst, wie du deiner Frau weisgemacht hast, un' auch nich' auf'm Sonderzug – so was kannst du Nate Hopkins erzählen!«

»Asey«, fragte Bill Harding zitternd, »du – du glaubst doch nich', ich hätte Eve umgebracht?«

165

»Soweit wir das mit'n Lücken, die wir noch ham, beurteilen könn' – ja. Tut mir leid, Bill, aber so sieht's aus. Aber wenn du mir was erzählst, wo wir uns'e Lücken mit füllen könn', un' wenn's auch noch wahr is', was du erzählst, dann brauchst du dir vielleich' nich' mehr ganz so viele Sorgen machen. Un' jetz' hör' auf, dich wie 'ne Espe zu benehm'. So gut wie nix auf der Welt is' so schlimm, wie du aussiehst.«

»Also, der Schuß.« Mr. Harding schluckte. »Jawoll, Asey, ich hab' am Samstag auf sie geschossen. Am Freitag hab' ich in Boston erfahren, dasses keine Chancen gibt, daß Sadie je wieder laufen kann. Tja, deswe'n hab' ich geschossen. Un' – un' ich bereu' es auch nich'. So, wie ich mich da gefühlt hab', wär' ich froh gewesen, wenn ich sie getroffen hätt'.«

»Wie lange wußtest du 'n, daß sie Sadie überfahren hat?«

»Eve? Sie kam mich besuchen un' hat mir's erzählt, wie Sadie noch im Krankenhaus lag. Sagte, sie hätt' nich' gemerkt, daß sie sie angefahren hätt'. Ich hab' ihr geglaubt. Is' ja wirklich möglich, daß ma' so was nich' merkt, wenn ma' im Schleudern is', un' das war sie ja.«

»Das is' das«, sagte Asey, »was ich die Milch der frommen Denkungsart nenne. Jawoll, möglich is' so was. Wieso hatte sie denn 'n Kombiwa'n, von dem keiner was wußte?«

»Hatte sie in New York gekauft un' wollte 'n gerade nach Hause bring'. Hat sie sehr mitgenomm', Asey, wie sie erfuhr, was passiert war.«

Asey schwieg, und ich malte mir aus, wie Eve in aller Eile ihren Wagen in den Schuppen brachte, die Fenster vernagelte, Schlösser montierte – alles nur Denkbare tat, um zu verhindern, daß sie mit dem Unfall in Verbindung gebracht wurde.

»Wirklich«, fuhr Bill fort, »un' mir tat's ja auch leid. Sie sagte, sie würd' jeden Preis zahlen, damit Sadie die beste Pflege kriegt, für immer. Sagte, sie würd' sich auch öffentlich zu dem Unfall bekenn', obwohl das sehr schlimm für sie wer'n würd', weil ihr keiner glau'm würd', daß sie nix gemerkt hatt'. Ich sagte, 's würd' schon reichen, wenn sie die Kosten übernimmt. Sie wollte 's Sadie sagen, aber ir'ndwie war mir das nich' recht. Sie hat mir gleich Geld gege'm, un' dann kam' je'n Monat Schecks von Martin Smith. Das hat sie so 'rangiert, damit Sadie nix merkt un' die Leute auf der Bank nich' drüber reden. Aber dann hab' ich mich 'n paar Tage später mit Lem Dyer unterhalten, un' der meinte, er wüßt' gar nich', wie Eve nach ihrem Ausflug von New York zurückgekomm' wär'. Sagte, 'n Tag nach'm Unfall wär' sie plötzlich wieder dagewesen, un' mit 'm Zug wär' sie nich' gekomm'. 'n nächsten Tag traf ich ihn, un' da meint' er, sie hätt' Betsey gesagt, Freunde von ihr hätten sie im Auto mitgenomm' un' wären dann nach Provincetown weitergefahren. Lem un' Betsey waren näm'ich nich' da an dem Tag, wie sie zurückkam.«

»Viel was an'res konnt' sie auch nich' sa'n«, kommentierte Asey.

»Jawoll. Aber 's scheint, Asey, daß sie das Betsey schon am Tag nach'm Unfall gesagt hat! Un' zu mir is' sie erst über 'ne Woche später gekomm', versteht ihr?«

Wir verstanden nur zu gut.

»Das heißt also«, fuhr Bill Harding fort, »sie hatte alle Spuren verwischt, bevor sie aus der Zeitung überhaupt wissen konnt', daß sie was zu verbergen hatte. Also muß sie von Anfang an gewußt ham, daß sie Sadie erwischt hatte. Tja – da wußt' ich nu' überhaupt nich' mehr, was ich machen sollte. Eve war ja so unberechenbar. Ich hatte Angst, sie würd' alles abstreiten un' mir überhaupt kein Geld mehr ge'm, wenn ich ihr gesagt hätt', sie hätt' Fahrerflucht begang'. Außer ihren ei'nen Worten hatt' ich ja kein' Beweis, un' bei dem Geld, was sie hatt', hätt' sie Anwälte engagieren könn', die hätten mich achtkantig aus'm Gericht geworfen, wenn ich behauptet hätt', sie hätt' mir gesagt, sie hätt' Sadie überfahren. Also bin ich zu ihr hingegang' un' hab' sie gebeten, sie soll doch Sadie einmal die Woche besuchen, wenn sie in der Stadt is'. Ich dacht' mir – naja –«

»Nem'sis«, sagte Asey. »Superbe Rache.«

»Hm-hm. Ich dacht' mir, Eve tut's vielleicht 'n bißchen weh, un' Sadie freut sich, wenn sie jemand besucht, der sozusa'n aus der großen Welt kommt. Sadie plaudert gern über Bücher un' Leut un' solche Sachen, un' die Nachbarn sin' zwar furch'bar nett zu ihr, aber das is' ei'ntlich nich' die Art von Leuten, die Sadie brauch'. Tja, alles war in Or'nung, bis der Dokter mir letzte Woche gesagt hat, er könnt' nix mehr für Sadie tun. Bis dahin hab' ich mich nich' gerührt, Asey. Eve gab mir für Sadie soviel Geld, wie ich haben wollt', un' 's wurde alles getan, was möglich war. Aber jetz', was sollt' das alles noch? Da bin ich dann wohl 'n bißchen durchgedreht. Ich mußte auch immer an das Auto denken, was sie damit wohl gemacht hatte. Dachte mir, dasses

167

vielleicht in dem vernagelten Schuppen steckte. – Lem hatte von Eve gehört, 's wär', weil die Kinder immer drin spielen wür'n, aber ich hatte da ganz an're Vorstellungen. Ir'ndwie ging mir das nich' aus'm Kopf. Hab' mich dann in der Nähe vom Gasthaus rumgetrie'm. 'n Tag nach dem Tag, wo ich geschossen un' sie verfehlt hatt', hab' ich gesehen, wie sie den Baum, wo die Kugel reingegang' war, 'm jungen Adams gezeigt hat. Ich bin dann hin un' hab' sie rausgeholt. Hab' mich dann doch 'n bißchen geschämt. Scheint, daß die ganze verrückte Idee, ich müßt' sie umbring', mit ei'm Schlag weg war, wie ich geschossen hatt'. War mir klar gewor'n, dasses für mich ja alles nur noch schlimmer würd', weil ich dann kein Geld mehr für Sadie hätt'.«

»Gut. Un' Donnerstagnachmittag, was hast du da getan, Bill?«

»Ich wollt' zu der Versammlung gehen, Asey, aber 's war so 'n schöner Nachmittag, un' bei den 'sammlungen hört ma' ja doch immer nur 's gleiche, also bin ich an die Bucht rausgewandert, un' bei'n Teichen zurück. Auf'm Rückweg traf ich den alten Ran-an-die-Buletten-Carver, un' der hat mir erzählt, Eve wär' ermordet wor'n. Ich wär' beinahe durchgedreht. Ich wußt' nich', was ich tun sollte! Das hieß, 's würd' kein Geld mehr für Sadie da sein, un' 'ne kleine Hoffnung gab's ja immer noch, wenn ma' sie weiter behandelte, daß sie eines Tages wieder laufen könnt', auch wenn der Dokter nich' dran glauben wollt'. Ich – ich war völlig fertig.«

Ich glaubte dem Mann seine Geschichte, obwohl er seine Wanderungen an der Bucht und an den Teichen schließlich genausowenig belegen konnte wie Lila Talcott die ihren. Im Geiste stellte ich mich auf die Seite des pausbäckigen Schaffners, den ich anfangs für nichts als einen ganz gewöhnlichen Klatschonkel gehalten hatte.

»Bill«, sagte Asey, und ich konnte seinem Tonfall entnehmen, daß auch er auf seiten der Hardings stand, »Bill, gibt's denn ir'ndein' Beweis auf Erden, daß du spazierengegang' bist, un' um welche Zeit, un' wo lang?«

Er überlegte einen Augenblick lang. »Jawoll, Asey, den gibt's. Da is' 'ne Frau, die ich getroffen hab', Lila Talcott, das is' die mit dem rotzfrechen Kind. Ich hab' sie am Onkel-Thophs-Teich getroffen, um drei. Sie hatte sich verlaufen, un' ich hab' zu ihr rübergerufen, wo der Weg is'. Aber ich glaub', sie is' dann doch wieder falsch gegang'.«

»Woher weißt du, dasses um drei war?«

»Nu'«, sagte Bill Harding, »ich hab' auf meine Uhr gekuckt. Die Uhr«, fügte er stolz hinzu, »stimmt auf die Minute mit der Uhr vom Südbahnhof überein, schon seit zehn Jahren, solang, wie ich sie hab'.«

»Aber das könn' wir nich' beweisen, Bill«, sagte Asey.

»Könn' wir doch.« Bill nahm allmählich wieder Farbe an. »Die Lok'motivenpfeife.«

»Also hör' ma', Bill, um drei gibt's kein' Zug!«

»Das war 'n Sonderzug, Asey. Der alte Acht-Vierziger hat 'ne Ehrenrunde gedreht für'n Vizepräsidenten, der nach Provincetown wollt'. Ich sollt' ei'ntlich mit, aber dann ham sie Barney Fisk genomm'. Du weißt doch, wie sie für Sadie tuten? *Wa*-wa-wa-*wa*-wa.«

Asey nickte. »Stimmt. ›*To*-hochter *Zi*-ons.‹«

»Genau! Tja, Pete Brady hat getutet, obwohl er wußt', daß ich zu Hause war. Da macht er sich manchma' 'n Spaß draus un' tutet, wenn ich zu Hause bin. Wie ich das gehört hab', hab' ich auf meine Uhr gekuckt, un' 's war gerade drei. Mrs. Talcott hab' ich dann 'n paar Minuten später getroffen.«

Asey lächelte zu mir herüber.

»Das paßt«, sagte ich. »Erinnern Sie sich – Lila hatte eine Lokomotive gehört, kurz bevor oder kurz nachdem sie jemanden nach dem Weg fragte.«

»Das paßt«, sagte Asey, »wenn Pete Brady 's bestätigt. Is' er hier, Bill? Gut. Geh ihn ma' holen. Stimmt«, fuhr er fort, während Harding aus dem Zimmer schoß, »wenn Brady uns sagt, er hätt' um drei gepfiffen, dann sin' Bill un' Lila aus'm Rennen. Bills Behauptung wär' noch kein Beweis. Aber wenn beide die Pfeife gehört ham, dann gab's auch 'ne Pfeife. Un' dann – ah.«

Bill Harding führte einen kräftigen Mann herein, dessen Gesicht zur Hälfte mit Rasierschaum bedeckt war.

»Ich hab' ihn hergebracht, wie er war«, sagte Bill, »damit ihr nich' glaubt, ich hätt' ihm erst beibring' müssen, was er sa'n soll. Das is' Pete Brady.«

Mr. Brady schien ein wenig verlegen; verständlicherweise, dachte ich. Der einzige Anblick, der noch lächerlicher wirkt als der eines Mannes, dessen Gesicht halb mit Rasierschaum bedeckt ist, ist der einer Frau mit einer halben Gesichtsmaske.

»Hat Bill Ihn' was erzählt von der Pfeife, letzten Donnerstag, beim Sonderzug?«

»Nein«, sagte Brady. »Sie mein', daß ich für Sadie pfeife?«

»Ganz genau. Wann war das?«

»Punkt drei. Ich hab' auf die Uhr geschaut. Un' ich kann Ihn' auch sa'n, wie Sie das überprüfen könn'. Um zwei Minuten nach drei sin' wir durch'n Bahnhof von Weesit gekomm', un' die müssen's im Protokoll ham.«

Asey erhob sich. »Danke. Un' du, mach' dir ma' keine Sorgen, Bill. Für dich war der olle Acht-Vierziger 'n Sonderzug direkt aus'm Himmel. An deiner Stelle würd' ich der Lok'motive 'n Küßchen ge'm, Bill, auch wenn sie noch so verrostet is', un' ihr 'n Kranz an die Nase häng'. Willst du noch ir'ndwas zu der Geschichte sa'n, bevor 'ch mich verabschiede?«

»Ich hab' natürlich die Zeitung gelesen, Asey, un' ich denk' mir, 's muß dieser kräftige Bursche gewesen sein – Tony Dean. Für so 'n Stich braucht ma' 'ne enorme Kraft. Natürlich war's nich' Anne. Völlig unmöglich.«

»War sie auch nich'. Aber bei der Art von Dolch, mit dem's gemacht wor'n is', hätt' ma' nich' besonders kräftig sein müssen, Bill. Den Gedanken hatt' ich auch, ganz zu Anfang, aber Dean war zur fraglichen Zeit mit Miss Adams hier zusamm'.«

Mr. Harding blickte mich vorwurfsvoll an. »*Sie* sin' Elspeth Adams, un' da lassen Sie mich die ganze Geschichte von Ihr'm Neffen erzählen!«

»Das war nicht nett von mir«, gab ich zu, »aber wenn Sie gewußt hätten, wer ich bin, hätte ich nie soviel über Weesit erfahren. Auf wen würden Sie denn dann tippen, Mr. Harding?«

»Dieses Kind von Mrs. Talcott. Der is' zu allem fähig. Da muß ma' sich nur den Wagen ansehen, wo er drin war, wie er mit'm Acht-Vierziger ankam. Der Kerl hat zwei Schei'm eingeschla'n un' den Wasserkühler kaputtgemacht un' sechs Sitze aufgeschlitzt un' 'n ganzes Dutzend mit Klebstoff verschmiert. Un' vom – ähm – ›Herren‹ hat er 'n Griff abgerissen. Ich hab' hinterher fast achtzig Dollar von ihr kassiert, so hoch ham wir 'n Schaden veranschlagt.«

Asey lachte. »Hat 'n ganz schön' 'störungstrieb, der Tom Sawyer, aber is' noch nich' alle Hoffnung verloren bei ihm. Also gut, Bill. Sadie sa'n wir nix von der Sache.«

Mr. Harding schüttelte den Kopf. »Is' wohl besser so. Weiß sowieso noch nich', wie ich ihr erklären soll, daß der Onkel gestor'm is'. Das wird schwer.«

»Is vielleich' gar nich' nötig.« Asey öffnete die Tür. »Un' denk dran, wir sin' nie hier gewesen. Jawoll, Bill, ich mußte 'n bißchen in Eves Papieren blättern, un' ich bin sicher, Onkel Martin wird noch viele dicke Schecks schicken. Soviel is' Eve uns wert. Nacht.«

Bevor Bill Harding die Dankbarkeit zum Ausdruck bringen konnte, die deutlich sichtbar in ihm aufstieg, als Asey die frohe Botschaft verkündete, wurde ich schon in das Coupé geschubst, und von neuem rasten wir durch die Nacht.

»Ich bin froh«, sagte ich nach einer Weile. »Ich freue mich für Miss Rutton und für Bill Harding. Und ich bin auch froh, daß Bill Lila entlastet hat, um Erics willen. Aber, Asey, wir wissen zwar nun, daß Alex von den Dolch-Pistolen wußte, aber wie sollen wir jemals etwas beweisen? Wir haben einen Berg von Material gegen ihn, und wir haben heute abend so viel erledigt, aber wir sind trotzdem überhaupt nicht vorangekommen!«

»Denken Sie dran«, sagte Asey, »die eigne Treppe runterfallen is' der erste Schritt, um durch die Welt zu komm'.«

»Das ist jetzt nicht der Augenblick für chinesische Sprichwörter«, sagte ich. »Was machen wir? Morgen ist Sonntag –«

»Is' schon seit 'ner ganzen Weile Sonntag. Machen Sie sich ma' keine Sorgen. Wir ham noch 'n ganzen Tag, un' 'n König, un' 'n Fünfer.«

Erst eine gute Stunde später, als ich eben fertig zum Schlafengehen war, ging es mir auf – der Fünfer, das war ohne Zweifel Bruder Marcus und sein Detektiv.

Kapitel 15

Am Sonntag war ich so früh auf den Beinen wie noch nie, seit ich im Gasthaus angekommen war. Nicht, daß ich gern aufstehen wollte – ich glaube, in meinem ganzen Leben war ich nie müder und erschöpfter als in diesen Tagen. Aber keine zehn Pferde hätten mich länger im Bett gehalten.

Seit mir am vorigen Abend allmählich aufgegangen war, was es mit Aseys geheimnisvollem Fünfer auf sich hatte, ging mir der Gedanke an Boyce Adams nicht mehr aus dem Kopf. Boyce Adams war ein Ur-Ur-Ur- – und womöglich noch ein weiterer »Ur-« – Onkel, der in den Tagen des Präsidenten Andrew Jackson ohne große Bedenken, aufgrund von gewissen Vermutungen, seine Frau erstochen hatte. Wenn man denjenigen unter den Verwandten, die sich mit genealogischen Dingen abgaben, glauben konnte, dann war Bruder Marcus das genaue Ebenbild von Boyce Adams, in den Gesichtszügen wie im Temperament.

Im kalten, klaren, nüchternen Morgenlicht mußte ich mir eingestehen, daß die Ähnlichkeit nicht unbedingt bis zur Messerstecherei gehen mußte, aber nach den Ereignissen der letzten Tage erschien mir so gut wie nichts zu phantastisch oder zu müßig. Ich hatte das Gefühl, jemand hätte mir nur fest ins Gesicht zu blicken und zu verkünden brauchen, mein Astralleib habe sich selbständig gemacht und sei zum Mörder von Eve Prence geworden – ich hätte es mit aller Ernsthaftigkeit erwogen.

Schließlich hatte Asey ja auch erst am Vorabend gesagt, das Rezept, einen Mörder zur Strecke zu bringen, sei nichts als die Verbindung von reicher Einbildungskraft und nüchterner Vernunft.

»Zuerst ma'«, hatte er gesagt, »stellen Sie alle Möglichkeiten zusamm', un' dann suchen Sie sich die 'scheinlichste unter den Möglichkeiten aus, un' die nehm' Sie dann un' rühren 'n ganzen gesun' Menschenverstand dazu, den der liebe Gott Ihn' mitgege'm hat, un' rühren gut um. 's Schlimme is' nur – meistens kriegt ma' 'n Löffel abgenomm', bevor ma' überhaupt richtig angefangen hat mit'm Rühren, un' dann muß ma' wieder ganz von vorn anfang'.«

Ich war gerade mit meinem Frühstück zu Ende, als Asey und Dr. Cummings das Zimmer betraten. Der Doktor, normalerweise wie aus dem Ei gepellt, machte einen ausgesprochen übernächtigten Eindruck.

Er beeilte sich auch, sich zu entschuldigen.

»Ich bin nicht gerade in Hochform«, sagte er, »aber glauben Sie mir, Miss Adams, das hat seine Gründe. Heute morgen gegen drei kam Mrs. Cooper mit Zwillingen nieder, und nachdem ich Mutter und Töchter sicher versorgt hatte, bin ich noch unseren Freund Quigley besuchen gefahren. Gestern forderte er mit einer solchen Vehemenz das Messer, daß ich es lieber aus dem Safe geholt und ihm gebracht habe.«

»Aber –«

»Aber ich glaube, wir haben alle hinterhältigen Pläne, die er vielleicht hatte, vereitelt. Jimmy Bell, der Stadtfotograf, hat Bilder von Messer und Schneide gemacht, mit einem Maßstab daneben, und davon bekommen wir Vergrößerungen. Wenn sie irgendwelche schmutzigen Tricks versuchen, sind wir auf alle Fälle im Vorteil. Syl und Anne habe ich auch gesehen. Geht beiden gut. Anne läßt alle grüßen, und für Mark hat sie mir einen Brief mitgegeben.« Er gähnte. »In meinem nächsten Leben werde ich Bibliothekar. Das würde mir gefallen, am Schreibtisch und mit geregelter Arbeitszeit. Naja, ich sehe mal zu, daß ich weiterkomme, Asey. Lassen Sie mich wissen, wenn einer der Patienten Hilfe braucht.«

»Welche Patienten? Ist denn jemand krank?« wollte ich wissen.

»Jemand? Norris hat Ohrenschmerzen, Ihr Bruder ist erkältet, und Justus ist in einem jämmerlichen Zustand. Schon den zweiten Abend zuviel von Eves schlechtem Gin. Da hatte er wohl das Gefühl, der Sünde Sold ist nicht nur Not, sondern auch Tod. Hörte, wie er einem Rosenkranz einige sehr böse Worte zu diesem Thema anvertraute. Ich habe ihm zu verstehen gegeben, daß es womöglich tatsächlich sein Tod wäre, wenn er nicht im Bett bleibt, also wird er euch wohl nicht im Wege sein. Bis später dann.«

Er war eben im Aufbruch, da kam Krause ins Zimmer, heftig an seinem Daumen saugend.

»Hallo Doc«, sagte er, »ich hab' einen Splitter hier. Können Sie mir den rausholen?«

Während der Doktor seine Tasche öffnete, hielt er einen wortreichen Vortrag über die weit verbreitete Unsitte, offene Wunden mit den Absonderungen der Schleimhäute in Verbindung zu bringen.

»Was ich Sie noch fragen wollte«, sagte er in jenem forciert jovialen Tonfall, den jeder Arzt für den Beginn einer Operation, sei sie auch noch so winzig, parat zu haben scheint, »ist – nicht bewegen! Er steckt tief drin, aber wenn Sie zappeln, wird's nur noch schlimmer. Was ich Sie fragen wollte, wo waren Sie eigentlich am Donnerstagnachmittag, als hier im Gasthaus all diese Sachen passierten?«

»Ich – au! Ich war mit einem der Dienstmädchen von Oberst Belcher spazieren. Sie –«

»Tatsächlich! Mit einem seiner Dienstmädchen –« Der Doktor warf Asey einen Blick zu.

»'s stimmt. Genau das hat er gemacht. Mit'm Dienstmädchen vom Oberst spazierengegang'. Der sucht sich ja immer 'sonders 'traktive Bediente aus.«

Der Doktor nickte. »Allerdings. So, fertig, Mr. Krause, und lutschen Sie nicht mehr an dem Daumen. Sie sollten überhaupt nicht am Daumen lutschen. So, und jetzt gehe ich, es sei denn, Sie brauchen auch noch meine Dienste, Miss Adams?«

Ich versicherte ihm, den Umständen entsprechend fühlte ich mich ausgesprochen gesund, und er bestätigte mir, ich sähe auch so aus.

»Übrigens«, fügte er hinzu, »wenn Sie ein gutes Werk tun wollen, für die Menschheit im allgemeinen und Tony Dean im speziellen, dann sollten Sie ihm mal ein wenig von der Arbeit mit Norris abnehmen. Der Junge zelebriert eine Orgie an Selbstmitleid, wie ich sie noch nie vorher gesehen habe. Dean ist völlig zermürbt. Erzählte, er versuche gerade, ein Stück zu Ende zu bringen, und ich habe ihn ermahnt, sich zu schonen – sonst ist er selbst bald am Ende.«

Ich versprach, mich darum zu kümmern.

Asey begleitete ihn nach draußen, und fast zehn Minuten lang tuschelten sie an der Türe, während ich beinahe vor Neugier platzte. Es treibt mich zum Wahnsinn, wenn ich nur Stimmen höre, aber nicht mitbekomme, was gesagt wird.

Ich war sicher, sie sprachen über Krause. Es war mir nicht entgangen, wie sie sich vielsagende Blicke zugeworfen hatten. Mit Sicherheit stimmte irgend etwas mit Krauses Alibi für den Donnerstagnachmittag nicht. Was meine Vermutung, Marcus und sein Gehilfe könnten tiefer in diese Sache verwickelt sein, als Asey mich bisher hatte wissen lassen, nur noch bestätigte.

Asey kicherte, als er zurückkam. »Sie sehen aus, als wenn Sie saure Gurken mit Buttermilch gegessen hätten«, sagte er. »Was issen los?«

»Sie verheimlichen mir, was es mit dem Fünfer auf sich hat«, sagte ich.

»Wie mein' Sie das, Miss Kay?« Er schien ein wenig verblüfft.

»Sie wissen genau, was ich meine. Marcus und Krause. Ich nehme an, Sie – hören Sie, was soll all das Augenzwinkern, wenn von Belchers Dienstmädchen die Rede ist? Stimmt es nicht, daß Krause mit ihr aus war? Um diese Sache machen Sie schon lange ein großes Theater.«

»Krause is' bei Ihr'm Bruder angestellt«, sagte Asey. »Angestellt, damit er die Wahrheit sagt.«

»Sie wollen wohl andeuten, er sei angestellt, um Lügen zu erzählen«, entgegnete ich wütend, »nur weil Marcus Anne aus dem Gefängnis holen wollte und dafür Krause sogar zu der Lüge gezwungen hat, er habe Lila gesehen! Asey, Sie glauben doch nicht allen Ernstes, Marcus und Krause hätten etwas mit dieser Angelegenheit zu schaffen? Marcus ist überheblich, das gebe ich zu. Er ist stur, er ist daran gewöhnt, daß alles nach seinem Kopf geht, und er kann einem ziemlich auf die Nerven gehen. Aber Marks Wohl liegt ihm sehr am Herzen, und nur aus diesem Grund ist er hierhergekommen. Es ist mir selbst erst die letzten ein oder zwei Tage klargeworden, wieviel ihm an dem Jungen liegt.«

»Wenn das so is'«, sagte Asey, »wär's 'n da nich' in sei'm Int'resse, Eve so schnell wie möglich aus'm Weg zu krie'n, wenn er erst ma' von Krause erfahren hatt', daß Eve ge'n die Hochzeit von Mark un' Anne war?«

»Blödsinn. Völliger Blödsinn.«

»Kann sein. Aber er wollt' Lila belasten –«

»Hören Sie«, sagte ich, »Sie haben mich so verrückt gemacht mit dieser ganzen Sache, daß mir schon messerstechende Vorväter durch den Kopf geistern und ich mir über Vererbung Gedanken gemacht habe.« Ich erzählte ihm von Boyce. »Aber«, fügte ich

175

hinzu, »das ist nicht weniger absurd, als wenn man – Asey, glauben Sie wirklich, Marcus und – sind die beiden Ihr Fünfer?«

Asey druckste. »Also, Miss Kay, Sie ham ja alles gehört, was ich gehört hab', un' alles gesehen, was ich gesehen hab'. Un' Sie müssen bedenken, daß wir mit Alex ja noch längst nich' fertig sin'. Wir –«

Marcus betrat das Speisezimmer. Gesicht und Nase waren gerötet. Offenbar litt er an einer kapitalen Erkältung.

»Ich habe mich mit Norris Dean unterhalten«, sagte er, nachdem er sich geschneuzt hatte. »Ein ausgesprochen talentierter junger Mann, Elspeth. Aus seinen Gedichten mache ich mir ja nichts, aber sein Musikverstand ist bemerkenswert, das muß ich sagen. Hast du ihn einmal spielen hören?«

»Bisher nicht.« Marcus' eigener Sinn für Musik war seit jeher mehr als nur eine Liebhaberei. Schon seit Jahren subventioniert er Oper und Konzert, und er ist selbst kein schlechter Violinist. Ich glaube, es hat ihn immer sehr bedrückt, daß Mark keine zehn Sekunden lang einen Ton halten kann.

»Wirklich bemerkenswert«, sagte Marcus. »Mr. Mayo, haben Sie irgendwelche neuen Spuren zu bieten? Die Zeit wird allmählich knapp, scheint mir.«

»Wir ham 'ne sehr schöne Spur«, informierte Asey ihn, »'s Problem damit is' nur, daß wir nich' wissen, was wir damit anfang' sollen.«

»Hmnja«, sagte Marcus halb zu sich selbst. »Ja. Diese Flecken.«

»An was für Flecken denken Sie 'n da?« fragte Asey einschmeichelnd.

»Oh, diese bräunlichen runden Flecken auf dem Fensterbrett in Norris' Zimmer«, sagte er, ohne sich darum zu kümmern, daß ich wild mit den Armen ruderte. »Ich habe gestern mit seinem Vater darüber gesprochen. Und von Mrs. Talcott höre ich, Sie haben in ihrem Zimmer ebenfalls welche gefunden. Sind Sie sich Ihrer Sache bei Mrs. Talcott inzwischen sicher? Und haben Sie herausgefunden, was das für eine Frau war, die Krause gesehen hat?«

»Jemand aus der Stadt«, sagte Asey, »der am Donn'stagnachmittag um drei fünf Meilen von hier weg war, der war zur gleichen Zeit ein-, zweihundert Yards von Mrs. Talcott weg. Un' das kamma beweisen. Un' mit der, die Krause gesehen hat, is' alles klar. Ham Sie die Flecken selbst entdeckt?«

176

»Mr. Dean machte mich darauf aufmerksam.«

»Tatsächlich? Wo war'n Sie ei'ntlich am Donn'stagnachmittag, Mr. Adams?«

»Ich?« Er schneuzte sich von neuem. »Ich war unterwegs.«

»Allein, nehm' ich an?«

»Wie der Zufall so will – ja.«

»Wann ham Sie Ihr Büro verlassen?«

»Am Donnerstag war ich den ganzen Tag über nicht im Büro.« Asey holte einen Zettel aus seiner Tasche und studierte ihn nachdenklich. »Stimmt«, sagte er, »waren Sie nich'. Hm. Un' Freitag mor'n sin' Sie zwei Minuten zu spät gekomm'–«

»Ich bin *nicht* zu spät gekommen«, unterbrach Marcus ihn indigniert. »Ich bin in dreiunddreißig Jahren noch nie zu spät ins Büro gekommen. Ich kann mich rühmen, vor den meisten meiner–«

»Mir wurde berichtet, Sie wären zu spät gekomm'«, beharrte Asey.

»Sie – Sie besitzen die Unverfrorenheit, mich zu – haben Sie mich überwachen lassen, Mr. Mayo?«

»W'um nich'?« fragte Asey. »Machen *Sie* doch mit Mark die ganze Zeit, oder?«

»Aber ich – ich–« Marcus machte eine Handbewegung, als wolle er Asey den Zettel entreißen, doch der steckte ihn in aller Ruhe mir zu.

Geistesabwesend las ich, was darauf stand.

Es lautete: »Suppenfleisch. Hundekuchen. Käse (Roq.). Zeitungsgeld. Schnur. Tanken.«

Allem Anschein nach bluffte Asey Bruder Marcus nur.

»Erzählen Sie uns doch einfach alles vom Donn'stagnachmittag.«

Was Marcus dann auch tat, wutschnaubend und *en détail*. Seiner Beschreibung nach gab es mindestens zwanzig Leute, die für jeden einzelnen Augenblick des Tages Zeugnis hätten ablegen können, von der Minute, in der er aufgestanden war, bis zu der Zeit, zu der er zu Bett ging. Die Liste von Namen, Adressen und Telefonnummern, die er niederschrieb, nahm kein Ende. Schließlich unterbrach Asey ihn.

»Gut«, sagte er. »Das reicht. Un' jetz' zu Krause.«

Mit der gleichen Entrüstung und Umständlichkeit setzte sich Marcus für Krause ein. Wenn Asey den Strom von goldgestickten, perlenbesetzten Referenzen für seinen Detektiv nicht unterbrochen hätte, wäre Marcus wohl noch den Rest des Tages in dieser Art fortgefahren.

»Das hört sich ja alles hübsch an«, sagte Asey, »aber ir'ndwie kamma doch die Tatsache nich' ganz übersehen, daß Krauses Geschichte Käse ersten Ranges is'. Voll mit Löchern. Zum Beispiel sagt er, er wär' mit'm Diens'mädchen vom Oberst ausgewesen –«

»Wenn er das sagt«, unterbrach Marcus, »dann stimmt das auch. Krause ist absolut verläßlich.«

»Sollt' ma' denken. Aber nu' isses so, daß Belchers Bediente am Mittwochnach'tag mit'm Zug nach Washington gefahren sin'. Im Au'nblick hat er nur ein' von sein' alten Feldwebeln, der 'n versorgt.«

»Unmöglich«, sagte Marcus mit Überzeugung. »Völlig unmöglich. Lassen Sie Krause herkommen, Mr. Mayo. Ich versichere Ihnen, es handelt sich um ein Mißverständnis. Nun verstehe ich, wie Sie auf die Idee kommen konnten, wir – holen Sie ihn her!«

Asey spazierte hinaus und kam kurze Zeit später mit Krause zurück. Es schien Krause ausgesprochen peinlich zu sein, als Asey den Namen seiner Freundin wissen wollte. Er wurde sogar rot.

»Ich weiß ihn nicht«, gestand er schließlich. »Ich – ich habe sie immer nur Molly genannt.«

»Hieß sie so«, bohrte Asey weiter, »oder nenn' Sie all Ihre Freundinnen Molly?«

»Oh nein, das war schon ihr Name. Nur, ich – naja, ich kannte sie nicht so gut, daß ich ihren Nachnamen wußte.«

Bruder Marcus wand sich angesichts dieses Zeugnisses moderner Sitten und Umgangsformen.

»Meine Güte«, murmelte Asey, »was der alte Knigge dazu sa'n würd'. Sin' Sie sicher, Krause, daß sie beim Oberst arbeitet?«

»Das hat sie mir selbst gesagt. Und ich habe mich immer an der Einfahrt zum Haus des Obersten von ihr verabschiedet.«

»Wie sieht sie aus?«

Bedenkt man, wie exakt die Beschreibung Celeste Ruttons aus ihm hervorgesprudelt war, schien Krause nun seltsam diffus. Sie sei hübsch, sagte er, nicht gerade klein, aber auch nicht groß, und etwas mollig; was aber nicht heißen solle, sie sei dick.

Nachdem er eine Weile so um die Sache herumgeredet hatte, ergriff Asey das Wort. »Wir ham jetz' verstan', daß Sie einer von den' sin', die Gefühl un' Geschäft gut aus'nanderhalten könn'. Nu' aber ma' los, Mann! Prof'sionell.«

»Ähm. Fünf Fuß – ähm – drei. Gewicht hundert – na – vierzig. Mittelblond. Um die zwanzig. Bunt gekleidet –«

»Keine Dienstkleidung?«

»Nein. Außerdem trug sie Ohrringe.«

»Das paßt aber zu kei'm von'n Mädchen vom Oberst«, sagte Asey. »Könn' Sie sich 'n nich' was Besseres einfallen lassen? Wenn ich 'n Mädchen erfinden würd', dann würd' ich wen'stens 'n hübsches erfin'.«

Krause wirkte verblüfft. »Aber hören Sie«, sagte er, »das ist die Wahrheit! Also, sie hat mir gesagt, sie sei –«

»Sie sin' nich' zufällig am Donn'stagnachmittag höchst'sönlich hier im Gasthaus gewesen?« fiel ihm Asey ins Wort. »Auf Weisung von unserm Mr. Adams hier?«

Marcus und Krause bekamen gleichzeitig einen Wutanfall.

»Schon gut«, sagte Asey. »Aber schließlich ham Sie Mrs. Talcott die Sache anhäng' wollen, un' der Frau im roten Hut. Also, Mr. Adams sein 'sicherungen glaub' ich, aber *Sie* müssen mir noch 'ne Menge Beweise liefern, bevor ich Ihre Geschichte glaube, Krause.«

Plötzlich wurde Krause detailfreudiger. »Sie hatte eine hohe Stirn, hohe Backenknochen, zierliche Gelenke. Sie sprach auch Französisch.«

»So so, Französisch. Da –«

Asey hielt inne, als der Doktor ins Zimmer gestürmt kam. Hatte er schon bei seinem vorigen Besuch einen fahrigen Eindruck gemacht, so war er nun völlig verstört.

Er warf sich in einen Sessel, sprang wieder auf, ging mit großen Schritten auf dem Läufer vor dem Kamin auf und ab und raufte sich im wahrsten Sinne des Wortes die Haare.

»Was spielen Sie da?« fragte Asey neugierig. »Spartacus un' die Gladiatoren, oder sprechen Sie 'n Fluch über Rom aus?«

»Asey, ich war gerade bei mir zu Hause. Stellen Sie sich das vor. Ich hatte Ihnen doch erzählt, daß Jimmy das Messer mit Maßstab fotografiert hat, so daß wir vor Quigleys Tricks sicher sein konnten?«

»Jawoll. Da kann –«

»Hören Sie zu. Ich kam nach Hause, als meine Frau und Reynolds, der Kollege aus Wellfleet, Jimmy gerade versorgten.

Martha hatte Reynolds gerufen, weil sie nicht wußte, wo ich war. Er war –«

»Was is' denn nu' ei'ntlich passiert?«

»Also – die Geschichte, soweit ich sie kenne, ist folgende. Ich – mir fehlen einfach die Worte! Vor zwei Stunden hat irgend jemand bei Jimmy angerufen. Meldete sich mit meinem Namen, und Jimmy sagt, er hätte sich auch so angehört. Gab ihm Anweisung, er solle mir die Bilder und Negative auf der Stelle überbringen, ich würde an der Straße zum Steinbruch auf ihn warten. Er solle niemandem sagen, wohin er führe. Und da ich ihm eingeschärft hatte, die Bilder vertraulich zu behandeln, und da er wußte, daß sie besonders wichtig waren, hielt er die Sache für sauber und folgte den Anweisungen!«

Asey nickte. »Versteh' allmählich. Hat er viel abgekriegt?«

»Es geht. Er fuhr hin, stieg aus, und jemand schnappte ihn sich von hinten. Sie kennen ja das Gebüsch an dieser Stelle! Sie haben ihn zusammengeschlagen, die Bilder und Negative gestohlen und sich aus dem Staub gemacht. Als er wieder zu sich kam, hat er sich zu seinem Auto geschleppt und kam zu meinem Haus, in fürchterlichem Zustand. Martha holte Reynolds, und sie haben ihn verarztet. Keine bleibenden Schäden, zum Glück –«

»Hatte er nich' noch 'n zweiten Abzug zu Hause?«

»Doch. Wir haben bei seiner Mutter angerufen, und die sagte uns, ein Mann sei dagewesen und habe sie abgeholt. Er verlangte sie, und sie hat sie ihm gegeben! Sie hatte ihn noch nie gesehen, konnte nichts über sein Aussehen oder sein Auto sagen, überhaupt nichts. Aber sie hat ihm die Bilder ausgehändigt, ohne Zögern. Wie sie sagte«, kam der Zorn des Doktors zum Höhepunkt, »hat er sie schließlich verlangt! Beachten Sie die Formulierung. Er *verlangte* sie!«

»Hat Jimmy die Männer erkannt?«

»Nicht mal gesehen. Sie haben ihn von hinten überrumpelt und ihm dann die Augen verbunden, bevor er überhaupt wußte, was mit ihm geschah. Ganz normales buntes Taschentuch, kann man in jedem Kramladen kaufen. Natürlich war es Quigleys Bande. Er hat mich heute wieder nach dem Messer gefragt, ob ich immer noch dächte, es sei nicht das richtige. Wahrscheinlich haben sie mich beschattet, und mein Haus stand unter Beobachtung. Daß ich da nicht dran gedacht habe! Jimmy kam ahnungslos durch den Vordereingang, und jeder weiß, daß er Fotograf ist. Er hatte seine Kamera dabei. Sie haben ihn gesehen und sich ihr Teil gedacht. Und wenn jetzt das Messer wieder auftaucht, dann hat es genau die Dicke, die es haben soll, da könnt ihr euch drauf verlassen!«

»Aber«, sagte ich, »allein schon die Tatsache, daß Jimmy überfallen und zusammengeschlagen worden ist, wird doch schon beweisen–«

Der Doktor schüttelte den Kopf. »Es wird heißen, ein Reporter habe dringend ein Bild gebraucht. Glauben Sie nur nicht, die hätten keine Ausrede parat. Asey, damit sind wir am Ende! Wenn wir ihnen jetzt das Messer aus der Pistole zeigen, können wir überhaupt nichts mehr damit ausrichten. Wenn Sie bisher den wahren Täter nicht gefunden haben, dann ist es ja wohl sehr unwahrscheinlich, daß Sie ihn bis morgen nachmittag finden werden. Wir sehen daran auch, daß Quigley weiß, daß sich hier mehr Dinge tun, als auf den ersten Blick offensichtlich ist. Ich wette, draußen steht ein Dutzend mehr Männer auf Posten, als bei meinem letzten Besuch da waren. Für Anne wird das–«

Asey erhob sich. »Ich hab' gesagt, ich hol' sie da raus, un' das werd' ich auch tun«, verkündete er mit ruhiger Stimme. »Doc, nach dem, was da passiert is', sollten Sie auf sich aufpassen. Wenn ir'ndwelche seltsamen Anrufe komm', blei'm Sie einfach zu Haus. Wär' vielleich' keine schlechte Idee, wenn Sie jeman' bei sich im Auto hätten, un' bei Ihrer Frau auch–«

»Asey, wie in aller Welt wollen Sie denn noch–«

»Gehen Sie heim, un' ruhen Sie sich aus, Doc. Machen Sie sich keine Gedanken mehr um das Messer. Wir ham noch heute nachmittag un' heute am'd un' mor'n früh. Wir sin' noch nich' am Ende.«

Nur widerstrebend brach der Doktor auf.

»Ich glaube«, sagte Marcus, »der Doktor hat recht. Mir–«

Asey blickte ihn müde an. »Mr. Adams, Sie nehm' sich jetz' bitte ma' Ihr'n 'tektiv vor un' überle'n sich, wie ma' seine Geschichte von der Dame namens Molly beweisen kann. Un' ich will Sie nich' eher wiedersehen, als bis Sie's bewiesen ham.«

»Ich–«

»Krause hat Sie un' sich selber in 'ne ganz schöne Klemme gebracht. Wenn Sie also jetz' bitte–«

Marcus verließ pikiert den Raum, und Krause folgte ihm auf den Fersen.

»Was ist mit Krauses Geschichte, Asey?« fragte ich. »Glauben Sie sie?«

Er setzte sich und holte seine Pfeife hervor. »Fürchte, ja«, sagte er. »Wie er gesagt hat, sie spräch' Französisch, da war's mir sofort klar. Das is' Molly Doucet. Hab' mir schon so was gedacht, wie er von ihr'n Ohrring' sprach. Wohnt inner Hütte ne'm'm Grundstück vom Oberst, zusamm' mit ihr'm nichtsnutz'en Vater. Ich hab' Krause nur we'n Ihr'm Bruder zappeln lassen, weil ich dacht', ich krieg' so noch 'n paar Perlen der Weisheit aus ihm raus. Hab' ich aber nich'. Heut' a'md besuchen wir Molly, un' dann haken wir Krause ab. Hm. Wir sollten ma' innen blauen Salon gehen. Scheint, daß ich da besser denken kann, un' ich könnt' weiß Gott 'n paar gute Gedanken brauchen.«

»Wie düster es draußen wird«, sagte ich, während wir den Flur entlanggingen.

»Jawoll. Ganz schöne Wolken. Heut mor'n war's noch sonnig, aber jetz' hat sich der Wind gedreht. Da braut sich was zusamm' im Nordosten. 'n or'ntlicher Sturm fehlt uns jetz' grade noch. Himmel is', scheint's, nich' auf uns'er Seite.«

Im blauen Salon fanden wir Eric in einem Sessel zusammengerollt. Friedlich las er in einem Band aus Pepys' Tagebuch.

»Hallo«, sagte er. »Asey, könntest du mal nachschauen, ob meine Brille dort drüben liegt? Ich glaube, ich habe sie auf dem Schemel da neben dir gelassen.«

Asey warf einen Blick auf den Schemel und dann auf die Fensterbank.

Ich weiß nicht recht, wie ich den Laut beschreiben soll, der aus meiner Kehle drang, als Asey nach der ramponierten Hornbrille griff, deren beide Bügel mit dicken, schmuddeligen Bündeln Klebeband zusammengehalten wurden.

Wir hatten die Erklärung für die bräunlichen runden Flecken gefunden. Sie waren entstanden, als die kräftige Morgensonne durch die Gläser von Erics Brille schien, die er auf der Fensterbank hatte liegenlassen.

Kapitel 16

Asey holte ein Stück Papier aus seiner Tasche und kritzelte etwas darauf. »Könnt'st du das Betsey bring', Eric?«

»Sicher.« Er trollte sich.

»Was war –« begann ich.

»Nur die Bitte, daß sie 'n beschäftigt halten soll. Hm.« Aus einer anderen Tasche zog er einen kleinen Zollstock hervor. »Hat mir letztes Jahr 'ne Frau geschenkt, zusamm' mit'm Vergrößerungsglas. Wußte nie so richtig, ob's 'n nützliches Geschenk oder 'n Witz sein sollt', aber so wie's jetz' aussieht, war's nützlich.«

»Aber«, begann ich von neuem, »soll – Eric etwa –«

Er legte den Zollstock an die beiden Flecken und las den Abstand ab, und dann blickte er zu mir auf und lächelte.

»'s sin' schon Brillenflecken, Miss Kay, aber nich' von Erics Brille. Was wir so alles rausfin' – meine Güte, un' ich hab' mich noch über Tony lustig gemacht, 's Messer in der Pistole wär' wie C'lumbus un' sein Ei! Hätt' mir doch gleich auffallen müssen, was das für Flecken sin'!«

»Aber wenn es nicht Erics Brille war, von der die Flecken stammen«, fragte ich, »wessen Brille war es dann? Und wie können Sie so sicher sein, daß es nicht seine war?«

»Ich weiß nich', von was für 'ner Brille die Flecken in Norris sei'm Zimmer komm'. Aber diese hier sin' dieselben wie die, die wir in Lilas Zimmer gefun' ham, un' ich hab' un'ffällig 'n kleines bißchen maßgenomm' un' festgestellt, daß das hier an're Flecken sin' wie die, die wir zuerst gefun' ham. Kleiner un' viel weniger Abstand dazwischen. Eric hat ja 'n schmalen Kopf. Kleine Gläser, un' seine Au'n steh'n näher zusamm' als wie bei'n meisten Leuten. Außerdem hab' ich's einfach im Gefühl, daß Eric 's nich' war.«

»Aber von wem stammen dann die anderen?« Ich beharrte auf der Frage.

Asey lächelte. »Das issen kleines Problem, wo Sie ma' drüber nachdenken könn'. Jeder hier im Haus trägt 'ne Brille, außer Anne – meine Güte, was ich mich da blöd angestellt hab'! War alles glasklar, o'm in Norris sei'm Zimmer. Westfenster, Sonne scheint an dem Nachmittag, wo Eve umgebracht wor'n is'. Dann Lilas Zimmer. Osten. Sonne scheint 'n ganzen Vormittag rein. Genau wie hier bei Eric. Ham Sie zufällig 'ne Narrenkappe bei sich? Dann setz' ich die auf.«

»Wie könnte man feststellen, wem die fragliche Brille gehört?« fragte ich. »Könnte man nicht alle zusammensuchen und nebeneinander auf ein Fensterbrett legen, und dann –«

Asey zeigte nach draußen. Es goß in Strömen.

»Scheint, daß die Möglichkeit ausscheidet. Außerdem – Nachdenken bringt uns weiter als wie Experimentieren, wenn Sie sich's ma' genau überle'n. 's hängt auch viel von'm Winkel ab, in dem die Gläser stehen.«

»Was soll das heißen, Nachdenken? Wenn wir nachweisen können, wessen Brille am Donnerstagnachmittag auf der Fensterbank gelegen hat, dann haben wir den Täter!«

»Stimmt genau. Jetz' gehen wir ma' Alex piesacken.«

»Warten Sie«, sagte ich, als wir die Treppe hinaufstiegen. »Ich habe Norris ganz vergessen. Hatte dem Doktor doch versprochen, daß ich Tony ablöse. Sie kümmern sich um Alex und berichten mir später davon.«

Asey grinste. »Ham die Nase voll vom Detektivspielen, hm? Hab' ich selber auch. Ich komm' mit. Alex läuft uns ja nich' weg. Den könn' wir genausogut heute nachmittag piesacken.«

Norris begrüßte uns mürrisch. »Sie kommen wohl, um Vater abzulösen? Meinetwegen. Dann lasse ich mich eben für eine Weile von Ihnen beiden unterhalten. Du brauchst gar nicht so zu tun, als wolltest du noch hierbleiben, Vater. Du bist doch schon seit zwei Stunden nervös, weil du wieder an deine Arbeit willst.«

Ein sehr unglücklich aussehender Tony verließ das Zimmer.

Ich erinnerte mich, wie er am Donnerstagnachmittag von Norris' Hartnäckigkeit gesprochen hatte. Nun versuchte der Junge offenbar mit aller Kraft, dafür zu sorgen, daß es jedem im Haus so elend ging, wie er selbst sich zu fühlen glaubte.

»Was macht das Ohr?« fragte ich.

»Schlimmer«, antwortete er. »Wenn wir doch wenigstens aus diesem verdammten Loch hier herauskönnten! Ich wünschte, wir könnten auf der Stelle aufbrechen und all das hier ein für allemal hinter uns lassen –«

»Wird nich' mehr lange dauern«, versuchte Asey ihn zu trösten.

»Nicht mehr lange? Von wegen! Wir müssen noch einen ganzen Monat hierbleiben, egal, was inzwischen geschieht.«

»Wieso noch 'n Monat?« fragte Asey.

»Weil Dad alles im voraus bezahlt hat, deswegen. Und bis Dezember haben wir keinen Cent mehr. Letztes Jahr hat Dad groß verdient, und bei mir war's auch nicht schlecht, aber Dad hat alles auf sein Sparkonto getan, und jetzt ist die Bank in Schwierigkeiten. Das sieht ihm ähnlich, die einzige Bank im ganzen Land, die nach den Feiertagen nicht wieder geöffnet hat!«

»Ach was«, sagte Asey, »da kann doch dein Vater nix für! 'n Haufen Banken ham nich' wieder aufgemacht, un' ich hab' gehört, eure zahlt nach un' nach aus. 's gibt viele Leute, die ham's –«

»Na, Sie machen mir Spaß!« Norris schnaufte. »Aber das einzige, was man Dad wirklich vorwerfen muß, ist, daß er unbedingt in dieses fürchterliche Loch kommen wollte und darauf bestand, daß wir hierbleiben. Man kann ja sehen, was wir davon haben!«

»Wenn 'ch mich recht erinnere«, erwiderte Asey, »dann hat mir dein Vater vor überm Monat gesagt, er hätt' ja schon alles für'n Urlaub in Maine vorbereitet gehabt, aber du hättst nich' fahren wollen. Sagte, du hättest unbedingt hierherkomm' wollen. Un' hättst drauf bestan', daß ihr hierbleibt. Sagt', ihm wär's ja gar nich' so recht gewesen, aber wenn du dir was innen Kopf hättst un' so 'n Theater drum machen würdest, dann wär' er auch bereit, dafür seine Pläne umzuschmeißen. Scheint mir, daß du da 'n bißchen ungerecht bist. 'n normaler Vater hätt' dich am Kragen gepackt un' wär' einfach losgefahr'n. Jawoll, junger Herr, so was nenn' ich ungerecht.«

»Ungerecht?« Norris ließ eine lange und etwas ermüdende Tirade gegen das Gasthaus und seine Bewohner, gegen seinen Vater, überhaupt gegen jeden und alles, was ihm gerade in den Sinn kam, vom Stapel.

Ich hatte die vage Vorstellung, er habe vielleicht, als er noch sehr jung war, eine Beschreibung des Künstlertemperamentes gelesen und versuche nun sein Bestes, sich dementsprechend zu verhalten. Die ganze Szene war ausgesprochen malerisch, und er

185

sah dem jungen Byron sogar ein wenig ähnlich, so wie er jetzt auf einem Liegestuhl vor dem Kamin saß. Aber trotzdem hätte ich ihm am liebsten den Hintern versohlt.

Asey seufzte. »Jawoll«, sagte er ironisch, »du hast 'n fürchterlich schweres Leben. Bist du ei'ntlich schomma auf die Idee gekomm', daß der Rest von uns genausowenig hier im Gasthaus blei'm will wie du? Unterschied is' nur, daß wir uns nich' wie zehn heulende Babies deswe'n aufführen. Mensch, denk doch ma' an Anne–«

»Anne verdient alles, was ihr bisher widerfahren ist, und noch mehr dazu! Ich möchte sie mit meinen eigenen Händen erwürgen!«

Das brachte mich in Wut. »Hören Sie«, sagte ich, »Sie gehen ein wenig zu weit, Norris. Außerdem haben wir zufällig einen Zeugen, der jedes Wort, das Anne gesagt hat, belegen kann–«

»Pah, ein Zeuge! Ich gebe keinen Deut auf einen Zeugen, den Sie und dieser Mayo hervorkramen! Mit Ihrem Geld kann er Ihnen doch tausend Zeugen besorgen, wenn Sie die haben wollen. Aber das lassen Sie sich gesagt sein, an mir kommt Ihr Zeuge nicht vorbei! Ich habe Quigley gesagt, ich sorge dafür, daß Anne auf den elektrischen Stuhl kommt, und das werde ich auch tun! Er holt mich nachher ab.«

»Was?«

»Er sagte mir am Donnerstag, er werde mich holen, wenn es richtig losgehe, und von Mr. Adams weiß ich, es ist soweit. Schließlich war ich dabei. Ich weiß, was geschah. Und Eve – ach, Eve – sie–«

Asey betrachtete ihn. »Hast Eve wohl sehr gern gehabt?«

»Gern?« sagte Norris. »Gern? Was sind Sie für ein Trottel! Wir wollten heiraten!«

Ich schluckte und blickte Asey an, und der schluckte und blickte mich an. Ich erinnerte mich, wie besorgt Eve am Mittwochabend um Norris gewesen war, als Eric bei ihm Radio hören wollte. Vielleicht hatte sie eingesehen, daß sie Alex nicht halten konnte; vielleicht hatte sie deswegen zu seinen Scheidungsplänen geschwiegen. Vielleicht war sie schon dabei gewesen, sich Norris zuzuwenden – ein erschütternder Gedanke.

»Was gibt's denn da an ›ahs‹ und ›ohs‹ zu sagen?« Norris war in der Defensive. »Gibt es irgendeinen Grund, warum wir nicht hätten heiraten sollen?«

Wir hätten ihm einen ganz ausgezeichneten Grund nennen können, aber wenn Norris nichts von der Ehe mit Alex wußte, dann wäre ich persönlich die letzte gewesen, die ihm die Neuigkeit überbracht hätte.

»Irgendein Grund, der euch sabbernden Trotteln einfällt?« forderte Norris uns auf.

»Sag ma'«, fragte Asey, »wie lange hast du 'n Eve schon gekannt?«

»Warum sagen Sie nicht, was Sie meinen, Mayo, statt sich nach Neuengländerart drumrumzuwinden? Ich habe Eve nie sehen können. Das brauchte ich auch nicht. Jemand, der eine so wundervolle Stimme hatte, konnte einfach – aber das hat ja keinen Zweck, mit Ihnen darüber zu reden! Überhaupt mit irgend jemandem! Das einzige, was ich tun kann, ist in diesem verdammten stinkigen Loch zu sitzen und nachzudenken – um Himmels willen, holt Mr. Adams her, er soll mit mir reden. Das ist jemand, mit dem ich reden kann. Zumindest versteht er etwas von Musik, was man von euch Trotteln ja wohl nicht behaupten kann!«

Asey zuckte mit den Schultern und machte sich davon, um Marcus zu suchen. Als wir die beiden kurze Zeit später verließen, waren sie bereits tief in eine theoretische Diskussion zum Thema Kontrapunkt vertieft, die mich ein wenig benommen machte.

»Das war der letzte philanthropische Besuch, den ich diesem – diesem Jungen abgestattet habe!« sagte ich. »Was meinen Sie, Asey, war ihm das wirklich ernst, die Hochzeit mit Eve? Das – aber das kann man sich überhaupt nicht vorstellen!«

»Kamma wirklich nich'. Aber Norris war sich seiner Sache ziem'ch sicher, un' er is' keiner von der Sorte, die so was zum Spaß sa'n würden. Das is' das, was ma' 'ne Komplikation nennt, nich' wahr? Wissen Sie«, grinste er, »wissen Sie, wie ich diese Geschichte nennen würde, wenn ich ein Schriftsteller wäre und diese Geschichte aufschreiben würde? Ich würde sie ›Ex-it‹ nennen. Es scheint –«

Tony Dean kam die Treppe hinauf und zur Bank, wo Asey und ich uns niedergelassen hatten.

»Ist Norrs' Ohr schlimmer geworden?« Er stopfte eine Handvoll Manuskriptblätter unter den Arm. »Er hat Sie hoffentlich nicht –«

»Mr. Adams unterhält ihn«, entgegnete Asey, »un' der kann das viel besser wie wir. Scheint, daß Miss Kay un' ich nur zwei sabbernde alte Trottel sin'. Wir ham ja von nix 'ne Ahnung, un' die ganze Sache war 'ne einzige Quälerei.«

Tony schüttelte den Kopf. »Er hat sich also wieder schlecht benommen? Das tut mir leid, und ich entschuldige mich für ihn. Manchmal hat er Phasen, wo ich wirklich nicht weiß, was ich mit ihm machen soll. Aber meistens legt es sich wieder. Diese Sache mit Eve scheint ihn allerdings völlig aus dem Gleichgewicht gebracht zu haben.«

»Wußten Sie«, fragte Asey, »daß er vorhatte, Eve zu heiraten?«

Tony wurde bleich und ließ sich kraftlos neben mir nieder.

»Eve – heiraten? Gute Güte – nein! Sie machen Witze! Hat er – hat er das selbst gesagt?«

»Hat er uns e'm verraten. Deswe'n ham wir so trottelig gesabbert.«

»Eve – heiraten! Mein Gott – naja, jedenfalls erklärt das, was mit ihm los ist! Es muß ihre Stimme gewesen sein – es war ja auch wirklich eine wunderbare Stimme. Aber – heiraten! Das will mir nicht in den Kopf, Asey. Wo doch Alex – ich – ich verstehe das einfach alles nicht!«

»Was wollten Sie über Alex sa'n?« hakte Asey nach.

»Nichts Besonderes. Er sagte mir gestern abend, Sie wüßten über alles Bescheid, und ich bin davon ausgegangen, daß das stimmt.«

»Was für 'ne ganze Geschichte? Oder«, lächelte Asey, »was für'n Teil von welcher ganzen Geschichte?«

»Wenn Sie nichts darüber wissen, Asey, dann steht es mir wirklich nicht zu, darüber zu reden. Das möchte ich nicht. Das geht mich nichts an.«

»Hm-hm. Sollten Sie aber, glaub' ich, trotzdem ma' lieber tun.«

»Es ist nichts von Bedeutung. Ich weiß gar nicht, warum ich – es ist nur, daß Eve und Alex einmal verheiratet waren, vor vielen Jahren.«

»Waren? Sie mein', die beiden waren geschieden?«

»Aber ja«, sagte Tony. »Das heißt, ich nehme es an. Das ging mir gerade durch den Kopf. Sie müssen ja geschieden sein, wenn Norris solche Pläne hatte. Ich meine, wenn sie noch verheiratet gewesen wäre, hätte sie ihm das doch sicher gesagt. Norris würde so eine Geschichte niemals erfinden, und er hätte auch nicht darüber gesprochen, wenn er sich nicht sicher gewesen wäre. Und er könnte sich nicht sicher sein, wenn sie nicht von Alex geschieden wäre. Ich frage mich, ob Norr das wohl von ihr wußte, oder von ihrem ersten Mann?«

Es hätte mich überhaupt nicht gewundert, wenn Tony noch eine ganze Liste weiterer Ehemänner aufgezählt hätte. Allmählich glich mein Gemütszustand jenem, der einen manchmal im Zahnarztstuhl überkommt. Man hat bei so vielen kleinen Schmerzen ›au‹ geschrien, daß es einem dann nicht mehr das Geringste ausmacht, wenn der Zahnarzt schließlich mit seinem Bohrer den Nerv berührt.

»Wer war das?« fragte Asey. »Der erste Mann? Ham Sie 'n gekannt?«

»Naja, in gewissem Sinne. Ich–«

Alex kam mit großen Schritten den Korridor entlang und fuchtelte mit einem Bündel Papier.

»Hört mal«, rief er enthusiastisch, »ich habe eine großartige Geschichte hier. Ihr bleibt jetzt hier sitzen, alle zusammen, und ich lese sie euch vor, und dann sagt ihr mir, was ihr davon haltet!«

»Miss Kay un' ich«, erklärte Asey ihm nachdrücklich, »wir sin' sowieso nur zwei tumbe Toren. Un' Tony könn' Sie ja später besuchen, wenn er sich gerade nich' mit uns unterhält. Der kann dann–«

»Unsinn. Ihr müßt einfach zuhören. Ich hatte den Einfall vorgestern abend, und ihr werdet gleich sehen, warum. Es ist–«

»Jetz' passen Sie ma' auf«, sagte Asey. »Wenn Sie schon mein', Sie müßten hier innen Tête-à-tête reinplatzen, dann wär's schön, wenn Sie mir wen'stens zuhören könnten. Erzählen Sie uns doch ma', warum Sie uns nich' gesagt ham, daß in der Pistole in Norris sei'm Zimmer 'n Dolch steckt. Das wissen Sie doch schon seit drei Jahren.«

»Hätten Sie es gesagt, Asey?« erwiderte Alex, offenbar nicht im geringsten verstört. »Hätten Sie es unter diesen Umständen verraten? Ich glaube kaum. Schließlich gibt es – gab es schon genug, was gegen mich sprach. Sie sind einfach davon ausgegangen, daß ich nichts davon weiß, weil alle anderen nichts davon wußten. Sie haben mich nie danach gefragt. Wenn Sie mich gefragt hätten, hätte ich womöglich zugegeben, daß ich davon wußte. Bei den Leuten, die in diesem Zimmer wohnen, amüsiere ich mich schon lange darüber, wie wenige von ihnen auf die Idee kommen, daß der Pistolengriff gleichzeitig das Hinterende eines

Dolches ist. Lila hätte es beinahe herausgefunden, aber sie kümmerte sich nicht weiter darum.«

»Un' Sie ham's ihr nie gesagt? Miss Rutton ham Sie's doch verraten.«

»Was hat Celeste –«

»Das lassen wir ma' beiseite«, sagte Asey. »Sa'n Sie, wußten Sie ein'tlich, daß Eve schomma verheiratet war, bevor Sie sie kenn'lernten?«

»Ja. Sie hat davon gesprochen. Aber jetzt möchte ich Ihnen diese Geschichte erzählen. Sie ist großartig. Einfach –«

»Wußten Sie auch, daß Norris vorhatte, Eve zu heiraten?«

Alex ließ sein Manuskript fallen. »Was! Nein. Wie sollte ich – wie konnte die Frau das – wie kann das – hat denn – hat denn Norris nicht gewußt, daß sie noch mit mir verheiratet war? Tony, wußtest du denn nicht, daß wir noch nicht geschieden waren? Warum – wie konntest du sie so mit dem Jungen – spielen lassen! Das wird er niemals begreifen – hätte er nie begreifen können – und daß Eve so etwas –!«

»Ich wußte nichts davon«, antwortete Tony, »bis Asey gerade eben davon sprach, und der hat es von Norris. Ich wußte überhaupt nichts davon. Außerdem dachte ich, ihr wäret geschieden.«

»Ich wollte mich scheiden lassen. Vielleicht hat Eve deswegen – hältst du es für möglich, Tony, daß Norris damit rechnete, sie zu heiraten, und dann irgendwie erfuhr, daß die Ehe mit mir noch bestand –« So wie Tony ihn mit Blicken durchbohrte, hatte Alex Mühe, seinen Satz zu beenden.

»Wenn du damit andeuten willst, Norr habe Eve umgebracht«, sagte Tony, »– tu's lieber nicht, Alex. Ich bin mit meinen Nerven am Ende. Ich würde dich wahrscheinlich am Kragen packen und dir sämtliche Knochen aus deinem dürren Leib schütteln. Außerdem kann sich Norr überhaupt nicht bewegen, nicht einmal mit Krücken. Diese – diese ganze Geschichte wird immer entsetzlicher. Können Sie's nicht einfach dem Narbengesicht anhängen, Asey? Wo war er denn, als all das hier passierte?«

»Auf der Balz«, sagte Asey kurz angebunden. »Also, Alex. Wer war Eves erster Ehemann?«

Er zuckte mit den Schultern.

»Sie wissen's nich'?«

»Ich weiß nicht, wie er hieß. Ich weiß, daß er sich ein geregeltes Familienleben wünschte, deshalb ließ Eve sich scheiden. Habe mir immer gewünscht, ich hätte ihn mal kennengelernt. Wir hätten uns viel zu erzählen.«

»Hat Eve denn nie gesagt, wie er hieß?«

»Nie. An dieser ersten Ehe war von Anfang an etwas Geheimnisvolles. Ich habe nie jemanden getroffen, der Näheres darüber wußte. Eve war damals noch fast ein Schulmädchen. Das war die Zeit, die sie in Rom verbrachte, angeblich, um Gesangsunterricht zu nehmen. Deshalb dachte ich immer, es muß ein Italiener gewesen sein.«

Asey wandte sich an Tony. »Könn' Sie vielleich' Licht ins Dunkel brin'? Sie ham doch gesagt, Sie wür'n ihn kenn'.«

»Nur ganz oberflächlich. Seinen Namen habe ich nie erfahren. Das – das klingt alles so verrückt. Ich habe ihn in einer Pariser Straßenbahn kennengelernt, kurz nach dem Krieg. Zufällig stand im *Herald* ein Artikel, Eve bekomme einen Orden von der französischen Regierung. Sie hatte viel getan – Ambulanz, Krankenpflege, solche Sachen. Jedenfalls saß ein dicklicher Mann neben mir und las mit, was ich immer furchtbar lästig finde. Ich fragte ihn grimmig, ob etwas nicht in Ordnung sei, und er zeigte auf diesen Artikel und entschuldigte sich – er habe gerade den Namen seiner Frau entdeckt. Anfangs glaubte ich ihm nicht, aber nach dem, was er mir dann erzählte, mußte ich es. Als ich seinen Namen wissen wollte, sprang er auf und verließ den Wagen. Auf alle Fälle war es kein Italiener.«

Asey seufzte.

»Tja«, sagte Alex, »Italiener oder nicht, mit der Sache hier hat er wohl nichts zu tun. Aber jetzt hört doch mal zu. Ich möchte, daß ihr euch meine Geschichte anhört. Es ist wichtig für mich, ich habe gerade eben meinen Kontostand angesehen, und ich muß unbedingt etwas liefern.«

»Schrei'm, damit Sie nich' anschrei'm lassen müssen, hm?« murmelte Asey.

»Darf ich das weiterverwenden?« fragten Tony und Alex gleichzeitig, und Asey lachte.

»Schlagt euch drum.« Er lächelte mich an. »Der Verlierer kriegt zum Trost 'n bißchen echtes Lokalkolorit.«

»Es gehört mir«, sagte Alex, »weil ich der Anlaß dafür war. Also. Die Frau hält ihren Ehemann für untreu, und der Mann –«

»Ge'm Sie ihn' wen'stens Namen, wenn wir uns das schon anhören müssen.«

»Ganz wie Sie wünschen. Die Frau heißt – Moira. Das ist Griechisch und bedeutet ›Schicksal‹ – das macht sich immer gut. Moira vermutet, Michael sei ihr untreu. Daraufhin schlägt Michael vor – ähm –«

»»Jagen und Fischen‹‹«, sagte Tony, »mit einem Schuß ›Der elegante Herr‹.«

»Außerdem heißt Krause mit Vornam' Michael«, meinte Asey.

Alex ignorierte sie beide. »Die andere Frau in diesem Dreiecksverhältnis ist Olga. Nun, Moira findet einen fremden Schlüssel in der Jackentasche ihres Mannes – fragen Sie mich nicht, Asey, ob es ihre Angewohnheit war, seine Taschen zu durchsuchen! Sie will von Michael wissen, was das für ein Schlüssel ist. Der sagt, es ist der Schlüssel zu Olgas Wohnung, woraufhin Moira einen Wutanfall bekommt. Aber Michael beteuert, er habe ihn nie benutzt. Habe ihn nur genommen, damit Olga ihn in Ruhe ließe. Moira glaubt ihm kein Wort.«

»Das ist aber auch eine Skeptikerin!« sagte Tony. »Da sieht man, wie die Frauen heutzutage –«

»Moira glaubt ihm nicht«, fuhr Alex fort, »aber sie liebt ihren Mann, und sie geht zu Olgas Wohnung, mit dem Schlüssel in der Hand. Sie will –«

»Kann's mir schon denken«, sagte Tony. »Durch ihr beherztes Eintreten für die kommende Generation – denn was ist ein Heim ohne Vater? – bringt sie Olga dazu, die Stadt zu verlassen, was immer das für eine Stadt ist. Ich lasse sie immer von London nach Paris gehen, aber man kann es auch abwandeln und sie von Paris nach London gehen lassen. Olga ist so überwältigt, daß sie nicht einmal den Scheck von Moira annimmt. Schlußbild verschwimmt in violett. Das einzige Problem mit deiner großartigen Geschichte ist, daß es mir vorkommt, als hätte ich sie schon dutzende Male geschrieben, und du auch, Alex.«

»Wenn du mir das Erzählen überließest«, sagte Alex, »kämen wir wesentlich besser zurecht. Moira geht mit dem Schlüssel in der Hand zu Olgas Wohnung, aber – und jetzt kommt der große Augenblick – der Schlüssel paßt nicht! Das ist der Clou!«

»Wenn die Mäuse 'n Menschen Käse vorwerfen – so was wär' 'ne echte Neuigkeit«, sagte Asey. »Das ham Sie sich wohl nach der Geschichte mit Ihr'm ei'nen Schlüssel einfallen lassen?«

Alex nickte begeistert. Die abschätzigen Kommentare zu seiner Geschichte schienen ihn überhaupt nicht zu kümmern.

»Das brachte mich dazu, über die vielen Fälle nachzudenken, in denen Schlüssel Menschen zum Verhängnis wurden, ihr Leben zerstörten, und ich überlegte, ob nicht die Hälfte dieser Schlüssel gar nicht gepaßt hätte und alles gut ausgegangen wäre, wenn nur jeder die Ruhe bewahrt hätte. Ich zum Beispiel habe ein halbes Dutzend Nachschlüssel zu meinen Koffern. Aber es soll mir erst mal einer vormachen, wie man damit meine Hutschachtel oder meinen Schrankkoffer öffnet. Es funktioniert einfach nicht. Ich –«

Asey hatte den Schlüssel zu Stouts Zimmer aus der Tasche geholt. »Wollen Sie vielleich' Reklame machen für'n ollen – wie heißt er? – 'n ollen EP2T19?«

»Eigentlich sollte es kein Fingerzeig sein«, beteuerte Alex. »Dieser Schlüssel funktioniert, das weiß ich. Das heißt –« fügte er hastig hinzu, »Eve hat ihn im Schloß gedreht, als sie ihn mir gab. Er ließ sich ohne Mühe drehen; allerdings stand die Tür dabei offen.«

»Wir könn' 's ja ma' versuchen«, sagte Asey und erhob sich.

Alex machte eine abwehrende Handbewegung. »Nicht nötig. Wirklich, Asey, ich wollte Sie wirklich nicht dazu bringen, so etwas zu tun. Sie haben mich ja sowieso in der Falle, und das weiß ich. Der Schlüssel funktioniert. Ich bin Eves Mann, ich wollte mich von ihr scheiden lassen, und sie war nicht einverstanden. Da sind doch die Schlußfolgerungen zwingend. Ich wußte, daß in den Pistolen Dolche steckten. Und Sie haben doch sowieso vor, mich an Annes Stelle auszuliefern, oder?«

»Würd' ich schon«, gab Asey zu, »wenn alle Stricke reißen. Aber was mich an der Sache stört, is', daß alles nur 'dizienbeweise sin' – das muß ich zuge'm. Wenn ich ein' einzigen richtigen Beweis hätte, hätt' ich Sie im Kasten. Zufall will, daß ich sogar 'n Hinweis habe. Aber bei Ihn' paßt er nich'. Was soll ma' da machen? Un' ich fürchte, selbst wenn ich Sie mit'm rosa Schleifchen bei Quigley abliefere un' nur mit dem 'lastenden Material, das wir jetz' ham, dann würd' der Sie einfach inne Zelle stecken un' dabehalten, nur für'n Fall, dasses mit Anne nich' so klappt, wie er sich's wünscht. So, wie er die Sache breitgetreten hat, kann er nich' mehr zurück.«

»Nun –« Alex holte tief Luft. »Ich – also, Lila und ich, wir haben die Sache durchgesprochen. Nach dem – Zwischenfall mit dem Seil und – allem anderen – wird es mir – eine Ehre sein, mich freiwillig zu stellen, sobald Sie das Kommando geben, Asey.«

Asey nickte. »Ich hab' Miss Kay schon gesagt, Sie sin' 'n echter Sir Galahad. Aber jetz' probieren wir den Schlüssel aus, nur so zum Spaß.«

Solange die Tür offen war, funktionierte alles ausgezeichnet.

Aber bei geschlossener Tür verweigerte der Schlüssel – weiß Gott oder der Schlüsselmacher, warum – beharrlich seinen Dienst.

Kapitel 17

»Meine Güte«, sagte Asey und grinste zu Alex herüber, »das is' ja genau 's Ge'nteil von dem, was ich beweisen wollt'. Hm. Bin 'ch mir also höchst'sönlich in die Falle gegang'. Da wer'n wir Sie wohl laufenlassen müssen, zusamm' mit Mrs. Talcott. Die –«

»Wollen Sie damit sagen«, unterbrach Stout ihn, »Lilas Aussage hat sich bestätigt? Sie steht nicht mehr unter Verdacht?«

Asey nickte. »Hm-hm.«

»Und Sie verschweigen ihr das! Mann Gottes, Sie quälen eine unschuldige, hilflose Frau –«

»Dann sehen Sie ma' zu, daß Sie 'n Schaden wiedergutmachen, Galahad«, erwiderte Asey. »Un' dann – 'ment noch!«

Ungeduldig kam Alex wieder herangetrabt.

»Was gibt es noch?«

»Merken Sie sich das«, sagte Asey nachdrücklich, »Tom Sawyer kommt auf die Militärschule. Die in Boston, wo er so gern hinwill. Klar?«

Alex lächelte. »Klar.« Und dann sprintete er quer über den Flur zu Lilas Zimmer.

Tony seufzte. »Ich verstehe das alles nicht«, sagte er. »Ich gehe nach unten in den grünen Salon und schreibe an meinem Stück, solange Mr. Adams sich um Norr kümmert. Ich muß damit endlich weiterkommen. Shakespeare hat zwar in stürmischen Zeiten gelebt, aber ich glaube, bei einem solchen Durcheinander hätte selbst er nichts zustandegebracht.«

Ich folgte ihm mit Asey nach unten, und wir zogen uns in den blauen Salon zurück.

»Also«, sagte ich, »nun haben Sie mit Alex Ihren König ausgespielt, und der Fünfer kann Ihnen auch nichts mehr helfen, wenn Sie überzeugt sind, daß Krause die Wahrheit sagt. Und es bleiben noch nicht einmal vierundzwanzig Stunden, Asey –«

»Tja-a«, sagte Asey bedächtig, »aber überle'n Sie ma' 'n Au'n-blick lang, was alles in noch nich' ma' vierun'zwanzig Stun' passieren kann. Denken Sie doch ma', was Sie alles erlebt ham zwischen Mittwochnachmittag, wo Sie hierher aufgebrochen sin', un' Donn'stagnachmittag. Sieht ma' doch, in was für kurzer Zeit –«

»Aber was wollen Sie denn noch *tun*?«

»Tun?« Asey kicherte. »Wenn Sie auf'm Stück Treibholz in'm Schneesturm mitten im Atlantischen Ozean sitzen wür'n, was wür'n Sie da tun?«

»Ich würde überhaupt nichts tun«, antwortete ich prompt, »ich würde beten.«

»Genauso geht's mir im Au'nblick«, ließ er mich fröhlich wissen. »Ich bete, aber ich nehm' 'n bißchen Verstand dazu, wie Timmy O'Connor immer gesagt hat, wenn's drum ging, wie er der Linken von John L. ausweichen konnt'. Ir'ndwo ham wir was falsch gemacht, aber so wie die Dinge jetz' stehen, wüßt' ich nich', wo wir danach suchen sollen.«

»Ich kann nirgends einen Fehler entdecken, da bin ich mir sicher«, sagte ich grimmig. »Wir haben alles bedacht. Betsey war um drei bei Sally Harding. Lem war Muschelngraben. Lila und Bill Harding waren beide fünf Meilen von hier. Tony und ich waren im blauen Salon. Celeste Rutton war bei Mrs. Knowles. Anne war im Hühnerhof. Mark bei Ihnen. Norris war zwar im fraglichen Zimmer, aber er sieht nichts und kann sich nicht bewegen. Eric kommt nicht in Frage. Sie sagen, die Flecken auf Norris' Fensterbrett sind nicht von seiner Brille. Dann –«

»Krause is' aus'm Renn', da bin ich sicher. Meinte vorhin, er hätt' Tom Sawyer bei'n Teichen gesehen, wie er von seiner Freundin zurückkam.« Asey lachte. »Scheint auch, daß Toms Geschichte, er hätt' die Schildkröte spazierengeführt, tatsächlich stimmt. So was hätt' Krause nie erfinden könn'. Un' Molly is' die Art von Mädchen, die denken, sie wür'n im 'sellschaftlichen Status 'n paar Stufen aufstei'n, wenn sie sich für'n Dienstmädchen vom Oberst ausge'm.«

»Was ist mit Marcus?«

»Schau'n Sie sich die Liste von Namen an, die er mir gege'm hat. Er könnt' ja wohl kaum 's ganze Geschäftsviertel von Boston bestechen, oder? Tja. Der is' auch aus'm Rennen.«

»Und nach der Sache mit dem Schlüssel können wir Alex ebenfalls abhaken«, sagte ich. »Und der war unsere größte Hoffnung. Meinen Sie, er könnte noch einen zweiten Schlüssel gehabt haben, Asey, einen, der wirklich funktionierte? Daß er den anderen Nachschlüssel, den, der nicht funktionierte, absichtlich dorthin gelegt hat, damit wir ihn finden sollten? Seine Erklärung klang so – so furchtbar einstudiert!«

Asey nickte. »Allerdings. Un', hat ja das Rutton-Mädchen schon gesagt, er is'n schlauer Hund. Aber wenn er wirklich noch 'n dritten Schlüssel hatte, dann fin' wir den jetz' bestimmt nich' mehr. Außerdem denk' ich, seine Geschichte klingt so blödsinnig, die muß einfach wahr sein.«

»Ich verstehe immer noch nicht, warum der Schlüssel bei offener Tür funktioniert und bei geschlossener nicht«, sagte ich.

Asey gab mir eine umfassende Erklärung.

»Is' vielleich' nich' ganz fachmännisch«, schloß er, »aber ich glaube, wie gesagt, 's liegt an dieser klein' Rille. Besser kann ich's Ihn' nich' erklären, bin ja schließlich kein Schlosser. Erinnert mich ir'ndwie an Bijah Cutts un' sein Hahnenei. Bijah war näm'ich 'n bißchen plemplem, unnen paar Jungs ham ihm ma' 'n Taubenei gege'm, is' schon Jahre her, un' ham ihm gesagt, 's wär' von'm Hahn. Er war mächtig stolz un' hat sein Ei überall rumgezeigt, un' natürlich is' er 'n bißchen ausgelacht wor'n. Leute ham versucht, ihm zu erklären, daß die Natur Hähne nich' zum Eierlegen vorgesehen hat. Ham ihm das ganz genau aus'nandergesetzt. Bijah hört ihn' ernsthaft un' aufmerksam zu, un' am Ende sagt er, ›Von euch hat also noch nie einer 'n Hahn 'n Ei le'n sehen. Hm. Habt ihr denn ir'ndwann ma' 'n auslän'schen Hahn gesehen?‹ Da mußten sie zuge'm, über auslän'sche Hähne, da wußten sie überhaupt nix. Un' Bijah lächelt glücklich un' sagt, ›Na, da habt ihr's. 'scheinlich is' mein Ei von'm auslän'schen Hahn.‹ Tja, Miss Kay, das hier is' eben 'n auslän'scher Schlüssel.«

Ich lachte. »Trotzdem ist es deprimierend«, sagte ich. »Gut und gern dreizehn Leute, und jeder davon hat ein Alibi.«

»Das is' unser größtes Problem, so wie ich's sehe«, entgegnete Asey. »Jeder war grade ir'ndwo anders, Norris un' Krause ausgenomm'. Bei Norris is' alles klar, un' ich wette, bei Krause is' auch alles klar. So was is' doch einfach nich' natürlich. Un' keine Chance, daß da plötzlich noch 'n Unbekannter aus heiter'm Himmel auftaucht. So wie ma' Weesit kennt, hätt' kein Fremder mit'm Auto oder mit'm Zug hier ankomm' könn', am hellichten Tag, ohne daß einer was drüber wüßt' oder 'n gesehen hätt'.«

»Aber keiner hat von Marcus und Krause gewußt.«

»Die sin' nachts gekomm', un' beim Krause gehört's ja schließlich zu sei'm Beruf, sich an Leute ranzuschleichen un' nich' gesehen zu wer'n. Un' trotzdem hat mir Mrs. Knowles, wie ich angerufen un' nach der klein' Rutton gefragt hab', erzählt, sie hätt' 'n narben'sichtigen Mann gesehen, der sich die letzte Zeit hier rumgetrie'm hätt'. Sie sehen, selbst 'n Profi hätt' hier keine große Chance. Un' der Täter muß genau gewußt ham, wie's im Haus zugeht – er muß gewußt ham, daß die meisten hier nachmittags nich' da sin', er muß gewußt ham, in was für'n Sessel Eve sich am liebsten setzt un' so weiter.«

»Asey, es muß sich einfach herausstellen, daß Alex einen weiteren Schlüssel hatte. Erinnern Sie sich nicht, wie er am Donnerstagabend unbedingt nach draußen wollte? Ich wette, da wollte er ihn beseitigen.«

»Da is' was dran, aber ich glaub' immer noch, er sagt uns die Wahrheit. 's gibt da näm'ich 'ne Sache, wo ich schon länger drüber nachdenke. Stellen Sie sich ma' vor, Miss Kay, Sie ziehen 'n Kreis mit'm Zirkel. Un' dann untersuchen Sie alles, was in dem Radius liegt, so wie wir das gemacht ham. Un' 's wird 'n Reinfall, so wie bei uns. Da gibt's zwei Möglichkeiten, wie ma' 's in'pretieren kann. Entweder jemand hat uns 'n dicken Bären aufgebun'–«

»Und zwar Alex«, begann ich mit Überzeugung. »Der–«

»Vielleich'. Aber wemma viel lügt, kriegt ma' auch viele Schwierigkeiten. Sachen, die ma' sich ausdenkt, passen nich' zu Sachen, die an're Leute sa'n. Alex seine Geschichte is' so unwahrscheinlich, un' trotzdem paßt sie. Naja, ir'nd jemand hat uns angeschwindelt, oder 's is' doch die zweite Möglichkeit – wir ham einfach von Anfang an unsern Zirkel an der falschen Stelle reingestochen, verstehen Sie?«

»Nein«, antwortete ich. »Verstehe ich genausowenig wie das, was Sie mir mit Ihrer Spielkarte sagen wollten. Wo sollten wir den Zirkel denn sonst hineinstechen? Was hätten wir anderes tun sollen als das, was Sie getan haben?«

Asey lächelte, als er sich erhob. »Die Karte, den Fünfer, den hab' ich auch noch nich' aufgege'm. Da werd'–«

»Was! Wer ist es–«

»Kein Sinn zu fra'n. Kommt schon raus mit der Zeit. Selbst wenn wir uns nich' drum kümmern. Is' Ihn' das ei'ntlich ma' aufgefallen, daß wir uns seit Donn'staga'md Gedanken um Zeit machen? Wann is' dies passiert, un' wann is' jenes passiert, un' wo waren sie um die un' die Zeit? Wenn ma' sich um die Zeit Gedanken macht, is' alles immer ir'ndwie viel komplizierter, als wie ma' am Anfang denkt. Mit der Zeit komm' die Sachen zutage, wo der Kopf nich' mitkam, wie's passiert is'. Mit der Zeit fallen alle Gedanken in sich zusamm', die in die Irre führen, un' an're nehm' Gestalt an, wo ma' sich vorher nich' sicher war. In unserm Fall ham wir sozusa'n drei Dimensionen, aber bei der vierten, der Zeit –«

»Asey«, flehte ich ihn an, »müssen wir uns denn gerade jetzt mit einer philosophischen Debatte zum Thema Zeit herumschlagen? Ich gestehe gern zu, alles, was man an Klischees dazu hört, ist wahr. Kommt Zeit, kommt Rat. Ein Jegliches hat seine Zeit. Lieb, Leid und Zeit und Ewigkeit! Es eilt die Zeit im Sauseschritt. Und deshalb frage ich Sie noch einmal: Was unternehmen wir *nun wirklich* als nächstes?«

»Wir gehen essen«, sagte Asey lächelnd, denn im selben Augenblick rief der Gong zu Tisch. »Widmen uns unserm Braten, un' mag die Zeit verhüllen, was jetzt in eitler Pracht erscheint, wie's so schön im Lesebuch heißt.«

Es regnete während des ganzen Essens, ein gleichmäßiger Landregen, der an die Scheiben schlug, als hielte jemand einen Gartenschlauch dagegen. Dann kam Wind auf. Die Fensterläden rasselten, und die Wände und Fußböden knarrten mit jener ruhigen Gleichmäßigkeit, die man nur in wirklich alten Häusern zu hören bekommt. Betsey wurde vom Qualm ihres Herdes aus der Küche getrieben.

»Wenn wir Nordostwind ham«, sagte sie und rieb sich die roten Augen, »dann is' der Herd kein' Fünfer wert. Wird sich auch nie was dran ändern, obwohl Geld innen Schornstein gesteckt wor'n is', so lang, wie ich mich erinnern kann. Lem sagt, o'm auf'm Hügel ham sie die Sturmflagge flattern. Un' meine Güte, das is' ja wohl auch nötig!«

Asey beobachtete mich, wie ich die Elemente studierte, und lachte.

»Sieht gar nich' gut aus, nich'? 'scheinlich hol' ich mir Rheuma oder so was –«

»Ich geb' je'm von euch bei'n 'ne Roßkastanie«, fiel Betsey ein, »die könnt ihr in die Tasche stecken, un' dann kann euch nix passieren!«

»Mir kannst du ruhig eine ge'm«, sagte Asey, »aber für Miss Kay is' das wohl nich' notwendig. Kleiner Cape-Sturm kann ihr nix anha'm, wo sie doch im Hell'spont 's richtige Wasser kenn-'gelernt hat.«

»Wenn das hier ein kleiner Sturm ist«, gab ich zurück, »dann mögen mich die Götter vor einem Cape-Unwetter bewahren. Wann brechen wir denn auf und befragen Krauses Molly?«

»Ein-zwei Stun' müssen wir schon noch warten. Un' ich fürchte, wir müssen zu Fuß gehen.«

»Zu Fuß?« Es überlief mich kalt, als ich zum Fenster hinausblickte. »Warum das?«

»Tja, ich war o'm auf'm Dachbo'n, dachte, ich kuck ma' nach'm ollen Sattel, den ich da ma' gesehen hatte un' den wir unserem Nesthäkchen übern Stuhl legen könn', damit er reiten übt, un' dabei hab' ich ma' 'n Blick aus der Dachluke geworfen. Leute aus Quigleys ziviler 'stärkungstruppe ham zwei Schutzmänner, die 'ch nich' kannte, den Pfad runtergeschickt, den wir sons' zu unserem Auto nehm'. Da könn' wir jetz' nix riskieren. Wir gehen zu Fuß. Is' nich' weit.«

»Aber selbst wenn wir herauskommen, wie kommen wir dann wieder hinein?«

»*Wenn* wir rauskomm'«, erwiderte Asey, »dann komm' wir auch wieder rein.«

Ich brachte eine Frage zur Sprache, die mich schon eine Weile beschäftigte. »Angenommen, wir finden heute etwas heraus. Wie kommen wir dann morgen aus dem Haus?«

»Kein Problem. Der Doktor ruiniert einfach sein' guten Ruf un' sagt, er hätt' versehentlich einen allergischen Ausschlag für Masern gehalten. Oder wir machen Eric zum Sündenbock. Sa'n, der Junge hätt' sich aus Schabernack mit Mercurochrom angemalt. Bei dem Ansehen, das er hat, glaubt das jeder. Sons' noch Sorgen?«

»Was ist mit Norris' Ankündigung, er werde für Quigley aussagen?«

»Wenn wir mor'n immer noch in der Klemme sitzen, dann 'steht die Quarantäne weiter, un' der Doc sorgt dafür, daß Norr hier nich' rauskommt. Wenn wir weiterkomm', dann spielt seine Aussage sowieso keine Rolle mehr. Also, kurz vor acht brechen wir auf. Lem sagt, um acht ham die Knaben Wachablösung. Wir gehen, wenn die mit'm Ablösen beschäftigt sin'.«

Um eine Minute nach acht traten wir aus der Seitentüre des Schuppens in den strömenden Regen.

Es war stockdunkel, und der Wind ging mir durch Mark und Bein. Etwas weiter weg, vor dem Gasthaus, konnte ich elektrische Taschenlampen aufblitzen sehen. Ich bibberte und konnte nur beten, daß nicht plötzlich einer auf die Idee kam, seine Lampe in unsere Richtung zu halten.

Allmählich erreichte Asey das Wäldchen, ich immer kurz hinter ihm. Der Mann mußte Augen wie ein Luchs haben. Er schritt so sicher daher, als sei es heller Tag, während ich in der Finsternis, die uns umgab, kaum seine Umrisse ausmachen konnte. Dann und wann hörte ich ein dumpfes Grollen – die Brandung der Wellen, die sich an der Küste brachen.

Nach einer Viertelstunde blieb Asey stehen. »So«, sagte er, »ich glaub', jetz' könn' wir ma' 'n Au'nblick verschnaufen. Wenn sie was gemerkt hätten, wären sie schon mit Scheinwerfern hinter uns her.«

Ich wollte wissen, wo wir uns gerade befanden.

»Ende der Welt, Miss Kay. Genau zwischen'm presbyterianischen un' 'm methodistischen Friedhof.« Auf mein Schnaufen fuhr er gutgelaunt fort: »Is' aber nich' mehr weit bis zur Molly. Kann's weitergehen?«

Ich klammerte mich an seinen Gürtel, und wir platschten durch ein Stück sumpfige Wiese, dann einen lehmigen, glitschigen Weg entlang, der zu einem mit Teerpappe verkleideten Schuppen führte. Zuerst hielt ich ihn für einen Hühnerstall, doch er entpuppte sich als das Heim der Familie Doucet. Das junge Mädchen, das uns die Tür öffnete, glich Krauses Beschreibung aufs Haar, sogar Ohrringe trug sie. Abgesehen von einem schwachen Schimmer einer Überraschung zeigte sie keinerlei Reaktion, aber sie bestätigte Krauses Geschichte und versprach, über unseren Besuch Stillschweigen zu bewahren. Asey dankte ihr überschwenglich, und dann ging es von neuem hinaus in den Regen.

»Das wäre erledigt«, sagte ich. »Was kommt als nächstes?«

»Wir besuchen 'n Oberst. Nur 'n kurzes Stück. Gehen am besten zur Hintertür rein.«

Der Oberst öffnete uns persönlich. Als er uns erkannte, ließ er einen Schwall markiger, nicht jugendfreier Flüche auf uns los.

»Meine Güte«, kam er erschöpft zum Schluß, »wissen Sie, wer eben hier war? Quigley. Seine Leute haben das Coupé im Wäldchen gefunden. Wollte wissen, wie es da hinkommt. Ist gerade wieder weg. Was ist los? Sind sie euch auf den Fersen?«

»Hatten die gar keine Chance zu.« Asey erzählte von unserem Fußmarsch. »Sa'n Sie, is' er auch bei der Garage gewesen? Wenn er mein Auto da entdeckt –«

»Da hab' ich ihm gar keine Zeit zu gelassen, und Lorne war draußen als Wache aufgestellt. Außerdem hatte Lorne den Roadster in den alten Stall gebracht und mit einer Plane abgedeckt, und die Tür ist verriegelt und verschlossen. Stehen auch ein paar alte Pferdewagen drin, unter Planen. Ich erklärte Quigley, das Coupé sei zweifellos eben gestohlen worden, ich sei heute nachmittag noch damit unterwegs gewesen; ich hielt ihm vor, es sei Sache der Polizei, das Eigentum von Wagenbesitzern zu schützen, und so weiter und so fort. Ich weiß nicht mehr, was ich ihm alles angedroht habe – ich wollte die Marineinfanterie zu Hilfe rufen, und für den Fall, daß ich noch einmal belästigt würde, war von der Öffentlichkeit und Galgenvögeln die Rede. Am Ende entschuldigte sich Quigley. Vor dem sind Sie sicher, und schließlich steht Lorne auch noch draußen. Wie geht's denn nun voran?«

»Überhaupt nich'«, sagte Asey. »Kann ich noch ma' Ihr Telefon benutzen?«

»Alles zu Ihrer Verfügung. Was –«

»Kann aber 'ne Weile dauern.«

»Das spielt überhaupt keine Rolle. Sie können die ganze Nacht über telefonieren und fünfzig Ferngespräche nach Sibirien anschreiben lassen, Hauptsache, es hilft, Quigley das Handwerk zu legen. Heute abend wird er sich wohl nicht mehr hier blicken lassen, Asey – wenn er das überhaupt wieder tut –, aber wenn Ihnen der Flur nicht geheuer ist, dann können Sie den Apparat in meinem Arbeitszimmer benutzen. Werfen Sie einfach alles auf den Fußboden, und richten Sie sich gemütlich ein. Ich warte doch schon lange auf eine Gelegenheit, mit Miss Adams übers Golfspiel zu plaudern.«

Asey grinste. »Schwimm' kann sie auch«, sagte er, und mit diesen Worten verließ er uns.

Eine volle Stunde lang setzte mir der Oberst seine Theorien zum richtigen Putten auseinander, und dann fragte er nach meinem Kommentar. Von irgendwoher kamen Bälle und Schläger zum Vorschein, und unter dem Sofa holte er einen Übungsparcours hervor. Gegen Mitternacht hatten wir das Wohnzimmer in einen Golfplatz verwandelt. Es gab ein halbes Dutzend Bunker aus Kissen, und ein Eimer Wasser bildete ein Hindernis. Keiner von uns beiden dachte mehr an Asey, Eve Prence oder den Mordfall. Golf hat auf viele Menschen eine solche Wirkung. Wir bemerkten nicht einmal, als Asey kurz vor halb zwei zurückkam.

»Ihr verrückten Hühner!« Er lachte, bis ihm die Tränen die Wangen hinunterliefen. »Da habt ihr ja Glück gehabt, daß ihr beide Golf spielt un' nich' der eine von euch Polo! Aber die Partie könnt ihr später fortsetzen; jetz' möcht' ich, daß Sie uns helfen, wieder ins Gasthaus zurückzukomm', Oberst.«

Sein Plan war wunderbar einfach. Der Oberst sollte uns mit dem Wagen in die Nähe des Wäldchens bringen, uns zehn Minuten Vorsprung geben, damit wir so nahe wie möglich an den Schuppen herankommen konnten, und dann zum Gasthaus fahren und das veranstalten, was Asey ein Tohuwabohu nannte.

»Ganz egal, wie Sie das machen«, fügte Asey hinzu, »Hauptsache, 's gibt genug Wirbel, daß die Wachen vorm Haus abgelenkt sin'. Ir'ndwas.«

Der Oberst quittierte das mit einem kurzen Lächeln und warf seinen Mantel über.

»Auf geht's«, sagte er.

Selbst dort, wo wir am Ende des Wäldchens im Regen warteten, konnten wir das Tohuwabohu hören, das er veranstaltete. Ein halbes Dutzend Taschenlampen bewegten sich in seine Richtung, und Asey faßte mich am Ellenbogen.

Fünf Minuten später waren wir im Gasthaus.

»So«, sagte ich, nachdem Asey sich vergewissert hatte, daß alles in Ordnung war, »und jetzt erzählen Sie mir, was Sie herausgefunden haben. Was haben Sie denn noch überprüft? Marcus? War Ihr Fünfer denn nun ein Trumpf?«

»Genaugenomm' hab' ich überhaupt nix fertiggekriegt, aber wir ham guten Grund zur Hoffnung. Un' jetz' sin' Sie müde – so 'n bißchen Golf is' ja ganz schön anstrengend –«

»Asey, unterstehen Sie sich, mich ins Bett zu schicken, und sagen Sie nicht, kommt Zeit kommt Rat, wir haben ja noch stundenlang Zeit! Morgen nachmittag wird Anne Bradford – und die ganze Sache ist ja meine Schuld, Asey, weil ich nicht auf Eve aufgepaßt habe, und ich –«

Er schob mich sanft die Treppe hinauf in Richtung meines Zimmers.

»Ich hab' Grund zur Hoffnung, Miss Kay, un' kommt Zeit, kommt Rat. Un' nix, was ich rausgefun' hab', wird vor mor'n früh 'stätigt wer'n, vielleich' nich' ma' dann.«

»Asey–«

Er öffnete meine Zimmertür, schob mich hinein und schloß sanft die Tür.

In dieser Nacht zum Montag war das Bett für mich schlicht und einfach das Grab verlorener Illusionen.

Am Montagmorgen war ich um acht auf den Beinen; Tony gesellte sich hinzu, als ich nach unten ging.

»Mindestens fünfzig Millionen Mann bewachen das Haus«, sagte er, »scharf bewaffnet. Quigley will ganz sicher gehen, daß keiner von uns herauskommt, um Anne zu helfen. Je mehr ich von diesem Mann kennenlerne, desto unsympathischer wird er mir. Na, ich hoffe, Aseys Anwalt kümmert sich um alles.«

»Tut er.« Asey begrüßte uns am Fuß der Treppe. »Syl hat mir 'ne Nachricht bringen lassen. Crump tut, was er kann, un' der Doc un' der Oberst sin' auch dabei. Syl sagt, Quigley hätt' Order gege'm, keiner dürfte 's Haus hier auf sein' eigenen zwei Bein' verlassen, un' er meint, Quigley würd' herkomm' un' Norris seine Aussage aufnehm'. Für'n Fall, daß sich bei uns ir'ndwas tut, steht der Dokter bereit un' hebt dann die Quarantäne auf.«

»Für den Fall?« fragte ich. »Sie glauben also im Grunde nicht, daß Sie eine Chance haben, Asey?«

»Noch sechs Stun'«, sagte Asey. »Das is' 'ne Menge Zeit, da kann viel passieren.«

»A propos Zeit«, sagte Tony, als wir das Speisezimmer betraten, »haben Sie die Schlüssel für die Uhren? Ich habe in der blauen Schale nachgeschaut, in der Eve sie sonst aufbewahrt hat, aber sie sind nicht da. Die Uhren müssen um Punkt neun aufgezogen werden, sonst kommen sie aus dem Rhythmus; Norr hat mich eben daran erinnert. Eve hätte es nie fertiggebracht, sich um jede Uhr einzeln zu kümmern; deswegen hat sie sie immer alle zusammen am Montagmorgen aufgezogen.«

»Weiß ich«, sagte Asey. »Ich hab' auch dran gedacht un' hab' die Schlüssel bei mir.«

»Soll ich sie für Sie aufziehen? Ich habe das schon oft gemacht.«

Asey schüttelte den Kopf. »Lassen Sie ma'. Ich mach' das schon.«

Aber statt dessen ließ er sich um Punkt neun von Betsey die vierte Tasse Kaffee einschenken.

»Denkt an die Uhren«, sagte Eric aufgeregt. »Höchste Zeit. Schaut mal – die hier bleibt schon gleich stehen.«

»Ich bin fertig«, sagte Tony. »Eric und ich, wir –«

»Lassen Sie ma'. Ich geh' gleich.«

Aber erst um Viertel nach neun erhob er sich vom Frühstückstisch und gab mir ein Zeichen, ihm zu folgen.

Die Uhr im Speisezimmer war um neun Uhr zwei stehengeblieben, und diejenigen im blauen und grünen Salon beide um neun Uhr drei.

»Was soll denn das alles, Asey?« fragte ich. »Warum machen Sie so ein grimmiges Gesicht?«

»Ich hab' Ihn' doch gesagt – kommt Zeit, kommt Rat«, antwortete er. »Jetzt kommt bald der Rat.«

»Aber – Sie – das – das war doch nicht ernst gemeint – haben Sie da wirklich die *Uhr*zeit gemeint? Ich dachte, Sie philosophieren nur vor sich –«

»Hab' ich gemerkt.« Er führte mich zu Norris' Zimmer und öffnete die Tür.

Norris lag noch im Bett und forderte uns auf, zu gehen und ihn in Ruhe zu lassen.

»Du hältst jetz' ma' schön dein' Mund, Junge«, sagte Asey. »Sehen Sie, was ich meine, Miss Kay?«

Er wies auf die Kaminuhr, deren Pendel in Form eines Segelschiffs unbeirrt über die aufgemalten Wellen glitt.

»Jetz' – ruhig, Norris. Wir warten nun ab, wann uns die Stunde schlägt.«

»Was –« hob ich an, aber Asey schüttelte den Kopf.

»Wir müssen sicher sein. Kamma nur warten.«

Um neun Uhr dreiundvierzig blieb die Uhr stehen. Asey holte tief Luft, und dann blickte er Norris an.

»Hast du am Donn'stagnachmittag 'ne Lok'motivenpfeife gehört?« fragte er.

»Was zum Teufel hat denn das –«

»Hast du, oder hast du nich'?«

»Allerdings! Das verdammte Ding tutete stundenlang, und ich hatte gerade meine Violine angesetzt, um zu spielen! Aber was –«

Asey wandte sich mir zu.

Mit ruhiger Stimme sagte er: »Wir ham's geschafft.«

Kapitel 18

»Was–«

Asey bugsierte mich hinaus auf den Flur und schloß die Tür.

»Asey! Was soll das – was hat Norris–«

»Die Zeit is' aus'n Fugen.« Asey setzte sich auf das Bänkchen am Treppenabsatz. »Genau, wie ich mir das gewünscht un' gehofft un' vorgestellt hatt'. Neun Uhr dreiundvierzig. Wir ge'm ihr ma' drei Minuten Toleranz. Blei'm noch vierzig. Fümmunzwanzig danach un' fünfzehn davor. Jawoll, über die Uhr hab' ich nachgedacht, seit Norris zum ersten Mal sein' Mund aufgemacht un' uns erzählt hat, wie er mit Eve sprechen wollt' un' sie nich' geantwortet hat. Er hat gesagt, 's wär' totenstill gewesen. Un' wenn die Uhr da getickt hätt', dann hätt' er's gehört un' hätt's auch gesagt. Un' die Lok'motive war zu hören, wie er seine Geige angesetzt hat. Jawoll, die Zeit hat's an'n Tag gebracht.«

»Zeit? Aber was reden Sie da von Uhren und von Zeit – und von dieser Lokomotivenpfeife? Das war um drei Uhr, Asey, das wissen wir doch von Pete Brady. Und um drei fing die Radiosendung gerade erst an! Norris sagt zwar, er habe seine Violine angesetzt, aber das kann einfach nicht stimmen. Er muß–«

»Miss Kay, ich hab' Ihn' doch gesagt, mir käm' 's so vor, als wenn wir unsern Zirkel an der falschen Stelle eingestochen hätten. Un' das ham wir auch. Für drei, da hat jeder sein Alibi. Da passen alle Aussa'n zusamm', Lila un' Bill, un' Krause un' Molly, un' überhaupt alle außer Alex. Un' dem glaub' ich ja. Jede Kleinigkeit stimmt. Un' das hat mich auf die Idee gebracht, daß womöglich die Zeit nich' stimmt. Un' so war's ja auch.«

»Aber wir wissen doch, daß Eve um drei noch am Leben war, Asey«, protestierte ich. »Die Sendung begann um drei, und da hat sie noch mit Norris geredet. Um drei Uhr war Eve am Leben!«

»Das ham wir erzählt bekomm', aber wir wußten nich', ob's stimmt. Gestern nacht hab' ich vom Oberst nach Berlin telefoniert. Die Sendung is' um neun Uhr fünfundvierzig ausgestrahlt wor'n, nich' um zehn Uhr. Das heißt, bei uns um zwei Uhr fünfundvierzig, nich' um drei Uhr. Der Hitler is' näm'ich auf die Idee gekomm', er hätt' 'ne Botschaft an sein Volk. Wie ich das gestern nacht erfahren hab', da war 'ch mir sicher, daß mein Fünfer 'n Trumpf sein würd'. Aber ich wußt' noch nich', wie der Täter 's angestellt hatte. Das heißt, ich hatt' 'n Verdacht, aber ich wußt' nich', wie ich 'n beweisen sollt'. Nich' die geringste Chance.«

»Aber was – wie hätte denn jemand wissen sollen, daß das Programm geändert worden war? Wer soll das denn sein? Ihr Fünfer?«

»Er wußt's, weil's angekündigt wor'n is', nur ein einz'ges Mal. Bei uns müßt' das ge'n ein Uhr fünfzehn gewesen sein.«

»Aber wer – ich verstehe das immer noch nicht, Asey.«

»Also. Tony hat doch –«

»Tony?« Das ganze Treppenhaus schien sich um mich zu drehen. »Tony?«

»Jawoll. Norris war bis nach'm Mittagessen auf'm Balkon. Hat auch da draußen gegessen. Un' Tony hat 'n dann reingeholt, aber vorher hat er's Radio für die Drei-Uhr-Sendung eingestellt. Da muß er zufällig die Ansage für die 'grammänderung mitgekriegt ham. Er hatte 's Radio eingestellt un' Norris ins Haus gebracht, un' dann is' er spazierengegang'. Hat's von Anfang an so eingerichtet, daß er vor zwei Uhr fünfundvierzig zurück war. Als Alibi hatt' er ja sein Theaterstück.«

»Asey, Sie sind ja total übergeschnappt.«

»Bin ich nich'. Ich wünscht', 's wär' so. Er braucht' nur noch jeman' fin', dem er zwischen der Zeit, wo er runtergekomm' war, vor drei, un' drei Uhr fünfundzwanzig sein Stück vorlesen konnt'. Auf drei Uhr fünfundzwanzig hatt' er näm'ich die Uhr gestellt. Verstehen Sie?«

»Die Uhr gestellt? Asey, ich bin ja vielleicht beschränkt, aber das kann ich nicht glauben. Das will mir nicht in den Kopf!«

»Seit gestern nacht weiß ich, daß mit der Zeit was nich' stimmt. Das is' der eine Teil der Geschichte, aber 's kommt noch mehr. Tony ging also um zwei Uhr dreißig nach o'm. Er is' furch'bar leise für so 'n kräftigen Mann – aber wemma sich das ma' überlegt, die kräftigen Leute sin' ei'ntlich fast nie laut. Ihr Bruder Marcus is' ja auch so 'n Leisetreter. Un' Tony weiß, wie er sich

207

bewe'n muß, wenn Norr schläft. Er hat 'n zwar schon manchma' aufgeweckt, aber diesma' hat Norr nix gemerkt, wie er o'm war. Er holte sich die Pistole un' nahm den Dolch raus. Um zwei Uhr fünfundvierzig hat er die Uhr auf drei Uhr vorgestellt. Uhr schlug. Dann hat er 'n Zeiger auf drei Uhr fünfundzwanzig gescho'm un' 's Pendel angehalten. Er wußt', in welchem Sessel Eve immer saß, un' da hat er sich hinter versteckt. Norr hört die Uhr schla'n. Wacht auf. Schaltet 's Radio ein. Eve kommt rein.«

»Aber die Brille, Asey! Was ist mit –«

Er lächelte. »Ich dacht', da wär'n Sie schon drauf gekomm', wie ich Ihn' gesagt hab', Nachdenken wär' besser wie Experimentieren. Wenn die Brille in der Zeit, wo der Mord verübt wor'n is', auf der Fensterbank lag – na, da muß der Mörder weitsichtig gewesen sein un' nich' kurzsichtig. Eric is' kurzsichtig. Überhaupt sin' hier alle kurzsichtig außer Tony un' Alex. Un' wie Alex uns gestern seine Geschichte vorgetra'n hat, da hatt' er die Brille auf. Un' mit'm Schlüssel is' er ja sowieso aus'm Renn'.«

Plötzlich fiel mir wieder ein, wie Tony am Donnerstag die Brille wie ein Flieger in die Stirn geschoben hatte, als er im blauen Salon an seinem Skript arbeitete. Wahrscheinlich hatte er sie getragen, als er draußen spazieren war, und zur Arbeit hatte er sie dann nach oben geschoben.

»Ich bin ein Dummkopf, Asey«, gestand ich. »Als er von oben zurückkam, hatte er keine Brille mehr auf.«

»Aber wie ich um drei Uhr dreißig in Norris sein Zimmer kam, da lag sie auf'm Kaminsims. Verstehen Sie, er wußte ja genau, wie lang sein Stück war. Wußte, wie lang er für je'n Akt brauchen würd'. Er hatte 'n solides Alibi für die nächste halbe Stunde. Um drei Uhr vierundzwanzig – womöglich noch früher – er war doch schon nach o'm unterwegs, bevor Norris seine Glocke zu hören war, nich' wahr, Miss Kay?«

Ich nickte. »Er sagte, Norris solle uns den zweiten Akt aus dem Blindenschrift-Exemplar, das er hatte, vorlesen. Er öffnete die Tür, und dann begann die Glocke zu läuten.«

»Hm-hm. Un' er war vor Ihn' o'm. Höchstens 'ne halbe Minute, ham Sie gesagt, aber das war genug, um die Uhr wieder in Gang zu bring' un' die Brille auf'n Sims zu le'n. Bei dem ganzen Durch'nander hinterher hat Norris nich' drauf geachtet, daß die Uhr wieder zu ticken anfing. Un' wenn's ihm aufgefallen wäre – da hätt' ma' ja die Uhr gehabt, die lief un' die richtige Zeit anzeigte. Jeder hätt' gesagt, 's wären nur seine Nerven gewesen, wie er gedacht hätt', 's wär' alles still gewesen.«

»Ich kann es immer noch nicht glauben, Asey! Ich kann einfach nicht. Er saß doch dort unten und hat mir sein Stück vorgelesen! Das ist doch unmöglich, daß er ein paar Augenblicke vorher Eve umgebracht hatte!«

»Vergessen Sie nich', daß er Dramatiker is'. Da is' er's gewöhnt, in verschie'n Rollen zu denken. Is' Ihn' aufgefallen, daß er der einzige war, der Fingerabdrücke nehm' wollt'? Un' wenn er spazier'n is', dann trägt er meistens 'n Golfhandschuh an seiner rechten Hand, weil er doch immer 'n großen Wanderstab schwingt. Er war gerade erst von draußen zurückgekomm'. Un' der Handschuh lag auf'm Fußbo'n bei sein' nassen Schuhen, wie wir Norris in sein Zimmer rübergetra'n ham. 's gab keine Fingerabdrücke, un' das wußt' er genau. Den andern isses gar nich' innen Sinn gekomm', so was vorzuschla'n. Die Uhr war der einzige schwache Punkt. Aber wo Norris gesagt hatt', sie hätt' um drei geschla'n, un' wo sie munter vor sich hintickte, da wären die Chancen 'ne Million zu eins gewesen, daß da einer hintergekomm' wär'. Innen Zeitungen stand, um drei Uhr, wie 'ne Radiosendung begann, war Eve Prence noch am Le'm. Hat keiner auch nur nach gefragt, was für'n Sender 's denn war. Wenn Norris nich' aufgewacht un' 's Radio eingeschalt' hätt', dann wär' die ganze Sache natürlich nix gewor'n. Hat er aber getan. Un' wenn er wach gewesen wär', wie Tony 's erste Mal hochkam, dann wär's auch nix gewor'n. Aber der Junge war ja vorher draußen in der Sonne, un' Tony konnt' damit rechnen, daß er müde war. 's war die Chance seines Lebens, un' als Dramatiker hat er das natürlich sofort gemerkt. Gestern am'd hab' ich so lange drüber gebrütet, bis ich endlich dahintergekomm' bin. Ich wußt', daß die Zeit nich' stimmte, un' ich wußt', daß die Flecken von Tonys Brille waren. Aber ich hatt' keine Ahnung, wie er die Sache angestellt hatt'.«

»Aber wenn Sie wußten, daß es seine Brille war, oder das zumindest vermuteten, reichte das nicht schon?«

»Er hat 'n halbes Dutzend Brillen, un' er hätt' einfach sa'n könn', die auf der Fensterbank, die hätt' die ganze Zeit da gele'n. Ich dacht', ich müßt' ihm sein Geheimnis mit List un' Tücke abluchsen. Aber die Uhr hier hat 'n überführt. Ich hab' mir näm'ich überlegt, die einzige Art, wie er's gemacht ham kann, is', daß er die Uhr vorgestellt un' dann angehalten hat. Wenn er das nich' getan hätt', hätt' die Uhr näm'ich geschla'n, un' Norr hätt' Bescheid gewußt. Un' sie hätt' die falsche Zeit angezeigt. Ich hatt' gehofft, er würd' sich nich' trauen, ir'ndwas an der Uhr zu machen, un' würd' einfach drauf warten oder selbst dafür sor'n, daß sie pünktlich am Montag um neun aufgezo'n wird. Hab' ich ja gesagt, ich mußt' nur warten, bis die Zeit reif war. Wie er dann vom Aufziehen un' von'n Schlüsseln anfing, da hatt' ich 'n in der Falle. Die Uhr da würd' vierzig Minuten länger laufen, als wie sie sollt'. Un' Eve war stolz auf ihre Uhren, wie früher ihr Vater. Die gehen auf die Minute genau. Das weiß jeder hier.«

»Warum hat er sie denn nicht wieder umgestellt?«

»Wenn Sie sich das ma' überle'n – ich wüßt' nich', wie er das hätt' machen sollen. Wenn 'ne Uhr vor der Zeit stehenbleibt, kamma sie wieder aufziehen, aber nur 'n Uhrmacher kann's wieder rückgängig machen, wenn sie einmal aufgezo'n is'. Wenn er's versucht hätt', wär' sie vielleich' ganz steh'ngeblie'm, un' das hätt' sie verdächtig gemacht. Hätten die Leute vielleich' gesagt, wenn sie jetz' nich' läuft, dann is' sie am Donn'stag womöglich auch schon falsch gegang'. Da war's besser, wenn er sie ganz in Ruhe ließ. Wenn die Uhren aufgezo'n wor'n wär'n, so wie immer, un' wenn sie dann jedesmal aufgezo'n wor'n wär'n wie immer, dann hätt' nie einer was gemerkt. Anfangs dacht' ich, die Radiosendung wird ungefähr vierzehn Minuten gedauert ham, dann hat Norris fünf oder sechs Minuten gespielt, un' 'n Rest der Zeit hat er dann gewartet, daß Eve was sagt, bis er endlich mit seiner Glocke geläutet hat. In Wirklichkeit hat er 'scheinlich beinah zwanzig Minuten gespielt un' dann gewartet. Norr würd' 's nich' beurteilen könn', wie lang er gespielt hat.«

»Aber wenn Norris nicht gespielt hätte oder nicht gewartet –«

»Nach der Sendung hat er immer gespielt. Das wußte Tony un' hat sich drauf verlassen.«

»Aber, Asey, was sollte Tony für ein Motiv gehabt haben?«

»Er hat's für Norris getan. Für den Jungen tut er Sachen, die er für sich selber nie tun würd'. 'innern Sie sich noch, was ich Ihn' über Motive un' all das erzählt hab'? Sie ham's ja gehört, Norris sagt, sie konnten nich' weg von hier. 'scheinlich hat Tony gewußt, daß da was zwischen Norris un' Eve war, un' das hat ihm gar nich' gepaßt. Un' da is' noch was. Is' Ihn' aufgefallen, wie er gestern 's Gespräch auf Eves ersten Mann gebracht hat un' 's dann wieder abwürgen wollt', wie er gemerkt hat, daß wir nix davon wußten? Un' wie dann klar war, daß Alex auch nix wußte, da isser wieder ganz gesprächig gewor'n un' hat uns die Geschichte vom dicken Mann in der Straßenbahn erzählt. Ich glaub'–«

Er brach ab, als Tony die Treppe hinaufkam.

»*Er* war Eves erster Ehemann«, sagte Tony mit ruhiger Stimme. »Sie haben ganz recht. Er konnte nicht von ihr loskommen, nicht einmal von ihrem Haus, und er konnte auch Norris nicht von hier wegbekommen, denn er war momentan pleite. Er hat es für Norris getan; die Ärzte sagen, er wird nicht mehr lange leben, um für Norris zu sorgen, und er hätte es nicht geduldet, daß Eve für ihn sorgt. Nicht für den Jungen, dessen Mutter sie beinahe zu Tode gequält hatte. Waren es die Flecken, die Sie auf die Spur gebracht haben, Asey?«

»Zum Teil. Ei'ntlich waren's lauter Kleinigkeiten. Daß Ihr Stück gerade im rich'gen Moment zu Ende war. Daß Sie sich die Uhrzeit gemerkt ham, wie Sie in Norris sein Zimmer kam'. Daß ma' 'n Plan dahinter überhaupt nich' sehen konnt' – wie wenn er schon vorher fertig gewesen wär', fertig aufgeschrie'm. Wie 'n Buch oder 'n Theaterstück, da merkt ma' auch nix mehr vom Plan dahinter. Normalerweise, im wirk'chen Leben, tut ma' das näm-'ich.«

»Es war Inspiration und gute Handwerksarbeit«, sagte Tony. »Ich dachte, es sei narrensicher – schließlich hatte Norris die Uhr schlagen hören. Selbst wenn irgend jemand die Programmänderung im Radio bemerkt hätte, hätte ich nichts zu befürchten gehabt, weil alle anderen ja nicht im Haus waren; ich dachte, es würde einfach als ungelöster Kriminalfall zu den Akten genommen. Als ich begann, Kay mein Stück vorzulesen, bemerkte ich sofort, daß ich die Brille oben auf dem Fensterbrett vergessen hatte. Ich hätte sagen können, sie läge schon den ganzen Nachmittag über dort, aber mit den Flecken, mit denen hatte ich nicht gerechnet. Die Zeit reichte gerade, die Uhr in Gang zu bringen und die Brille auf den Sims zu legen, dann kam Kay ins Zimmer. Und ich hatte nicht erwartet, daß Sie so schnell wieder hier sein würden, Asey. Ich wollte Zeit gewinnen, indem ich Kay nach unten schickte, um Sie anzurufen, und in der Zwischenzeit hätte ich dann versucht, die Flecken abzuwischen – aber da kamen Sie schon. Danach habe ich nicht mehr gewagt, etwas daran zu tun. Ich rechnete damit, daß die Sache mit der Uhr von selbst in

Ordnung kommt, einfach, indem ich dafür sorge, daß sie zur gewohnten Zeit aufgezogen wird. Wie dem auch sei«, sagte er und holte tief Luft, »Norr ist aus Eves Klauen befreit. Auf der Bank ist genug Geld, da braucht er sich keine Sorgen zu machen. Ich habe viel verdient, letztes Jahr.«

»Wie«, fragte Asey, »un' warum sin' Sie überhaupt hierhergekomm'?«

Tony zuckte mit den Schultern. »Pleite. Norr glaubt, wir hätten im voraus bezahlt. Haben wir aber nicht. Wir lebten von Eves Almosen. Mir ist das Geld immer durch die Finger geronnen, so schnell wie ich es verdient hatte, Asey. Ich bin nicht arm, aber irgendwie habe ich es immer geschafft, ein klein wenig mehr auszugeben, als ich verdiente. Nur weil die Bank geschlossen hat, ist aus dem letzten Jahr noch etwas übrig. Eve wußte, daß ich nicht mit Geld umgehen kann. Ich – naja, ich schäme mich, es zu sagen, aber sie hat mir in den letzten Jahren mehr als einmal aus finanziellen Verlegenheiten geholfen. Sehr oft sogar. Sie kannte meine Schwäche, und sie machte sich ihren Spaß damit. Nach unserer Scheidung wollte ich – deswegen hat Mary – aber das gehört vielleicht nicht hierher. Wir waren pleite, Eve besuchte mich im Frühjahr in New York, erfuhr die Geschichte mit der Bank und bot an, uns hier wohnen zu lassen. Dann begann sie Norr zu umgarnen, der sie ja nur nach ihrer Stimme beurteilen konnte. Zu ihm war sie anständig – der Spott galt mir. Ich wußte, was kommen würde, wenn sie erst einmal von Alex geschieden war. Ich konnte den Gedanken nicht ertragen, daß Norr Eves Schattenseiten kennenlernen würde. Und ich wußte, ich würde nicht mehr lange hier sein, um mich um ihn zu kümmern. Ein Jahr bestenfalls. Am Donnerstag bot sich mir die Chance, ihn zu retten, und ich nutzte sie. Erst als Anne plötzlich dastand, wußte ich, was ich angerichtet hatte. In einem Theaterstück hätte es funktioniert, aber nicht im wirklichen Leben. Und, Asey, ich kann nicht einmal sagen, daß ich es bereue.«

Draußen war eine Sirene zu hören, und wir gingen ans Fenster. Ein großer offener Wagen kam den mit Muscheln bedeckten Fahrweg entlang, gefolgt von einer altersschwachen, uns wohlbekannten Limousine.

»Quigley«, sagte Asey, »un' der Doc direkt dahinter. Sie komm' we'n Norris seiner Aussage, Tony, aber 'ch fürchte, wir müssen Sie ihn' ausliefern.«

Tony schaute hinunter zu dem Wagen. »Es hat nicht geklappt«, sagte er. »Aber ich – es tut mir nicht leid. Asey, können Sie mir noch zehn Minuten geben?«

»Tony, so kann ich Sie nich' davonkomm' lassen. Ich würd's gern tun. Aber ich hab' versprochen, daß ich das Mädchen aus der Klemme hole, un' das is' meine Pflicht. Un' das schaff' ich nich', wenn ich Sie jetz' –«

»Hören Sie, Asey, unten liegt mein Geständnis, unterschrieben und versiegelt, in einem Briefumschlag im grünen Salon. Ich habe die ganze verfluchte Geschichte für Sie aufgeschrieben. In dem Augenblick, wo Sie mir die Schlüssel für die Uhren verweigerten, wußte ich, was ich zu tun habe. Und es ist das beste Finale, das ich –«

»Aber da könn' wir kein' Epilog zu gebrauchen«, sagte Asey. »Das geht einfach nich'.«

»Ich schwöre Ihnen, Asey – ich gebe Ihnen mein Ehrenwort. Ich werde mich nicht umbringen. Nur zehn Minuten!«

»Wenn Sie mir Ihr Ehr'nwort ge'm, isses in Or'nung.«

Tony begab sich in Norrs Zimmer und schloß die Tür. Asey und ich betrachteten schweigend Quigleys Wagen. Wir hatten das Fenster einen Spalt breit geöffnet, und wir konnten die aufgeregte Stimme des Doktors hören, wie er sich mit Quigley auseinandersetzte.

Mir kamen die Tränen, und ich versuchte nicht, dagegen anzukämpfen. Wir hatten gesiegt. Wir hatten erreicht, was wir uns vorgenommen hatten. Anne würde frei sein. Asey hatte in einem Dickicht von Details die Wahrheit gefunden. Aber was war das für ein Sieg – wenn es überhaupt einer war!

Asey fuhr sich mit dem Hemdsärmel über die Augen. Ich glaube, ihm war genauso zumute wie mir.

Tony kam zurück. Er trug einen Mantel, und in der Hand hielt er einen Filzhut. Ich weiß nicht warum, aber ich hatte das Gefühl, für ihn sei das erst der Beginn der Vorstellung.

»Würden Sie mir einen Gefallen tun?« sagte er zu Asey. »Lassen Sie mich allein hinuntergehen.«

»Ich – aber – Tony, das kann ich doch –«

»Sie haben mein Wort, und es bleiben noch drei Minuten.«

Er gab Asey die Hand, dann mir, dann lächelte er und ging nach unten. Wir hörten, wie sich die Eingangstür öffnete, und Sekunden später kam der Doktor hinaufgestürmt.

»Asey!« sagte er, »was hat das zu –«

Asey öffnete das Fenster. Wir konnten Tonys Stimme hören.

»Mr. Quigley.« Er stieg aufs Trittbrett des Wagens. »Mr. Quigley, ich habe Ihnen etwas zu sagen. Sie werden es vielleicht nicht – nun, gestatten Sie mir, etwas zu sagen?«

»Kann ja nich' viel sein, was Sie mir zu erzählen ham«, sagte Quigley selbstgefällig. »Schießen Sie los.«

»Haben Sie schon jemals von Mock Duck gehört, Mr. Quigley?«

»Hä? Was wollen –«

Ich spürte, wie Asey zusammenzuckte. Offenbar wußte er, wovon Tony sprach.

»Mock Duck«, fuhr Tony fort, »war ein bezahlter Killer der Hip Sing, von dem man heute noch auf der Pell Street reden hört. Ich schreibe Theaterstücke, Mr. Quigley, und ich hatte immer vor, ihn einmal in einem meiner Stücke auftreten zu lassen. Er pflegte zu warten, bis die On Leongs sich versammelt hatten, und dann stürzte er sich mitten in die Menge, ging in die Knie, machte die Augen fest zu und feuerte seine Revolver ab. In jeder Hand einen. Die Wirkung war durchschlagend.«

»Un' was soll das mit Eve Prence zu tun ham?« erkundigte sich Quigley.

»So gut wie gar nichts«, sagte Tony ruhig. »Aber gerade eben habe ich erfahren, daß meine Stücke nicht ganz vollkommen sind, und es fiel mir ein, wie man ein Stück über Mock Duck noch verbessern könnte. Er könnte die Augen offenbehalten, und er könnte nur eine Pistole benutzen –«

Tonys Hand schnellte aus der Manteltasche, und Asey zog mich vom Fenster weg, während Quigley vornüber sank und eine regelrechte Füsillade begann.

Als die Schießerei zu Ende war, befreite ich mich aus Aseys und des Doktors Schutz und schaute nach draußen.

Quigley lag noch immer auf dem Wagenboden, und über ihm waren die beiden Männer zusammengesunken, die rechts und links von ihm gesessen hatten.

Tony ging in großen Schritten den Muschelweg hinunter, offenbar unverletzt, obwohl aus den Pistolen der beiden Polizisten vorne im Wagen Pulverdampf quoll. Weitere Polizisten kamen herbeigelaufen, und Tony richtete seine Waffe auf sie.

»Nix mehr drin«, murmelte Asey vor sich hin. »Er hat's so gewollt – un' Teufel noch ma', er hält sein Wort!«

Der Fahrer des Polizeiwagens hob seine Pistole und zielte.

Das war Tony Deans Epilog, dramatischer als jeder, den er je auf die Bühne gebracht hatte.

Am Montag darauf ging ich an Bord der ›Gigantic‹, um meinen Winter auf Capri zu verbringen.

Anne und Mark waren bereits unterwegs nach Südamerika – ohne Krause. Und diesmal hatte ich keine Kriminalgeschichten an Bord geschickt. Die schienen mir absolut überflüssig. Marcus hatte Norr mit nach Boston genommen. Er hatte es zwar nicht ausdrücklich gesagt, aber ich hatte das Gefühl, Norr würde auch dort bleiben. Eric war auf der General-Naseby-Miltärschule, die Brust geschwellt vor Stolz und Messingknöpfen. Alex und Lila waren in New York.

Mit Quigleys Ende kam das Ende des Quigley-Regimes. Dafür hatten Asey und Oberst Belcher und das, was der Oberst die aufgebrachten Volksmassen nannte, gesorgt. Und die Volksmassen waren in der Tat aufgebracht, denn Tonys Geständnis war veröffentlicht worden, und der Doktor hatte die Geschichte des Messers und zahlreiche weitere persönliche Reminiszenzen hinzugefügt.

Und natürlich war Anerkennung dem zuteil geworden, der sie verdiente, und das war Asey.

Es läutete acht Glasen, und jemand klopfte an meine Kabinentür. Ein Botenjunge strauchelte beinahe unter dem Gewicht eines riesigen, braun eingeschlagenen Pakets. Ich öffnete es begierig – denn alle meine Freunde hatten ihre Abschiedsgeschenke ja schon vor zehn Tagen auf die ›Merantic‹ geschickt, und diesmal mußte ich ohne solche Aufmerksamkeiten auskommen.

Unter drei Lagen Packpapier kamen sechs Exemplare von Celeste Ruttons kapitalem Kompendium zutage. Aseys Widmung im obersten Band hingegen zeigte die charakteristische Kürze.

»Blumen verblühen. Nichts gegen den Hellespont, aber vergessen Sie den Ententeich nicht.«

Wenn das eine Gelegenheit ist, diesen bemerkenswerten Mann wiederzusehen, werde ich der Versuchung wohl kaum widerstehen können.

Nachwort

Ein Wiedersehen mit Asey Mayo, dessen erstes detektivisches Abenteuer, »The Cape Cod Mystery« (1931), 1986 in »DuMont's Kriminal-Bibliothek« als »Kraft seines Wortes« vorgestellt wurde: Petra Trinkaus hat in ihrem Nachwort zu dem Erstling die Charakteristika dieses uramerikanischen Detektivs herausgearbeitet. Er ist Neuengländer reinsten Wassers; seine Heimat und die seiner bis zur »Mayflower«-Zeit nachweisbaren Vorfahren ist Cape Cod, der geographische Raum zwischen der ersten Landungsstätte der Pilgerväter an der Spitze des Capes und ihrem ersten Siedlungsort Plymouth. Dabei ist er zugleich so welterfahren, wie es die Bewohner dieser Gegend als Walfänger und Seefahrer immer schon waren; auf großer Fahrt hat er die ganze Erde kennengelernt, ist also Weltbürger und Cape Codder zugleich. Sein erster Auftritt in »Ein Jegliches hat seine Zeit« charakterisiert ihn voll und ganz: In karierter Jacke und ausgebeulten Cordhosen entsteigt er einem der extravagantesten Wagen der Zeit, einem 16-Zylinder-Kabriolett in Spezialanfertigung. Faktotum mit Aktienbesitz im Hintergrund, verwandt mit dem ganzen Cape und bekannt mit dem Rest der Welt, verkörpert er das Ideal der klassenlosen Gesellschaft; mit der neuenglischen Aristokratin Elspeth Adams, der globetrottenden Angehörigen der »Kaffee-Adams«-Dynastie, die ihre Familienoberhäupter nach amerikanischem Brauch numeriert wie ein regierendes Haus in Europa, geht er ebenso vertraut um wie mit den Vettern und Basen dritten und vierten Grades seiner Familie, die seit dreihundert Jahren auf Cape Cod ihren kleinen Geschäften nachgeht. Vielleicht ist es gerade dieses Uramerikanische, das ihn zum Propheten hat werden lassen, der im fremden Land nichts gilt: Trotz des legendären Rufs in seiner Heimat wurde er in Deutschland bisher nicht so bekannt wie seine nach englischen Vorbildern gestalteten Zeitgenossen und Amateurdetektivkollegen Philo Vance (S. S. van Dine: »Mordsache Bischof«; »DuMont's Kriminal-Bibliothek« Band 1006) und Ellery Queen (»Der mysteriöse Zylinder«; »DuMont's Kriminal-Bibliothek« Band 1008) oder die hartgesottenen Westküsten-Detektive Dashiell Hammetts oder Raymond Chandlers, obwohl einige deutsche Übersetzungen in den dreißiger Jahren – in einem Fall noch 1949 – erschienen, die freilich selbst in einschlägigen Fachbibliographien nicht nachgewiesen sind.

Wie viele seiner Kollegen ist Asey Mayo etwas zu alt auf die Welt gekommen. Doch bei Phoebe Atwood Taylor stellt das kein Problem dar: Von schwer zu schätzendem Alter, ist ihr Held sicherlich bejahrt, aber im Grunde alterslos, und so begleiten Leser und – in den ersten Romanen – wechselnde Ich-Erzählerinnen in der Watson-Rolle Taylors Helden von seinen Anfängen 1931 bis in die frühen fünfziger Jahre. Nicht nur den bewundernden Begleiter hat der »Kabeljau-Sherlock« – so sein fester Spitzname durch seinen von Fall zu Fall wachsenden detektivischen Ruhm – von Doyles Meisterdetektiv übernommen, sondern auch die detektivische Methode, wie er sie selbst in diesem Roman beschreibt: »Zuerst ma' stellen Sie alle Möglichkeiten zusamm', un' dann suchen Sie sich die 'scheinlichste unter den Möglichkeiten aus, un' die nehm' Sie dann un' rühren 'n ganzen gesun' Menschenverstand dazu, den der liebe Gott Ihn' mitgege'm hat, un' rühren gut um.« Dies ist nichts anderes als die positive Fassung von Holmes' häufig geäußerter »alter Maxime«: »Wenn man das Unmögliche ausgeschaltet hat, muß das, was übrigbleibt, die Wahrheit sein, wie unwahrscheinlich sie auch wirkt.« Wie Holmes hat »der liebe Gott« allerdings auch Asey sehr viel »mitgege'm«: »Ein Verstand wie Euklid, eine Phantasie wie Scheherazade, gerissen wie ein Yankee-Hausierer, und ein Humor – da fehlen mir einfach die Worte«, so charakterisiert ihn ein langjähriger Bewunderer.

Im Unterschied zu Sherlock Holmes entspricht dem alterslosen Detektiv aber nicht ein zeitloser Handlungsraum; an die Stelle des viktorianischen Londons, in dem es »ewig 1895 ist«, wie man einmal vom Gros der Holmes-Geschichten gesagt hat, ist ein Cape Cod getreten, das durchaus einer historischen Entwicklung unterworfen ist. Dies ist fast eine Spezialität Phoebe Atwood Taylors (1909–1976), und ihr Werk ist in diesem Punkt den Romanen von und mit Ellery Queen vergleichbar: Die der klassischen Tradition des komplizierten Kriminalrätsels verhafteten Plots sind eingebettet in die amerikanische Geschichte, wie sie sich in der neuenglischen Provinz bricht und spiegelt. Phoebe Atwood Taylors lebenslange Vertrautheit mit einer Gegend, die sie nur für ihr Studium in New York verlassen hat, kommt ihr hier zugute, zumal auch ihre Familie wie die Mayos und die Adams' seit den Tagen der »Mayflower« in Massachusetts zu Hause ist. Der vorliegende, zuerst 1934 unter dem Titel »The Mystery of the Cape Cod Tavern« erschienene Roman ist ein herausragendes Beispiel: In Deutschland ist Hitler an der Macht – was im Roman überraschenderweise eine Rolle spielt. In den USA ist Roosevelt seit kurzem im Amt, aber die Große Depression ist noch lange nicht überwunden; sie überschattet und bestimmt auch das Leben der kleinen Dichterkolonie, die sich im vier Jahre zuvor wiedereröffneten, über zweihundert Jahre alten Gasthof der Familie Prence zusammengefunden hat. Von Roosevelts »großen Reformen« ist hier noch nichts zu spüren; sein »New Deal«, das große Mischen und Neuverteilen der Karten, hat sich im fiktiven Weesit noch nicht ausgewirkt. Die Polizeigewalt ist fest in den Händen der durch die Korruption der gerade beendeten Prohibitionszeit ins Amt gekommenen Gangster, Alkoholschmuggler und Schwarzbrenner; der Sheriff und seine Leute gäben schon vom Auftreten und Aussehen her die komplette Besetzung für zwei Gangsterfilme ab. Der traditionelle Gegensatz zwischen inkompetenter Polizei und genialem Amateur ist hier zum typisch amerikanischen Gegensatz zwischen den korrupten Amtsinhabern und dem aufrechten Staatsbürger gesteigert, der der eigentliche Souverän ist und daher das Recht hat, gegen die arrogante Rechtsbeugung der noch nicht abgewählten Zeitbeamten die Wahrung von Recht und Freiheit zu seiner ureigensten Aufgabe zu machen.

So wird »Ein Jegliches hat seine Zeit« zum Zeitroman im dreifachen Sinne. Zum einen ist er ein unverwechselbares Zeitgemälde aus der Epoche nach der Prohibition und der frühen »New Deal«-Ära. Zum andern wird er zum Wettlauf zwischen der Polizei, die unter Mißachtung jeglichen kriminalistisch üblichen Verfahrens mit gewagtesten Gangstermethoden einen »Schuldigen« präsentieren will, und Asey Mayo, der die unschuldige Verdächtige nur retten kann, indem er bis zur Prozeßeröffnung den wahrhaft Schuldigen überführt. Dieser Wettlauf nimmt geralezu die Form eines Krieges an. Für seine Recherchen außerhalb les Hauses stehen Asey nur die Nachtstunden zur Verfügung. Die Polizei belagert das riesige Gasthaus wie eine Festung, und Asey muß sich eines Geheimgangs aus der glorreichen Schmuggelvergangenheit von Cape Cod bedienen, um der Bewachung rund um die Uhr wenigstens zeitweise zu entschlüpfen. Verdächtige gibt es genug – immerhin ist die Ermordete eine so liebenswerte Gestalt, daß jeder Grund hatte, sie aus dem Wege zu wünschen, und einer der Hauptverdächtigen gesteht sogar, sie schon vor vielen Jahren vergeblich vor eine Droschke gestoßen zu haben. Aber alle besitzen ein Alibi; und Asey ergeht es wie einem Kartenspieler, der angesichts der vom Gegner ausgespielten Sequenz eine hohe Karte nach der andern abwerfen muß. Alle potentiellen Könige des Verbrechens, Damen und Buben des Bösen entgleiten seinen Händen, bis ihm nur noch die Hoffnung bleibt, richtig mitgehalten zu haben und mit der verbliebenen kleinen Fünf seinen Stich zu machen. Wie Asey es im genretypischen Spiel mit der Fiktion selbst ausdrückt: Hätte er den Roman über diesen Mord zu schreiben, würde er das Buch »Exit« nennen.

Daß Asey den Wettlauf mit den Gangstern in Polizeiuniform doch noch in letzter Minute gewinnt, versteht sich bei der Gattung Detektivroman von selbst – wie er es tut, darf hier natürlich nicht verraten werden. Die Lösung bietet Albert Einstein, mit dessen Grundgedanken der »Kabeljau-Sherlock« ebenfalls vertraut zu sein scheint, und sie macht unseren Roman noch in einem weiteren Sinne zum Zeitroman: Wenn das Verbrechen sich nicht in den drei Dimensionen des Raumes ereignet haben kann, weil einfach niemand zur Mordzeit in der Nähe des Opfers gewesen ist, dann ist die Lösung in der vierten Dimension zu suchen...

Alle drei Ebenen des Zeitromans fallen im gewaltigen Showdown, der den Roman zur Überraschung noch des routiniertesten Lesers von Kriminalromanen beschließt, zusammen: Asey hat in der vierten Dimension die Lösung gefunden, in buchstäblich letzter Minute den Wettlauf mit den korrupten Rechtspflegern Weesits gewonnen, und auch auf dem ländlichen Cape Cod werden die Karten von einem Tag auf den andern neu verteilt – und Roosevelts Reformen bekommen ihre Chance.

Volker Neuhaus

DuMont's Kriminal-Bibliothek

»Knarrende Geheimtüren, verwirrende Mordserien, schaurige Familienlegenden und, nicht zu vergessen, beherzte Helden (und bemerkenswert viele Heldinnen) sind die Zutaten, die die Lektüre der ersten vier Bände aus DuMont's neuer ›Kriminal-Bibliothek‹ zu einem Lese- und Schmökervergnügen machen – auch, wenn man sich knisterndes Kaminfeuer, die Karaffe uralten Portweins und den echten Londoner Nebel dazudenken muß.

Der besondere Reiz dieser Krimi-Serie liegt in der Präsentation von hierzulande meist noch unbekannten anglo-amerikanischen Autoren, die mit repräsentativen Werken (in ausgezeichneter Übersetzung) vorgelegt werden.

Die ansprechend ausgestatteten Paperbacks sind mit kurzen Nachbemerkungen von Herausgeber Volker Neuhaus versehen, die auch auf neugierige Krimi-Fans Rücksicht nehmen, die gerne mal kiebitzen: Der Mörder wird nicht verraten. Kombiniere – zum Verschenken fast zu schade.« *Neue Presse/Hannover*

Band 1001	Charlotte MacLeod	**»Schlaf in himmlischer Ruh'«**
Band 1002	John Dickson Carr	**Tod im Hexenwinkel**
Band 1003	Phoebe Atwood Taylor	**Kraft seines Wortes**
Band 1004	Mary Roberts Rinehart	**Die Wendeltreppe**
Band 1005	Hampton Stone	**Tod am Ententeich**
Band 1006	S. S. van Dine	**Der Mordfall Bischof**
Band 1007	Charlotte MacLeod	**»... freu dich des Lebens«**
Band 1008	Ellery Queen	**Der mysteriöse Zylinder**
Band 1009	Henry Fitzgerald Heard	**Die Honigfalle**
Band 1010	Phoebe Atwood Taylor	**Ein Jegliches hat seine Zeit**
Band 1011	Mary Roberts Rinehart	**Der große Fehler**

Band 1003
Phoebe Atwood Taylor
Kraft seines Wortes

Hier betritt erstmals ein mittlerweile schon legendärer amerikanischer Detektiv die deutsche Szene: Asey Mayo. Mit ihm zugleich kommt immer wieder eine der schönsten Landschaften Amerikas in den Brennpunkt: Cape Cod unterhalb von Boston, eine Landschaft voller Geschichte, manchmal zweifelhaft erworbenem Reichtum und würziger Seeluft. Asey Mayo, ehemaliger Seemann, voller Humor und Lebensklugheit, aber auch messerscharfem Spürsinn, löste mehr als 25 verblüffende, erschütternde Mordfälle auf Cape Cod. Dieses war der erste...

Band 1008
Ellery Queen
Der mysteriöse Zylinder

Welcher Liebhaber von Kriminalromanen kennt nicht Ellery Queen, der, selbst Autor von Kriminalromanen, mit seiner kühlen Logik und seinem analytischen Verstand seinem Vater, dem kauzigen Inspektor Richard Queen, hilft, auch den raffiniertesten Verbrechern auf die Spur zu kommen? Ellery Queen ist unzufrieden. Statt sich dem Erwerb einer von ihm heiß begehrten Falconer-Erstausgabe widmen zu können, wird er wieder einmal in einen Mordfall hineingezogen – Monte Field, ein zwielichtiger Rechtsanwalt, ist während einer Theatervorstellung ermordet worden. Die Polizei steht vor einem Rätsel.

Band 1009
Henry Fitzgerald Heard
Die Honigfalle

Eigentlich ist Sidney Silchester aufs Land gezogen, um fernab des Großstadtlärms allein und in Ruhe gelassen zu werden. Deshalb ist er auch recht ungehalten, als der merkwürdige Forscher und Hobby-Imker Mycroft seine Idylle stört und ihn vor mysteriösen Killerbienen warnt. Die Vorstellung, daß ein kaltblütiger Verbrecher mit diesen kleinen Ungeheuern auch sein Leben bedroht, erscheint ihm doch sehr abwegig. Aber schon bald soll Sidney eines Besseren belehrt werden... Als er die tödliche Gefahr, in der er sich befindet, erkennt, ist es fast schon zu spät. Nur gut, daß er in dem geheimnisvollen Mycroft, der mit Verbrechern offenbar bestens vertraut ist, einen mächtigen Verbündeten findet. Die folgenden Ereignisse halten die Beteiligten in Atem: Die Insekten greifen an...

Band 1011
Mary Roberts Rinehart
Der große Fehler

Als Patricia Abbott als Hausdame und Gesellschafterin von Maud Wainwright, der reichen Fabrikbesitzerin, engagiert wird, ist sie froh, eine angenehme und ruhige Stellung gefunden zu haben. Die Rückkehr des alternden Casanovas Don Morgan, der Pats beste Freundin Lydia und deren Tochter vor Jahren verlassen hat, bedeutet jedoch nicht nur für Lydia eine unangenehme Begegnung mit der Vergangenheit. So verwundert es niemanden, daß Morgan ermordet aufgefunden wird. Die Suche nach dem Täter gestaltet sich jedoch schwieriger als zunächst gedacht. Fingierte Indizien, geheimnisvolle nächtliche Besucher, Erpressung, Mordanschläge und weitere Morde machen es Pat nicht leicht, Licht in das tödliche Dunkel zu bringen, zumal sie sich auch noch in den Sohn des Hauses, Tony, einen der Verdächtigen, verliebt...